転生令嬢は精霊に愛されて最強です……だけど普通に恋したい！ 4

The Reincarnated Count's daughter is the strongest as she is loved by spirits, though she is only wishing for regular romance!

風間レイ

イラスト：藤小豆

TOブックス

です……だけど普通に恋したい！

ヨハネス侯爵家 6
皇族の葛藤 28
学生らしいランチ？ 51
大事な友達 62
女性は強いよ 73
婚活プレゼンテーション 83
変化していく関係 106
母と娘 118
前期の授業終了しました 134
ディアだって令嬢 141
風評被害？ 153
試作品第一号 167
ダンスレッスン 179
精霊王サミット 203

e n t s

転生令嬢は精霊に愛されて最強

同人魂　226
成人した人を祝ってあげようよ　247
ファーストダンス　257
同志発見　283
影響力が強すぎる　294
ハイリスクハイリターン　306
近衛騎士団公開演習　325
三月になりました　348
妖精姫の兄貴達―カミル視点―　371
安らげる場所―モニカ視点―　書き下ろし番外編　383
あとがき　414
コミカライズ　第一話試し読み　416

イラスト／藤小豆　デザイン／伸童舎

c o n t

[ディアドラの精霊獣]

イフリー

火の精霊獣。
全身炎の毛皮で包まれたフェンリル。

リヴァ

水の精霊獣。東洋の竜。

ガイア

土の精霊獣。麒麟。

ジン

風の精霊獣。
羽の生えた黒猫。

[ベリサリオ辺境伯家]

ディアドラ

主人公。元アラサーOLの転生者。前世の反省から普通の結婚を望んでいる。しかし精霊王からは寵愛、皇太子からは求婚され、どんどん平穏から遠ざかってしまう。

オーガスト

ディアドラの父。精霊の森の件で辺境伯ながら皇族に次ぐ待遇を得る。

ナディア

ディアドラの母。皇帝と友人関係。

アラン

ディアドラの兄。シスコンの次男。マイペースな突っ込み役。

クリス

ディアドラの兄。神童。冷たい腹黒タイプながら実はシスコン。

characters

【皇族】

アンドリュー皇太子

アゼリア帝国の皇太子。
ディアドラに求婚する。
クリスとは学園の同級生。

【ルフタネン】

カミル

ルフタネンの元第五王子。現在は公爵。国を救うため、ベリサリオに訪れる

モアナ

ルフタネンの水の精霊王。瑠璃の妹。

[アゼリア帝国精霊王]

瑠璃

水の精霊王。
ベリサリオ辺境伯領の湖に住居をもつ。
精霊を助けてくれたディアドラに感謝し祝福を与える。

蘇芳

火の精霊王。
ノーランド辺境伯領の火山に住居をもつ。
明るく豪胆。琥珀や翡翠に怒られることもある。

翡翠

風の精霊王。
コルケット辺境伯領に住居をもつ。感情を素直に表すタイプ。

琥珀

土の精霊王。
皇都に住居をもつ。
精霊の森とアーロンの滝まで道をつなげることを条件に精霊を与えると約束する。

story

同人誌作りに没頭しすぎて命を落としたアラサーOLが転生したのは、砂漠化が迫る国の辺境伯令嬢・ディアドラだった。帝国のお家騒動を解決して４年。10歳に成長したディアドラは学園に入学した。ドキドキの学園が始まるかと思いきや、ルフタネンのカミルと再会し、内戦回避に手を貸してほしいと頼まれたことから事態は一変。精霊を守るため、100年間引き籠っている精霊王を絶叫で起こし、隣国の危機を救った。恋愛はまた置いてけぼりになってしまった。

ヨハネス侯爵家

リーガン伯爵家の話し合いがどういう結果になったのか、私はまだ聞いてはいないけど、モールディング侯爵の件はパウエル公爵が責任持って片を付けてくれることになった。

今回の騒動の唯一よかったことは、エルトンとイレーネの関係がリーガン伯爵家公認になったことだ。

あの場にいた辺境伯や公爵がふたりの中を応援しているのに、リーガン伯爵に反対する度胸はないだろうし、これを機会に、是非イレーネとゆっくり話し合ってもらいたいものだわ。


そして次の週末。皇太子がベリサリオの寮に訪れる日がやってきた。

休日は平日以上に寮で働く人達は大忙しだ。友達の寮に遊びに行く子供達や、一週間ぶりに親に会いに城に帰る子達が、平日と同じように朝から食堂を賑わせているなかで、寮で行われる茶会の準備も同時に行われるからだ。

今日は私達の茶会以外にも何件も約束をしている子がいるようで、部屋が全部埋まっているらしい。その分用意しなくてはいけない菓子類や軽食、飲み物も多くなる。

私も平日と同じ時間には起きて食堂で朝食を済ませ、侍女に磨き上げられている真っ最中だ。

主役はカーラだから、授業を受ける時と同じかむしろ地味目にしてほしいと言っているのに、ダナもネリーも手を抜く気がいっさいない。

ダナなんて寮に来る予定はなかったのに、いつのまにかしっかり来ていて、当然のように私の世話をしている。

「どこで誰がご覧になっているかわからないんですよ。その方がお嬢様を見初められて、将来の旦那様になるかもしれないじゃないですか」

「そういうこともあるかもしれないわね」

「そうじゃなくても妖精姫と呼ばれるお嬢様は、いつも注目の的なんです。言葉遣いや動作も美しく。気を抜かないでくださいね」

動かず黙っていれば可愛いってやつだね。

自覚あるから大丈夫よ。

でも言葉遣いに気を使って、御令嬢らしく上品に動くと怖いって言われるんだけど、どうすればいいんだろうね？

「お友達のお世話をするばかりではなく、ご自分のことも考えてくださいな。お嬢様は個性的なんですから」

侍女や執事達の間で、私を今からどうにかしないとやばい説が浮上しているんじゃないでしょうね。

大丈夫だって。まだ十歳だって。

「いい男は早めに捕まえておかないと駄目なんですよ」

ネリーまでそんなことを言うなんて。意外！

「成人するくらいにならないと、いい男かわからないでしょう」

「いい男は育てればいいっておばあちゃんが言ってました」

マジか。エドキンズ伯爵家すげえな。

「でもミーアは育てないで、いい男を捕まえたじゃない」

「私も頑張ります！」

おお。ネリーってば、やる気になっているのね。

学園に通い始めて三年くらい経つと、そろそろ上や下の学年の生徒の顔ぶれもわかってきて、素敵だなって思える相手が出てくるのかな。

お姉ちゃんのミーアが公爵に見初められて、同い年のイレーネにはエルトンという恋人が出来て、スザンナは皇太子妃候補。少しは焦ったりするのかもね。

「エルダもまだひとり身よね」

「うーん。本当にディアは鈍いのね」

「え？　誰かいるの？」

「……そうじゃないけど、彼女は仕事が楽しいみたいよ？」

「仕事ってフェアリー商会の話？　たまに遊びに来た時に、ちょっと手伝っていくだけよ？　本格的にうちで働く話なんて出てないわよ？」

「そう……よね。彼女どうするのかしら」

「ネリー、何か隠しているでしょう！」

「ふたりとも、おしゃべりしている時間はありませんよ」

「はーーい」

ダナに注意されて、ネリーは一瞬ほっとしたような顔をした。

えー、すっごく気になる。

エルダが仕事をしたいというなら、応援はしてあげたい。

でも、いずれ独立して自分で何かしたいって目標でもないと、伯爵令嬢が仕事をするのって難しいんじゃないかな。

今は事務仕事や会計の手伝いだけしかしていないのよ。伯爵令嬢に事務員やらせていいのかな。

「ディアドラ様！」

着替えが終わったのでまったりしていたら、アイリスが部屋に飛び込んできた。

「ヨハネス侯爵家から使いの方がお見えです」

使い？

うわ。嫌な予感がする。

急いで入り口に向かい階段を降りる。

玄関ホールの邪魔にならない端の方に、執事服に身を包んだ二十代半ばの男が立っていた。

金髪でそこそこイケメン。でも今まで会ったことない人だ。カーラの執事ではないはず。

「あなたが使いの方？」

「はい。お嬢様が昨夜遅くから急に体調を崩されまして、本日は大変申し訳ないのですが欠席させていただきたいのです」

……ドタキャンするとは。

世間的には皇太子妃選考のための茶会だなんて話していないんだから、今回だけ顔を出して、次から不参加にすれば何も問題なかったのに。茶会に出るのも駄目だというのはどういうことなの？

そりゃ少しは、こういう可能性も考えないではなかった。

カーラが長女だから、ヨハネス侯爵はまだ若いのよ。

小学校の先生の大変さが、少しだけわかった気がするわ。

イレーネの時といい今回といい、子供より親のほうが問題なんですけど。

「ディア」

背後から声がして振り返ったら、お兄様がふたり揃って階段を降りてくるところだった。

「その人は誰だい？」

「まあ、そう言われてみれば、あなたはどなた？」

「あ、失礼いたしました。ヨハネス侯爵家で執事をしておりますロイドと申します」

「以前、お会いしたことはありましたて？」

「いえ、お目にかかるのは初めてです」

ですよねー。

いつもカーラの周りには侍女しかいないもんね。

「……では、きみがヨハネス家の使いだという証はあるのかな？」

「え？　あ……いえ」

「初対面で、本人が言っているだけで手紙も証明するものもなく、ディアを呼びつけて、殿下との茶会に参加しないって？」

優し気な顔つきのままで、口元に余裕の笑みを浮かべて、クリスお兄様が言うもんだから、ホールの雰囲気が一瞬でピリピリしてしまった。

階段の途中で、片手を手摺に置いて、目だけ笑っていない微笑で見下ろすの、めっちゃ怖いよ。

うちの生徒達まで怖がっちゃって、ホールに近付けなくなっている。

「もしかして、ヨハネス侯爵は皇太子殿下に直接、お詫びをしているのかもしれないよ」

クリスお兄様の一段上で、視線はヨハネス侯爵家の執事に向けたまま、アランお兄様は足を止めた。

口調も表情も普段のままだけど、手元が光ってますよー。剣精やる気になってますよー。

「そうか。その可能性があったな」

「い、いえ……」

そこで顔色を変える前に、よく考えてから来ようよ。

なんでこんな中途半端な執事を寄越すかな。

いっそ私が知っている生徒を寄越すか、ヨハネス侯爵家の執事長を寄越すくらいのことをすればいいのに。

「どちらにしても、ヨハネス侯爵家が皇太子殿下とディアを、ずいぶんと軽く考えているのはよくわかった。こちらから改めて連絡をしよう。帰ってくれ」

「し、失礼します」

執事が深々とお辞儀をし、扉に向かおうとしたところで外から扉が開き、エルトンがホールに入ってきた。

「……？」

その場の不自然な空気に気付いて、さっとホール内に視線を走らせて状況を確認しようとして、出来るだけ目立たないように出て行こうとしている執事にしっかり気付いた。

そこへ階段を降りたクリスお兄様が近づいた。

「先触れに来たのか？」

「ああ。殿下ももう少ししたらおいでになられる」

「カーラは体調が優れずに欠席だそうだ」

「……」

無言で視線だけがヨハネス侯爵家の執事に向けられた。

「カーラ嬢は体があまり丈夫ではないのかな？」

「どうだろうね。慣れない学園生活で体調を崩したのかもしれない」

やめて。カーラ病弱説を作らないで。

身体が弱いと思われると、縁談の相手が減るんだから。

「皇太子殿下がいらっしゃるのなら準備をしないといけませんわ。お出迎えしたいと待っている者がいるんですよ」

　ここは私が、しゃきっとしないと。

　屋敷にお客様をお迎えするのは女主人のお仕事で、今回は私が招待した形になっているから私の仕事だ。

「エルトン、そんなところで仁王立ちしないで。クリスお兄様はこっちでお迎えして。アランお兄様もこっち！」

　お兄様達の背中を押して正面に立たせる。

　左右に紺色の制服を纏った生徒がずらっと並ぶのは、なかなか見栄えがよろしい。

　お花も綺麗に活けられて、家具や調度品は磨き上げられている。

　お兄様達の横に私も並んで、御令嬢らしく微笑みを浮かべる頃には、ヨハネス侯爵家の執事は姿を消していた。

　すっかり貧乏くじを引かされた形になってしまったね、ご苦労様。

「アンドリュー皇太子がおいでになりました」

　エルトンの声に合わせて、カーテシーで出迎える。

　いつもはふらっとベリサリオに来て放置されている皇太子相手でも、こういう時は敬意を表して最高のおもてなしをしなくては。

　ひとまず、この場では。

「ベリサリオの寮の中はこうなっていたのか。一度、入ってみたいと思っていたんだ」

ひとまずこの場では！　公私のけじめを！

って、こっちは気を張っていたのに、ちらっと顔をあげて様子を窺ったら、のんきな顔をしてきょろきょろと玄関ホールを眺めている皇太子がいましたよ。

「こんなに大勢で出迎えてくれたのか。ありがとう」

アンドリュー皇太子も皆と同じように、白いシャツに刺繍の入ったベストを着て制服の上着を羽織っている。身長があって体格がいいから、なんでも似合うよね。

連れて来たのは、側近のギルだけか。

もうひとりの側近のエルトンはこの寮の人間だし、皇太子とクリスお兄様が仲良しなのは皆が知っているから、ベリサリオでは皇太子の人気って高いのよ。

そこに堂々と現れて、イケメンの笑顔と甘い声とお礼の言葉で、周囲の子供達がすっかり感激ムードになっている。気さくで素敵と親近感がアップして、さっきまで雰囲気が悪かった後だから、余計に皇太子の印象爆上がりよ。

その分、ヨハネス侯爵家とカーラのイメージが悪くなってしまう。

辺境伯の三兄妹が勢揃いして待っているところに、執事がひとりふらっとやってきて、欠席すると伝えるのを見て、この寮に居る人達がいい印象をもつわけないもん。

「そうか。やはりヨハネス侯爵の対応は駄目だったか」

だけど室内に噴水のあるお馴染みの部屋で、カーラのドタキャンの話を聞いた皇太子は、怒るどころか面白そうに笑っている。

「政治に興味のない家の娘もいいかと思ったんだが、将来、皇妃の親が公式行事で何かやらかすおそれがあっては困るな」

テーブルの周りにそれぞれの精霊獣が小型化して顕現して、会話が外に聞こえないようにしながら遊んでいる。

テーブルについているのは皇太子と側近ふたり、そして私とお兄様ふたりだけだから、すっかり普段と同じ状況よ。

「こうなることを予想していたんですか？」

「そうではないんだが……ディアはヨハネス侯爵にどんな印象を持っているんだ？」

「観光業を成功させたやり手」

「確かに観光業のおかげで、あそこの領地の収益は素晴らしいんだが、侯爵の仕事はそれだけではないだろう」

「あそこ、観光のために治安をよくしようと憲兵には力を入れているけど、まともに軍隊を運営していないんだよ」

エルトンに言われて建国当初の侯爵家の役割を思い出した。

もともと独立していた他民族の勢力である辺境伯が裏切った時には、王都に攻め入る前に押さえ、辺境伯が他国と戦争状態になった時には助力するのが、この国の侯爵の役目だった。だから侯爵家の領地は辺境伯家に隣接しているか、王都を守る要の場所にあるのよ。

ただ今はもう、コルケットとベリサリオに挟まれたカーライル侯爵家はうちと仲良しで、ダグラスはお兄様達と幼馴染だし、スザンナの家のオルランディ侯爵家だって、コルケット辺境伯家との仲の良さは有名だ。

でもちゃんと軍隊を持って、有事に備えてはいるはずなのよ。

「マイラー伯爵を侯爵にして軍を持たせるから、ヨハネス家はもういい」

マイラー伯爵家はエセルとヘンリーの家ね。

軍を持っていなかったのに、海の荒くれどもを束ねて海賊退治をしちゃっているマイラー伯爵、すごいな。

「ディアは雅風派ってグループを知っているかい？」

クリスお兄様に聞かれて、頬に人差し指を当てながら首を傾げた。

「なんで知らないんだ？　妙なことにやたら詳しかったり、普通は知っていることを知らなかったり、ベリサリオの教育方針はよくわからん」

「興味のあることにだけ詳しいみたいだ」

「興味なかったのか」

お友達とは仲良くしたいけど、親のことまで調べる気にはならなかったわ。

ウィキくんで調べたことや、前世の記憶が役に立つことには詳しくて、他は全くわからない。

ちゃんと家庭教師の授業は受けているから、国の歴史や経済はそこそこ詳しいはずなんだけどな。

「雅風派は若い貴族達のグループで、簡単に言うと遊び人の集まりだ」

ギルの説明で、ようやく記憶が蘇った。

「夏はヨハネス侯爵領で遊んで、冬は王都で遊ぶ人達ね。地位や権力には興味がなくて、芸術家のパトロンになるのがステータスで、夜会や舞踏会で朝まで騒いでるんだっけ」

ある意味、中世の貴族のイメージに近いかもしれない。

サロンで音楽を聴きながら酒を飲んで、芸術談議に花を咲かせて、軽い恋愛なんかも楽しんでしまう人達だ。古いしきたりなんて格好悪くて、流行の最先端を自分達が作り出していると自負している人達だね。

「そうなんだ。結婚していても、一晩の関係であと腐れなく遊ぶのはおしゃれだなんて思っている人もいるらしい。ヨハネス侯爵は領地経営に力を注いで儲けているし、家族が大事だから遊びの方は節度を保っているらしいが、仲間に見栄をはりたくて浪費して破産しそうな者もいるそうだ。確か何人か家から追い出されて、友人の家に居候になっていたり、平民落ちしたはずだ」

「どんだけ遊びに金をつぎ込んだの」

「ギル？　ディアはまだ十歳なのに、なんでそんな説明をしているのかな」

クリスお兄様に睨まれて、ギルは片手で口を覆った。

「彼女に今更、歳がどうこうは関係ないかと」

「ギルって話し方が講義している先生みたいだから、すんなりと聞いてしまったわ」

いいなあ。パトロン。

お金出してあげるから、好きに同人活動していいよって言われるようなものでしょ？　最高！

あ、でも、サロンで発表するのか。

作曲したら曲を弾いてみせて、絵を描いたらサロンで見せて感想を聞くんだ。

戯曲や詩を書く人達は朗読するの？

なにその羞恥プレイ。

「年はいいとして、女の子だというのも忘れてないかな」

「滅相もございません」

バントック派のように政治に口を出して汚職に手を染められるよりは、政治に関心のない家でもいいのではないかと候補に入れたのか。

観光業に関してはベリサリオより成功しているもんな。

「ディア？　何を考えてるの？」

「え？　芸術家のパトロンというのは、考えたことがなかったなと思って」

「十歳の女の子がパトロンにはならないよね」

「ですよねー」

クリスお兄様のこの反応を見る限り、私が若い芸術家に近付くのは駄目なんだろうな。

妹に変なことを教えそうだと思っていそう。

それか、変な男に騙されそうとか。

「あら？　そういえばデリック様はご一緒ではないんですね。それに以前、側近だった方達はどうなさったんですか？」

「宮廷は今、人材不足だからな、どこも優秀な若手が欲しいんだ。それで彼らには政治の中心で活躍してもらおうと思ってね。デリックにも将来、法務省で働くための勉強をしてもらうつもりだよ」

「皇太子殿下が自ら人材育成ですか」

こういう時、ほとんどしゃべらないアランお兄様がぽつりと言った。

あいかわらず皇太子は働きすぎだ。

ちゃんと睡眠もとって食事もしてはいるそうだけど、自分のための時間をいっさい取れていないらしい。

『ディア、ネリーが呼んでいる』

イフリーに言われて入り口の方を見ると、かしこまった様子でネリーが立っていた。

「どうしたの？」

「ヨハネス侯爵家の方がお見えになっています」

「誰かしら？」

「おそらく侯爵様の執事の方かと。お屋敷でお見かけしたことがあります」

今度はもっと上の執事を寄越したのか。

でももう遅いんだけどな。

「僕がいこう。みんなは話を続けていてくれ」

クリスお兄様が立ち上がり、ネリーと一緒に部屋を出て行く。

なんだろうねと残ったメンバーで顔を見合わせたところで、みんなの精霊獣がいっせいに身を起こした。

『精霊王様だ』

『精霊王様がいらした』

「え？　どこに？」

慌てて立ち上がりながら室内を見回したが、部屋の中にはいない。

『公園だ。外の公園』

『琥珀様だよ』

『瑠璃様も』

ベリサリオの精霊獣と違って、皇太子やギルの精霊獣は滅多に精霊王に会えないからか、嬉しくて動き回ってしまっている。

「行こう。よくわかっていない生徒が何かしたらまずい。僕は先に様子を見ておく」

アランお兄様が立ち上がり、急いで部屋を出て行く。

うちのお兄様達の行動力と判断力はさすがだけど、皇太子を置いていかないで。せめてちょっと意見を伺って。

「私達も行きましょうか。琥珀がいるなら会いたいでしょう？」

「……そうだな」

中央の代表は皇家だけれど、あの事件以来、まずは精霊獣を育てなくてはいけないのと仕事が忙しいのとで、皇太子はまだ琥珀の住居に招かれていないらしい。

住居といっても、うちの兄妹みたいに家の中に連れて行ってくれるわけではなくて、瑠璃がうちの家族だけ湖の上の特別席に連れて行ってくれたように、翡翠が雲の中にコルケット辺境伯を連れて行ったように、特別な場所を用意してくれるのが信頼の証でもあるんだってさ。

「どうしたんです？」

「ベリサリオの者に会いに来たんだろう？　俺が顔を出していいものなのか？」

「私達に会いに来たなら、私達が誰を連れて行っても平気でしょう？　それに琥珀の担当している地域の代表は殿下ですよ。生徒達が問題を起こす前に行かないと」

「そ、そうだな」

珍しく遠慮しているな。

琥珀に会うのが怖いとか？

部屋を出て急ぎ足で廊下を進む。

玄関ホールではクリスお兄様と初老の執事が、難しい顔をして話していた。

お兄様の手にある封筒は、ヨハネス侯爵からのお手紙かな。

おっそいわ。今更だわ。

「精霊王が出たって？」

「幽霊ではないんですから、いらしたと言ってください」

「僕も挨拶に行こう。ライ、これを父上に渡してきてくれ」

「え？」

クリスお兄様が封筒を側近のライに渡すのを見て、ヨハネス侯爵家の執事の顔色が変わった。

「それは、ディアドラお嬢様宛のお手紙でして」

「聞いた通り精霊王がお見えになったので、ディアはご挨拶に行かなくてはならない。皇太子殿下もお待たせ出来ないだろう？　侯爵からの手紙は本日のそちらの対応の報告と共に父上に渡しておく。ライ、精霊王が見えたことも報告しておいてくれ」

「かしこまりました。直ちに」

一礼して手紙を受け取り、早速ライは転送陣の間に向かっていく。

止めることも出来ずに呆然としている執事を放置して、クリスお兄様はさわやかな笑顔で振り返った。

「さあ行こうか。アランひとりに任せておいては可哀想だ。アンディ、琥珀様と親しくなるチャンスだよ」

クリスお兄様に背を押され、曖昧に頷いて皇太子も歩き出した。

精霊獣達が向かう方向に進んで行くと、生徒達の人垣が出来ていた。

ひとりが私達に気付いて道を開けようと動いてくれて、周囲もその動きに気付いて、すすっと人垣が分かれていくと、遠巻きに生徒に囲まれた中心に、琥珀と瑠璃とアランお兄様が仲良さげに話していた。

「目立ってる」

『ディア、遅いわよ』

「きみも目立っているよ」

ぼそっと皇太子が呟いたので、がしっと腕を掴んで歩き出す。

「瑠璃に琥珀、ひさしぶり。ちょうど殿下もいたから連れて来たの」

「今日はどうしたんですか？」

「……」

クリスお兄様に反対側の腕も掴まれて、皇太子は仕方なく歩き出した。

琥珀の方は何も気にしていないみたいで、むしろ会えて嬉しそうなのに、この男は何を気にしているんだろう。

『だって、ディアも今年から学園に来るって聞いていたから、どんなことやっているのかなと思って。その服は制服なの？　かわいいわね』

『本当に子供ばかりしかいないんだな。ああ、向こうに大人もいたか。あれが教師か』

距離があるとはいえ、子供達にぐるりと囲まれていてもふたりはまったく気にしていない。子供達の方は精霊王に会えて目をキラキラさせているし、彼らの精霊は興奮しちゃって精霊同士ぶつかるくらいに動き回っている。

「ここは学園だから、大人は許可を取らないとはいっちゃ駄目なの。両親でも寮までしか来ちゃいけないのよ」

『ふむ。我らは来てはいけなかったか？』

瑠璃が顳に手を当てて考えるふりをした。

わかってたくせに。ちゃんと学園に来る前に説明したじゃん。

「連絡をくれれば許可を取って、生徒達にもあらかじめ伝えられたんですよ」

「……」

「どうしたの？」

皇太子は困った顔で生徒達を見て足を止めて、それ以上精霊王達に近付こうとしない。

「いや、おまえ達はいいんだが、我らは立ったままというわけには。向こうの生徒達も」

あー、そうだった。

跪かなくていいのは、私達だけだった。

両側から私とクリスお兄様に腕を捕まえられて身動き出来ないし、皇太子と側近だけが跪いてべリサリオが跪かない現場を、生徒達に見られるのはまずいわけだ。

「瑠璃も琥珀も、殿下が跪かなくてもいいよね」

『ん？　ああ、人間の立場的にその方がいいのだろう？　かまわない』

『そうね。気にしないわ』

ほっとした様子で皇太子が歩き出したので、私達もふたりに近付いた。

人間の身分は関係ないと言いながら、その辺はちゃんと考慮してくれるのが嬉しい。

琥珀がこちらに手を差し出したので、私だけ先に小走りに近付いてその手を取ると、瑠璃がいつものように頭に手を乗せてきた。

「生徒達も跪かなくてごめんね。みんなどうしていいかわからなくて、でも精霊王に会いたかったんだと思うの」

『子供達に悪意がないのはわかっているから気にするな』

『そうよ。この森に学びに来てくれる子供達は大好きよ』

ふたりともやさしい！

でもこれ、親子みたいに見えませんかね。

そしてふと気付いたら、目の前まで近づいたところでエルトンとギルはすっと跪き、皇太子は胸に手を当てて軽く頭を下げていた。彼にだけさせてはいけないとクリスお兄様も皇太子と同じようにしていて、いつの間にかちゃっかりアランお兄様もその隣に並んでいる。

私だけ、浮いてない？　目立ちまくってない？

ま、まあ妖精姫だしね。ひとりだけ女の子だし。

今更、そっちに並んでもおかしいしね。

『王都にはいつからいるの？　アーロンの滝に遊びに来てくれるかと思ったのに』

「まだ来たばかりだし、生徒は学園の外に出たら駄目なの」

『なぜだ？　軟禁されているのか？』

なんでさ！

「保護者がいないのに、自由に外に出られるようにしたら危ないでしょ？　羽目を外す子もいるだろうし、攫われたりしたら困るの」

『それはそうね。じゃあ、どこでお話しする？』

琥珀の視線が皇太子に向けられる。

彼がギルに何事か囁くと、ギルはすぐに教師達の方に駆け出した。

「今、許可を取りに行かせました。おそらく問題ないでしょう」

『アーロンの滝に連れて行っていいのね』

「はい」

『じゃあ、あなたとベリサリオを連れて行くわね』

側近はさすがに駄目だな。

他の辺境伯も家族しか連れていけないからな。

「殿下、あちらにエルドレッド殿下がいますけど」

アランお兄様が示した方向に目をやると、エルドレッド殿下と側近ふたりとパティが、生徒と一緒に人垣に紛れて立っていた。

『あら本当。私、あの子と話したことないのよ。連れて行きましょう』

「エルディ、来てくれ」

「え？　……はい」

皇太子に呼ばれて、エルドレッド殿下は驚いて自分の顔を指さした。まさか呼ばれるとは思っていなかったみたいだ。

皇太子が頷くのを見て、エルドレッド殿下が早足で近付いてくるのを待ちながら、私はついいつもの癖でパティに手を振ってしまった。

『友達か？』

「そうなの。同じ教室で勉強しているのよ」

『じゃあ、彼女も連れていくか』

『そうね。女の子があなただけじゃね』

え？　いいんだろうか。

問題ない？

「話してくる」

さすがにここで全力疾走は出来ないので、とたとたと転ばないように小走りにパティの元に行く。

彼女の方も話があるらしいと気づいてくれて、近づいてきてくれたからすぐに合流出来た。

「琥珀が、あなたもアーロンの滝に連れていきたいって」

「え？　どうして？」

「男ばかりの中に、私だけいるのを気にしてくれたみたい」

「……でもいいのかしら」

「グッドフォロー公爵領って、一部琥珀の担当地域に領地が入ってなかった？」

「それはそうだけど」

精霊王がいいと言っているんだし、公爵家の娘だし、いざとなったら皇太子に説明は丸投げしてしまえば。

『じゃあ、アーロンの滝に移動するわよ』

「え？」

まだ話の途中なのに、転移させないでー！

皇族の葛藤

琥珀が暮らす場所はアーロンの滝の上。皇都を見下ろす小高い丘の上だ。

丘は皇都の外まで続いていて、滝の下だけでなく上も皇族の土地なので部外者は立ち入り禁止。

おかげで街中にあっても人間が近寄らない場所ではあるんだけど、琥珀の住居のある次元と人間の住む次元が違うのか、特殊な魔法でもかかっているのか、気候や景色が皇都とはまるで違った。

どでかい滝の上流だから川幅が広いのはわかる。でもね、水の流れは穏やかで底が見えるくらいに透き通っているんだよ？

いやいや、爆音響かせて滝つぼに水が落ちる迫力ある滝なのに、この水量はないわ。

それに川の向こう側、あれ桜？　桃？　よくわからないけど薄いピンク色の花が一面に咲いているの。冬なのに！　皇都は雪が降りそうな気温なのに！

川のこっち側なんてもっとすごいよ。

実のなる木ばっかりが植わっているよ。

どの木もいっぱい実がなっているよ。

冬なのに！

「さすが土の精霊王」

『好きな果物があったら、取って食べていいわよ』

「ありがとうございます」

礼は言っても手は伸ばさずに、皇太子は琥珀の後ろを歩いていく。

琥珀は相変わらずアランお兄様がお気に入りなので、クリスお兄様が皇太子の隣にアランお兄様をつけておいた。

ふたりの後ろをエルドレッド皇子とクリスお兄様が歩き、最後尾に私を中心に瑠璃とパティが歩いていく。巻き込まれて連れてこられたパティは、私の腕をしっかりと掴んでいた。

「どうしてこんなことに……」

「私に巻き込まれたって言えば平気よ。本当のことだし」

『その子は何を気にしている？』

「精霊王の住居には、担当する地域の辺境伯家の人間だけが訪れていたの。中央は皇族だけが訪れる予定だったんだけど、今回は私達も来ちゃったのよね」

『そもそもそんな決まりはないが』

「うん。でも最初に辺境伯達に精霊王を紹介する機会があったでしょ？　その時に全精霊王の住居にベリサリオだけ招待されちゃまずいなと思って、各地域の代表になった人の家族だけ会えるってことにしたのよ。ベリサリオばかり特別扱いされると、他の貴族との兼ね合いがあるじゃない？」

『おまえは別扱いでいいのなら構わん。おまえまで他の精霊王のもとに行けないとなると、皆がうるさい』

「私は……もうみんな諦めているんじゃないかな？　あの子はしかたないって」

話しながら歩いた先には、ギリシャのパルテノン神殿を思わせる白い建築物が建てられていた。

といっても、白い円柱が等間隔にぐるりと建てられているところが似ているだけで、こちらの方が規模が大きいし、円柱で囲まれた中の三分の二は高層建築物になっている。

その建物は上に行くほど面積が小さくなっていて、いくつもの四角が積み重なって円柱で支えられている不思議な造形をしていて、屋根部分は全て半円形。開口部にはドアも窓ガラスもなく、十階くらいはありそうな高さでも手摺のない外階段がついていた。

そもそも飛べるのに階段いるのかな？　あれは飾り？

手前部分には白い石が敷き詰められ、中央に丸い池があり、そこから四方に水路が伸びている。

池の上には放射状に十二個の線が描かれた透明な板が浮かんでいて、池にそれが映っていた。

「時計？」

『そうよ。素敵でしょ？』

板には針がないのに、池の水にはちゃんと針が映っている。

素敵だけど、土の精霊王の住居としては意外かも。

蘇芳のいる場所の方が、よっぽど土の精霊王の住処のイメージだわ。

『土の精霊王らしくないとか言うんじゃないでしょうね』

「うっ」

『人間はみんなそう言うわね。服の色は確かに属性に合わせているけど、なんでもかんでも土の精霊王らしくしなくちゃいけないなんて馬鹿らしいわ』

そりゃそうか。

何色の服を着たって、どこに住んだって、琥珀は土の精霊王だもんね。

『ただ、地面があって植物がたくさんあって、生き物がたくさんいるところが好きだし居心地がいいのは確かなのよね』

「じゃあこの建物、居心地よくないんじゃないの？」

『いいの。今はそういう気分なの。飽きたらまた変えればいいのよ』

『どの精霊王も住む場所も住居も何度も変えているぞ』

『翡翠が一番頻繁に変えているわ。だから転送陣が必要なのよ。あれがあればどこに移動しても飛んでいけるでしょ？』

引っ越し好きな人っているよね。

「じゃあ瑠璃もあの泉じゃないところに住んでいたこともあるの？」

『引っ越しなど面倒だ』

『彼は担当地域内に、いくつも別宅があるのよ』

あー、自宅をたくさん持つタイプか。

維持が大変だけど、自分の家が落ち着く人にはホテル住まいよりいいよね。

精霊王は知れば知るほど個性がはっきりしていて楽しいな。

同じ水の精霊王ならば、国が違っても似たような考え方や行動をするのかな。

いや、モアナと瑠璃は同じ行動はしないわ、きっと。

案内されたのは列柱のすぐ横の、三段ほど他より高くなっているスペースだった。

そこだけ石の上に絨毯が敷かれ、ロータイプの生成りのソファーが置かれていた。

背もたれまでふかふかで、座ったら立ち上がれなくなっちゃうようなやつよ。

『ここから皇都が見下ろせるのよ』

高さの尺度もおかしい。

アーロンの滝の高低差の何倍よ?!

高尾山の山頂から麓を見下ろしたような高さなんですけど!

『ほら座って』

「高所恐怖症の人がいたら泣くわ」

『なんだ、こわいのか?』

「こわくなんかないです」

景色が見やすいように、ソファーはL字型に置かれていた。

瑠璃がLの字の角の部分にさっさと腰を降ろしたので、私が右隣に座って、腕にしがみついたままのパティもそのまま隣に座る。瑠璃の左隣にアランお兄様、クリスお兄様、皇太子の順に座って、なぜか琥珀がパティの隣に座った。エルドレッド皇子はちょっと迷っていたからか、琥珀が腕を引っ張って自分の隣に座らせた。

『ようやく招待する事が出来たわね、アンドリュー。こっちがエルドレッド？　あなたなんて森が完成した時に、家族で顔を出して以来会ってなかったわよね』

琥珀に声をかけられて、エルドレッド殿下は曖昧に頷いた。

大きな花の描かれた足首まである服の上に半透明の薄い上着を羽織り、腰に幅の広い布を巻いた女性達が、いつの間にかテーブルの傍らに姿を現し、飲み物やカットされた果物の皿を並べ始めたので、みんな話は聞いていてもエルドレッド殿下に注目してはいないのよ？

琥珀の口調も、別に責めている感じじゃないんだけど、エルドレッド殿下と皇太子の間の空気がなんとも微妙なせいで、とっても居心地の悪い空間が出来上がってしまっている。

「すみません。エルドレッドは公務についていないのと、私のスケジュールの都合でいつも伺う日程が決まるのが当日になってしまっていたので、ふたり揃って伺うことが出来ませんでした」

『それはいいけど、あなた忙しすぎじゃない？　ようやく十五でしょ？　今しか出来ないこともあるわよ』

「学園に通ったり、友人と過ごしたりさせてもらっていますよ。でも私ひとりが琥珀様に招待されるというのは、周囲からすると不安が大きいようで……パウエル公爵に中央の代表を頼もうかとも思案しているのです」

「え？　どうしてですか？」

あまりに意外なことを言い出したので、思わずふたりの話に割り込んで聞いてしまった。

「皇族の下に、精霊王の担当する地域の代表者四人がいるという形にしたほうが、いいんじゃないかという意見があるのと、私では魔力が少なくてこれ以上精霊獣を育てられそうにないからだ。パウエル公爵家は魔力が多い家系だから、彼らのほうがふさわしいのではないかと思ってな」

皇太子の説明はいまいち歯切れが悪いけど、いろんな貴族の思惑があるから仕方ないんだろう。

それに悪い意見でもない気もする。皇族の下に四天王がいるって感じも帝国っぽくってよくない？

私の帝国のイメージ、前世のアニメのイメージが大きいのよね。

魔力に関しては、頑張ってはいたけど将軍は魔力の少ない人だったし、中央は精霊と何年も契約出来なかったり、それ以前から精霊に興味がなかったりして、婚姻の条件から魔力の多さの項目が自然消滅していたんだよね。それが残っていた地方とでは、魔力量に差が出るのは仕方がないし、それは皇太子の責任じゃないでしょ。

「それに後悔もあるんです。五年前、ベリサリオでおまえ達と話す機会があっただろう？　その時にすべて打ち明けていれば、あの事件は回避出来たのかもしれない。だがあの時の私は、ディアを信用出来なかった」

はあ?!　私が五歳の時の話よね？　十歳と五歳で何をどうしたっていうのさ。

「それはないわ」

「僕達も皇太子を信用してなかったしね」

「おまえ達……少し遠慮っていうものをだな」

「いやいい。クリスに遠慮がどうと言われると気持ち悪い」

「おい」

皇太子に、おいって言うのはいいんでしょうか。

遠慮しようよ、クリスお兄様。

「あの時にそんな話をされても、私は何もしなかったかもしれないですよ。まだ五歳だったし、ベリサリオの領地内のことには興味があったけど、帝国全体にはあまり関心がなかったので、巻き込まれたくなくて逃げたかも」

「そんな話を持ち込んできた時点で、途中で話を打ち切ってディアと部屋を出て行ったと思います」

私とアランお兄様の返事を聞いて、それはそれでショックだったらしい。

皇太子は額を押さえて俯いてしまった。

これはけっこう自信喪失している感じ？

ストレス溜まっているのかな。

そりゃ溜まるよね。辺境伯達やパウエル公爵とかの大貴族にずっと囲まれて、国政に携わらなくちゃいけないんだから。

しかも次期皇帝に相応しいと思わせなくちゃいけないんでしょう？

それが毎日でしょ？

実は円形脱毛症になってたりしない？　大丈夫？

「でも、あの時の殿下との話はとても印象深いですし、今になって、かなり実感させられています」

「どの話だ？」

「好きになる相手を考えろっていう話です。相手が妬まれたり暗殺される危険があるって」

「その話は撤回する」

「ええ?!」

実際に、お友達が巻き込まれていて申し訳ないと思っていたのに?!

「あれから五年でこれだけパワーアップしたことを考えると、成人したディアを敵に回せるやつなんていないだろう。誰を恋人や友人に選ぼうが、もう誰も文句は言えまい」

『いや、変な男は駄目だ』

「当然です。文句言いますよ」

「家族の一員として迎える以上、それなりの男でなくてはな」

「恋人との仲を反対されるならと、ディアが国を出て行ったらどうするんだ？」

「『……』」

皇太子に突っ込まれて、瑠璃まで黙り込まないで。

というか、家族が一番面倒な存在になっていない？

「国を出て行くなんて、そんなことしませんわ。ただ、あまり理不尽な態度に出るようでしたら、二度とお話はしなくなるかもしれません」

『私は理不尽なことなどしないぞ』

「あ、瑠璃様が裏切った」

「ディア、僕達と話せなくなっても平気なのか?!」

クリスお兄様、必死な顔で立ち上がらないで。今、そういう話題じゃないから。

いつでも出来るアホな会話は、あとでしましょう。

『パウエルか。かまわないが、今のことだけではなく五年後、十年後を考えたほうがいいのではないか？　魔力の強い嫁を娶り、子供が出来て家族で招待を受けられるようになった時に後悔しないか？』

アホなことを言っている三人組を綺麗にスルーして、話を本筋に戻す琥珀先生さすがです。弟子にしてください。

いや、琥珀先生の迫力を学ぶともっと恋愛が縁遠くなる気がするので、やっぱりやめておきます。

「はい。それもあって迷っています」

『各地域の代表の家の者と、ディアドラが許可した者なら、どの精霊王からも招待を受けられるということにすれば問題あるまい』

「問題ありまくりですが」

私の権力をこれ以上強くしてどうする気ですかね。

『そうよ。それでいいじゃない。今はパウエルを連れてきて、即位したらひとりで来たらどう？　なんなら私が皇宮に会いに行ってあげましょうか？』

私の意見も綺麗にスルーされた。

無視しちゃ駄目よ。話聞こうよ。

「そこまでしていただくわけには……」

『いいのよ。後悔なら私もしているの。ルフタネンの精霊王達が引き籠っているからって翡翠や蘇芳が叱りつけに行ったけど、瑠璃がディアと出会うまで、私達だって人間とのかかわりを避けていたわ。ジーンのこともダリモアのことも見ていたのに、精霊の森が壊される時に私は何もしなかった。それなのに、あのまま皇都を砂漠にする気でいたのよ。精霊王の私ですらこうなんだから、まだ十歳だったあなたが悔やむ必要なんてどこにもないの。だからね、こうして交流を持った今は私も何かしたいの。あなたの頑張りはちゃんと見ているし、あなたが皇位に就けばこの国はもっとよくなると信じられるもの』

「あり……がとうございます」

優しい声と表情でそんなこと言われたら、皇太子泣いちゃうよ。

私達いないほうがよかったんじゃないかな。

『これからは他の地域のように定期的に会いに来てほしいものだわ。それならあなたも来られるでしょ？』

琥珀はエルドレッド殿下の頭に手を置いて、くしゃっと髪を撫でた。

『人間の政治に関わりはしないけど、子供の愚痴を聞くくらいはしてもいいじゃない？』

「はい。そうさせてください」

「私は……」

俯いていたエルドレッド殿下が顔をあげ、皇太子の顔をようやく真っ直ぐに見つめた。

「皇族としてふさわしくないと思うんです。ですから、皇位継承権を放棄し、皇族から外していただきたいのです」

は？

……は？

さんざん私に話があるって言っていたのは、もしやこの話？

こっちの皇子も落ち込んで悩んでいたのか。

いるよね。そりゃね。

「まさか……ここで言うなんて」

パティは顔を両手で覆って撃沈。

背もたれと私の背中の間に頭を押し込んで呻いてる。

それ、お兄様達から見たら変な体勢になっているからやめようよ。

「おまえが私を恨むのはしかたないが……」

髪の色も瞳の色も同じふたりは、誰が見ても兄弟だと思うくらいによく似ている。

帝国で一番注目されていて、憧れている娘《こ》もたくさんいる兄弟だ。

でもうちの兄妹に比べてふたりの距離はあまりに遠くて、その距離でずっと過ごして来てしまったから、どうやって近付けばいいかわからなくなっている。

「恨んでなんていません。兄上が命を狙われているとも知らずに、両親や祖父に甘やかされて育ってきた私の方こそ、恨まれていても仕方ないと思います」

「恨んでなどいないぞ。おまえはまだ幼かったんだ」

「パウエル公爵が兄上を次期皇帝にと思った時、兄上は六歳だったんですよね？　あの事件のあった時、兄上は今の私と同じ年でした。それで子供だから仕方ないと言われても頷けません。私は兄上のようにはなれない」

いやいや、きみは普通だ。むしろ普通より良くやっている。

十一歳だよ。日本だったら小学生だよ。

十五で成人のこの世界では、扱いとしては中学生くらいかもしれない。

そうだとしたって、あんな形で両親と引き離され、兄は仕事が忙しく、傍にいるのは新しく任命された者達ばかりの中で、きっとずっとひとりで孤独に耐えてきたんだ。

うちのふたりのお兄様や皇太子と比較しちゃ駄目だよ。異世界転生した私よりチートだから。

学園にいる同級生と比較しよう。

同級生にいるでしょ。ダグラスとかモニカとか。

あかん。このふたりも年より大人びている。

アラフォーの私が、年の差をあまり感じずに彼らと会話してるっていうのは、私がディアドラとしての年齢に馴染んだ結果か、退化しているのか、もともと精神年齢幼かったのか。

あ、悲しくなってきた。悩まなくちゃいけないのは私かもしれない。

「私と話したいと言っていたのは、この話ですか」

「……ああ、おまえなら身分に関係なくはっきりと意見を言ってくれるだろうと思ったんだ」

そうっすか。

はっきりとした意見をお求めですか。

「皇位継承権を放棄し皇族から離れる。これは具体的にどのような立場になりたいというお話ですかね？」

「……兄上にまかせる」

「他人まかせは楽でいいですよね」

「なっ……」

「ディア、お手柔らかに頼む」

あら？　私とのやり取りで弟が落ち込むんじゃないかって、皇太子ってばはらはらしてる？　皇太子って実はエルドレッド殿下のことが、けっこう好き？

皇族同士って周囲に人が多すぎて兄弟でも関係が希薄だって聞いていたし、今までの経緯で嫌っていたって不思議ではないと思うんだけど、マイナス感情ではないんだ。

エルドレッド殿下の方も複雑な思いはあっても、皇太子を嫌っているわけじゃないみたいなんだよな。

「たとえばですね、皇族から離れて両親の元に……」

「違う!!」

「そうですか。じゃあ公爵になるのが無難ですかね。それね、無駄ですよ」

「は？」

「ディア」

ようやく背中から顔を出したパティに、不安そうな顔で見られてしまった。

「継承権を放棄しようが皇族の血は流れているんです。その気になればいつでも担《かつ》ぎ出せます。周囲から見れば、ここで潔く継承権を放棄した皇子の心証はむしろよくなるでしょう」

「継承権なんて誰も気にしないだろう。どう見ても兄上の方が皇帝に相応しい」

「操るなら？」

「うぐっ」

怒りに顔を赤らめて腰を浮かせたエルドレッド殿下の手を、琥珀がそっと掴んで座らせた。

『ディア、ちょっと意地悪よ』

「もうちょっと言い方が」

琥珀とパティのふたりに怒られた。

もしかしてエルドレッド殿下って保護欲かきたてるタイプなの？

でも、そうやってみんなが甘やかして厳しい現実を教えないから、彼だけ置いてけぼり食らった状態になるんじゃないの？

ちょっとくらいはっきり言われたぐらいで、めげるメンタルして皇族なんてやっていられるのか？

「確かに今のは言いすぎでしたね。ごめんなさい。でも後ろ向きな行動はいい結果にならないんじゃないかしら。殿下は皇族じゃなくなったら、その後はどうするんですか？」

「……勉強をして……領地を」

「考えてなかったんですね」

「くっ」

拳を握り締めて睨むくらいなら、私に相談なんてしなければいいのに。

遠慮ない意見を聞きたくて相談したいって言ったくせに、嘘つきだなあ。

「エルドレッド殿下は今、皇太子殿下の立場がどれだけ大変か知っていますか？」

「ディア、ここでそんな話をしなくてもいいだろう」

「ではいつどこで誰がするんでしょう。皇太子殿下、黙っている理由はなんですか？　それがエルドレッド殿下を苦しめていると思いませんか？」

今回のはエルドレッド殿下だけじゃなくて皇太子も悪いよ。

兄に相談どころか、話す機会さえ与えられない。

説明もしてもらえず、もしかして情報さえ制限されていたら、自分は邪魔者だと思ってしまうのも仕方ない。

「私は……今は学ぶのを優先して、成人してから国政に携わればいいかと」

「アンディ。自分がエルドレッド皇子の立場で、何も知らされなかったらどう思う？　きみの態度は間接的に、エルドレッド皇子はこの状況では何の役にも立たない。いなくてもいいと言っているのと同じだったんじゃないのか」

ほら、クリスお兄様だって同じ意見じゃない。

「そんなつもりじゃ……いや、そうなのか」

皇太子はどさりと背もたれに寄り掛かり、掌を額に乗せて空を見上げた。

たぶん今、彼の頭の中ではいろんな考えや感情がせめぎ合っているんだろう。

でも私は、普通の脳みそしか持ち合わせていないので、全く理解出来そうにないからそっちはクリスお兄様に任せる。

「殿下、今学校では赤い髪を馬鹿にしたり、中央の方が田舎だと言う生徒がいるのを知っていますか？」

「いや……」

「皇太子殿下の婚約者候補に娘がなるのを平気で断る貴族がいたり、皇太子側近を軽く見る貴族がいることは？」

「……」

知らないよね。

まさか皇族相手にそういうことを直接言う馬鹿はいないもんね。

「中央の方がひどいらしいよ。中央貴族はバントック派が何をしてきたか、それに対して将軍や皇帝が何をしたかを知っている。その結果、帝国の勢力図は一変して、皇族は辺境伯の後ろ盾がなくては権威を保てなくなった。中央だけ不作が続いたのも、地方に後れを取るようになったのも全部女帝のせいだという思いが強い。その息子に対する風当たりが強くなるのは当然だ」

クリスお兄様が話すうちに、ようやくエルドレッド殿下は皇太子の置かれた状況を理解したらしい。

どんなに優れていても子供は子供だ。実経験の足りなさはどうしようもないのに、毎日狡猾な大人の相手をするんだよ。自分だったらと考えただけでぞっとする。

お父様が、自分ではなくクリスお兄様を皇太子の傍に置こうとした理由のひとつは、これかもしれない。

「その中で、皇太子にひとりで皇族をやらせるんですか？　自分は何も出来なかったと後悔しているのなら、これから何をするかが重要なんじゃないですか？」

「私は……」

俯いて考え込んだエルドレッド殿下の表情に、もう怒りはない。

真剣に考えている彼の横顔だって、年よりずっと大人びてしまっている。

この世界は、子供でいられる時間が短いな。

「兄弟ふたりしかいないのに、守ろうとして何も知らせないで誤解されては意味がないよ」

「そうですよ。うちの兄上も誤解を招きやすくて、最初はディアに信用されなくて」

「アランも最初は僕に近付かなかったよね」

「憶えてません」

「ディアが生まれた頃だったかな。二歳や三歳じゃ憶えてないか」

「みんなに信用されないって、外面《そとづら》悪すぎなんじゃ……」

「アラン、何か言ったかな？」

がしっとクリスお兄様がアランお兄様の首に腕を回して、ふたりでじゃれ合っているのを、皇族兄弟はちょっとうらやましそうな顔で見ていた。

『ふたりはもっと話をするべきよ。互いの意見をとことん話し合う機会があってもいいんじゃないかしら？　そうしないと周囲の者達の意見が正しいかどうかの判断もつかないでしょう？　第三者から聞いた兄弟の顔と、家族が見る兄弟の顔は違うわよ。ふたりで話す場所がないのなら、ここを使いなさいな。連絡をくれれば迎えに行くわ』

「そんな先の話にしないで、今話せばいいんじゃないの？　ここは広いんだし」

「え？　今？」

「いや、それは、準備が」

兄弟で話すのに何の準備がいるのさ。

先延ばしにしていたら、もっと話しにくくなるって。

『そうね。じゃあ向こうに席を用意しましょう。ほら、行くわよ』

「わかった。行ってくる」

皇太子は割とあっさりと立ち上がったのに、エルドレッド殿下の方は琥珀に引っ張られてようやく立ち上がった。

「しゃきっとしなさいよ。いつまでもパティに迷惑かけていたら嫌われちゃうわよ」

「え？」

「ディア？」

私の指摘にパティも皇子もぽかんとした顔をしている。

「こんないい子が傍にいてくれるんだから、ここは恋人としていいところを」

「ち」

「違う。そんな関係じゃない」

「そう。違うわ」

あ、少し上向いていたエルドレッド殿下の印象がまた下降した。

パティは、言いかけた言葉を飲み込んで殿下の反応を待ってから自分の意見を言ったのに、殿下の方は迷わず違うと言い切りやがった。

もしパティが惚れていたら、その言い方は傷ついたわよ。

「違うの？」

「てっきり公表していないだけで、ふたりは成人したら婚約すると思っていたよ」

ほらー。皇太子までそう思っていたんじゃん。

たぶん本人達以外の全員がそう思っていたと思う。

「僕もそう思っていた。弟にはもう相手がいるのにってアンディをからかってたよ」

クリスお兄様、そんなんだから性格が悪いと言われるんですよ。

「なんでそんな話になっているんだ？」

「はあ？　そこからわからないのこのお子様は?!」

「ディア、落ち着いて」

パティに止められたけど、ここは言わせていただきましょう。

立ち上がり腰に片手を当て仁王立ちよ。

「学園の廊下でふたりだけであの距離感で話していたり、自分の茶会への誘いをパティにやらせたり、今日だってパティの側近や護衛はどうしたのよ。あそこにいたの殿下の側近ばかりだったわよね。パティを殿下の側近や護衛が守っていたら、それってどう思われるかわかるわよね？」

「ディア、敬語」

「あらやだ、アランお兄様。迫力が増す気がするんだが』

『敬語にしたほうが、迫力が増す気がするんだが』

この、妙にお兄様達と馴染んでいる精霊王はなんですかね。

親戚のお兄ちゃんみたいな顔して座っている精霊王がいるんですけど。

「それは……考えてなかった」

「誤解の解き方に気をつけないと、パティが振られたという噂がたちます。さすがに今の歳ではまだ大丈夫でしょうが、成人近くだったら婚約相手を探すのに支障が出かねない状況ですよ」

クリスお兄様の説明を聞いて、やっと私が何を怒っているか理解出来たらしい。

「小さな時から傍にいたから、ついその時のままの感覚で声をかけていた。以後気を付ける」

「私も同じです。そうですよね。もう学園に通うようになったんですもの」

本気でふたりとも驚いているようで、真顔で頷き合っている。

幼馴染から恋人へっていう王道パターンだと思っていたんだけどなあ。

「ともかく向こうで話をしようか。琥珀様、お願いします」

『まったく困った子ね。女の子の扱いは注意しなくちゃ駄目なのよ』

「はい」

琥珀に連れられて、肩を落としたエルドレッド殿下を皇太子が慰めながら歩いていく。

会話のとっかかりは出来たようだね。不本意だけど。

「パティの御家族も誤解していない？　大丈夫？」

「え？　いえ……」

なぜかパティの頬がうっすらと赤くなって、みんなに背を向けて顔を隠してしまったので、私もみんなに背中を向けて隣に並んだ。

「え？　もしかしてもう決まった方がいたり？」

「いません」

「好きな方がいたり？」

「……い、いません」

嘘が下手だなあ。

「御家族もそれを知っているの？」

「そんな質問に引っかからないわよ」

「ばれたか」

しかたなく振り返ってソファーに腰を降ろして顔をあげたら、うちのお兄様ふたりと精霊王が平和そうな顔をしてこっちを見ていた。

『同じ年頃の友人と話すディアを初めて見たな。年相応の女の子も出来るのだな』

「どういう意味なの？」

「あの、ディア。そういえばカーラはどうしたの？」

「あーー……」

先程とは打って変わって、真面目な表情になったパティは答えがわかっているようだ。

「来なかったのね」

「そうなの。体調不良ですって」

「それさ、カーラが気の毒だよね」

アランお兄様が果物の入った皿ごと抱えながら言った。

「皇太子と妖精姫の茶会を断るほどの体調不良って、何日休んだら元気になるのかな。少なくともしばらく授業を受けられなくならないか？」

「それもあるし、ヨハネス侯爵の手紙も気になる。父上に渡してしまったけど、ディア宛だっただろ？　内容によっては今頃どうなっていることやら」

アランお兄様もクリスお兄様も、そういうことはもっと早く言ってくれないかな。

シャバに帰るのがこわいわ！

『おまえの周りはいつも何か起こっているな』

本当にね！

こんなに平穏な生活を願っているのにね！

学生らしいランチ？

翌日カーラは教室に来なかった。欠席の理由は体調不良。

やはり皇太子との茶会をドタキャンした翌日に、元気に授業を受けるわけにはいかないだろう。

本当に体調が悪いならお見舞いに行きたいところだけど、今は私が顔を出したら騒ぎが余計に大きくなるんだろうな。

「ヨハネス嬢、なんで休んだの？」

「体が弱いのかしら」

「サボりだったりしてな」

学園が始まって一週間、まず親しくなるのはたいてい同性の友達だ。

それが新しい週になって、男女関係なく固まって話しているグループを見かけるようになってきた。

あれは週末に、寮同士や領地同士の茶会という名の懇親会をやった人達かも。

このクラスは私とパティとカーラ以外、みんな伯爵の子供だから、誰と仲良くなっても家柄的に全く問題がない。

そうか。こうやってみんな徐々に親しい人を作って恋人になっていくのか。

あれ？　身分の高い令嬢は不利じゃね？

男が身分が高い分には選び放題だけど、女の身分が高い場合は、口説くのに男性側に覚悟がいるから、チャレンジャーじゃないと近付いてこないよね。

伯爵家なら問題ないはずだけど、うちの家族の許容範囲狭そうでしょ。

「私からカーラに連絡取ってみようかしら」

「うーん。モニカが取っていると思うのよね」

従姉だし、昨日ノーランド辺境伯夫人からベリサリオに連絡があったから、あちらはあちらで動いているってことでしょ。ノーランド辺境伯が仲裁に乗り出してくれているのに、私達で解決しちゃったっていうのは問題ない？

今はこちらが動くと、自分達の不手際なのに辺境伯側に気を使わせたと言い出す人もいると思うの。

「そうね。モニカ達から話を聞いてみてからの方がよさそうね」

「うん。お昼にでも話してみよう」

パティとそう約束していたのだけれど、予定が変更になるのはよくあることだ。

「ディアドラ様、あちらで、あの、お兄様が」

たまにお話するお嬢さんがふたり、頬を上気させて慌てた様子で話しかけてきた。

ざわざわと教室内が賑やかだ。女性陣は髪を整えたり、ドレスを意味もなく擦ったりしている。

そして誰もが教室の入り口を見つめていた。

「アランお兄様」

ドアの取っ手に手を置いたままこちらを見ているお兄様は、教室中の注目を浴びていてもまったく気にしていない。隣にはダグラスとジュードまで揃っていた。

ベリサリオ辺境伯次男とカーライル侯爵嫡男、そしてノーランド辺境伯の孫だよ。女子生徒の目が輝きを増すはずだ。

「教えてくださってありがとう」

「いえ。声をかけていただけたので嬉しいです」

声を震わせて言うほど、アランお兄様と話せただけで嬉しいの?! なんで?!

この子、皇太子から声を掛けられたら、失神するんじゃない?

「お兄様、どうなさったの?」

注目を浴びるのは慣れていたつもりだったけど、視線が背中に痛い。

超優良物件三人分の女性の嫉妬と羨望の眼差しよ。

親に散々、家のためにいい男を捕まえて来いと言われている子供達は、幼い分真面目に一途に親の言う通りに行動しようとするからね。

「これから昼食を食べに行くんだろう? 一緒に行こう」

おおお、お昼のお誘いとか学園生活っぽい。

相手がお兄様なのが残念だけど、お友達も一緒だもんね。

「そちらのおふたりも?」

「学園に来てから挨拶もまだしていないんだろう? パティも一緒に誘って食堂に行こう」

「そうね。待ってて」

くるりと教室内に視線を向けて、こちらを見ていたパティの元に足早に戻る。

「アランお兄様がお昼を奢ってくれるんですって」

「まあ、私も行ってもよろしいの？」

「もちろんよ」

荷物を片付けて教室を出るまで、ず――っと注目されっぱなし。

パティと廊下に出ると、いつの間にかヘンリーが仲間に加わっていた。

ジュードとヘンリーって、体格がよくて戦闘訓練を積んでいて、見た目はいいけどゴリラっていう共通点があるから気が合うのかもしれない。

ノーランドとマイラーは両家とも、草原と海の違いはあるけど、戦う民族って感じだもんね。

「うおお？　アランが女の子と一緒にいる！」

「馬鹿、あの子は妹さんだよ」

食堂では、いつも仲のいい八人で集まってご飯を食べていたから、他の子達の動向をあまり気にしていなかった。だから男の子ばかり集まっている近くに行くことなんてありえないし、せっかく学園に来ても知っている人とばかり接していたのよ。

一週間たって、そろそろ知り合いを増やそうかなと思っていたところに、アランお兄様が声をかけてくれたのは渡りに船ってやつだったんだけど、突然、男子生徒に囲まれるとは思わなかった。

「この子が妖精姫か。うわ、可愛いな」

「アランとあまり似ていないな。よかったな、こんな愛想のない雰囲気にならなくて」

「散れ散れ。邪魔だ」

「席を取ってやるよ。六人だろ？　その代わり隣のテーブル俺達な」

「離れろ」

お兄様がガードしようとしてくれても、みんな平気でぐいぐい傍に来て自己紹介していく。

「さすが妖精姫。透明感がある綺麗さだ」

「気が強いって聞いていたけど、照れてる顔が可愛いよな」

「グッドフォロー嬢だって、ものすごい美人じゃないか？」

「さすが公爵令嬢、物腰が上品だ」

やばい。前世から今まで、同年代の男の子に面と向かって可愛いと言われた経験なんてないから、どう反応するのが正解かわからない。

そんなことないって謙遜するべき？　ありがとうってお礼を言うべき？

あ、パティを参考にすればいいんだ。

「う……え、あの……」

パティも慣れてなかったあああ！

真っ赤になって、しどろもどろになってる。

「おい、ふたりしてマジ可愛いぞ」

「おう。真っ赤になっているところが最高」

「おまえらそこに一列に並べ。ぶっ飛ばしてやる」

「待て待て。アラン、こんなところで剣精を光らせるんじゃない」

「ひぇえ。アランが本気で怒ってる」

ジュードに止められているお兄様の手が赤く光っているのを見て、男子生徒は慌てて距離を取った。私やパティの精霊も男の子があまり近くに来ようとすると、間に割り込んで牽制していたし、いまにも精霊獣になって飛び掛かりそうだったのよね。

「こっちに座れ。ガードしておくから」

「おまえ達、他の生徒の迷惑になるからあまり騒ぐな」

ヘンリーが席を確保してくれて、ダグラスとふたりでエスコートしてくれた。

お兄様達の友人だけじゃなく、ダグラスの友人まで近づいてきそうなのを追い払わなくちゃいけないから大変よ。

「なんでこんな騒ぎに？」

「高位令嬢が側近や護衛に囲まれて八人も揃っているから、今まで声をかけたくても近づけなかったんだよ。それが今日は俺達と一緒にいたから、だったら自分も話したいって野郎どもが押し寄せて来たんだ」

お兄様がいるから側近や護衛の子達も、たまにはお友達とご飯を食べに行っていいよと少人数で行動したのがいけなかったのか。

ダグラスの説明を聞いてパティと顔を見合わせてから、他のお友達はどうしているかと食堂の中を見回すと、彼女達はいつものように側近や護衛と一緒に同じテーブルに集まっていた。

側近や護衛の存在、マジ重要。

「今日はこちらで食べるって伝言は頼んだけど、大丈夫かしら」

「見りゃあわかるだろう」

そうだけどさ、ジュードもヘンリーもいるのよ？

そうしたらモニカやエセルも呼んでもいいじゃない。

「いや、遠慮しておく。姉貴と学園で接触したくない」

「俺もいい。たぶん向こうが嫌がる」

「そうなの?!」

近くのテーブルに座る生徒が決まって、ようやく騒ぎは収まった。

きっとそのうち私のことも見慣れてくれるだろうけど、まだまだ妖精姫が物珍しいんだろうな。

怖がられてなさそうなだけマシだけど、近くに座ったからって会話しないし、食事がおいしくなるわけじゃないよ？

「昨日、エルディと皇太子が話をしたんだって？」

「へ？」

ダグラスに小声で言われて、一瞬、意味がわからなくて呆けた顔をしてしまった。

「ああ、皇子殿下か」

エルディ、アンディ、パティって、三人幼馴染だから同じような呼び方にしたのかな。

アンディは、クリスお兄様がよくそう呼んでいるから違和感ないんだけど、エルディって違和感あるなあ。そんな可愛い呼び方が似合うか？　あの俺様お子様皇子に。

「今の顔、さっきの男共への対応との落差がひどいな」

「しょうがないでしょ。あなただって面と向かってたくさんの女の子にカッコいい！　素敵！　って言われたら困るでしょ」

「逃げる」

「ほら見ろ」

「琥珀様のところで話したんだな？」

ジュードに聞かれて頷く。

遠くに見えるエルディくんは、機嫌よさそうに友人と食事中だ。

「寮に戻ってからも、夜遅くまでふたりで話をしたらしくてな。皇子は今朝から上機嫌だ」

それはよかった。

これで皇族から外してくれなんて言わなくなるだろう。

何か話したいことがあったわけではなく、ただ一緒に食事するだけだったらしくて、それからは近況報告というか、世間話というか。学園内の話を一年の三人に教えてくれたりして、和やかに食事は進んだ。

『モニカ、用があるって』

モニカの精霊獣から伝言されたようで、不意にジンが声をかけてきた。

「なんでわざわざ伝言？　普通に声をかけてくれればいいのに」

水色に輝く光の球が、モニカ達のいる方向にすーっと戻っていく。

私の返事を聞いたモニカがこちらを見て、すぐに立ち上がって近づいてきた。

「どうしたのモニカ」

アランお兄様達に断りを入れて私も立ち上がり、モニカが来るのを出迎えた。

「食事中にごめんなさい。夕べ、お婆様がナディア様に面会を断られたと聞いていて、そしたらディアまでお昼は別々に……お兄様⁈」

「よお」

会話の途中でジュードがいることに気付いたモニカは、アランお兄様とジュードを交互に何度か見て、次に私の顔とパティの顔を見た。

「怒っているわけではなかったのね。でもなぜお兄様が？」

「俺はアランと同じクラスなんだぞ。ここにいても不思議じゃないだろ」

「それはそうですけど……」

「たまには一緒に食事しようってアランお兄様が誘ってくれたの」

「パティもいるし、俺ひとりより何人か知り合いがいたほうがいいかと思って、こいつらにも声をかけたんだよ」

「そうだったんですね」

アランお兄様の説明を聞いてモニカもやっと安心したらしい。

ノーランド辺境伯夫人はお母様に会えなくて、だいぶ気にしているのかな。

でもいくらヨハネス侯爵夫人の実家だからって、今回くらいのことで、ノーランドとの付き合いまで変えたりしないって。

「カーラが今日お休みしたでしょ。そのこともあって話がしたいんだけど、授業が終わった後、時間あるかしら？」

「大丈夫。私もお話したいわ」

「サロンの個室を確保したの。そちらで話しましょう」

「まあ素敵。私、サロンを使うのは初めてよ」

「パティもぜひ一緒に」

個室なら話しやすくていいね。

でもモニカがこんなに気にしているのに、全くこの話題に触れずにメシを食っているイケメンゴリラはなんなんだ。

「本人達が気にしていないのに、親達が騒ぎすぎだろう。ベリサリオとヨハネスが喧嘩しても、うちは関係ないって放置すればいいのに。伯母上を甘やかしすぎだ」

おお。さすがいずれはノーランド辺境伯を継ぐ男。

ジュードをもうゴリラ扱いはやめよう。しっかりしたイケメンだった。

大事な友達

サロンは二階層吹き抜けの、高級ホテルのロビーのような場所だった。

床は大理石の模様張りで、高い天井には高価そうな照明がついていて、窓際には贅沢にスペースを使ってソファーセットがいくつか置かれていた。

ぱっと見、豪華な家具展示場のようでもある。なにしろ広いから。

私の通っていた中学の体育館くらいの広さはありそうだわ。

休んでいるカーラ以外はみんな集合するのかと思っていたのに、案内された部屋にいたのは、モニカとスザンナのふたりだけだった。

「勝手をしてごめんなさい。でも皇族も関係する辺境伯家と侯爵家の諍いに、伯爵家の子を巻き込んでは気の毒かと思って」

緊張した面持ちで背筋を伸ばして椅子に浅く座ったモニカは、申し訳なさそうに眉尻を下げている。笑顔もぎこちない。

「エセルも家が侯爵になる前の大事な時期だから、この件には関わらないようにしたら？　って私達がお話したの。それに……イレーネとエルダはベリサリオ辺境伯関係者だし……」

スザンナも珍しく歯切れの悪い口調になっている。

昨日のカーラドタキャン問題を話すんだよね？

お昼に怒ってないよーって伝えたつもりだったのに、なんでこんな深刻な雰囲気になっているの？

「私とスザンナは皇太子妃候補でしょう。カーラも。だから出来るだけこの場のやり取りは内密にしたかったの。この場にいた場合、御家族に何か聞かれた時に答えられなくて、立場が悪くなっては申し訳ないわ」

「そうね、知らなければ答えられないもんね」

実際、私も皇太子も一度も明言していないっつーのに、すっかり皇太子妃候補の話が高位貴族の間では公然の秘密になってしまっているらしいしね。

ノーランドとコルケットが、ここまで自分の関係者から未来の皇妃を出したがるとは意外だったわ。

それとも興味が薄い我が家がおかしいのかな。

「じゃあ私も遠慮したほうがいいわね」

一度腰を降ろしたパティが立ち上がった。

「あら、パティはエルドレッド殿下の婚約者になる人なんですもの。かまわないでしょう？」

モニカが言えば、

「そうね。昨日の御兄弟のお話もお聞きしたいわ」

スザンナも当然のように頷いた。

「……うっ」

このふたりも誤解していたか。

額を押さえながら、パティがソファーに撃沈しちゃったわよ。

「あのね、パティとエルドレッド殿下はそういう間柄じゃないんですって」

四人しかいないのに口元に手を添えて小声で話したら、モニカとスザンナは目を丸くして驚いた。

口にはしないけど、お茶の用意をしてくれているそれぞれの側近の子達も驚いているようで、手が止まってしまっている。

パティの側近の子も驚いてない？　大丈夫？

「え？」

「うそ?!」

「ただの幼馴染なんですって」

パティはどんよりと座面に手をついて俯き、大きなため息をついた。

まさか、これほどみんなが誤解しているとは思っていなかったんだろう。

「本当に？」

「そうなの。誤解をされているなんて気付いてなくて、ディアに言われてびっくりしたの」

「あの第二皇子がまた何かやらかして、パティを裏切ったわけではないのね？」

スザンナのエルドレッド殿下の印象、かなり悪いな。

六歳の頃からやらかしているからね。

「違うの。本当に誤解なの」

「パティは実は」

「ディア！」

うっ。睨まれてしまった。

他に好きな人がいるんだよって言えば、簡単に誤解が解けるのにな。

それにどさくさに紛れて、誰を好きなのか聞きたかったのに。

「あら」

「あらら」

でも私が言わなくても察したようだ。ふたりの目が輝いている。

「でもまずはカーラの話ね。パティは聞いても平気じゃないかな。グッドフォロー公爵は我関せずの姿勢だと思うわ」

スザンナの意見に全員が頷く。

お茶の用意が終わったので、四人以外は会話が聞こえないように精霊獣に魔法を使ってもらった。

「そうね。昨日も精霊王のお話ばかりだったから、たぶん何も聞かれないわ」

「それにパティは、皇太子殿下がカーラを候補から外すと話したのも聞いていたしね」

スザンナはやっぱりと小声で呟き、モニカは口元を両手で押さえて目を閉じた。

候補がふたりだけってつらいよね。友達同士だしね。

モニカとカーラは従妹なのにライバルでもあったわけだから、それもまた微妙な気分だったかもしれない。

「カーラは本当に体調が悪いの？」

私の問いにモニカはしばらく黙ったままだった。

答えたほうがいいのか、黙っていたほうがいいのか迷ったかな。

「……いいえ。彼女は当日の朝まで出かける気でいたみたいなのよ。でも侯爵がそれを知って、朝から寮にきて行くのをやめさせたらしいの」

つまり、あの初見の秘書がうちの寮に来た時、ヨハネス侯爵寮では侯爵とカーラが現在進行形でバトってたの？

うええ。他の子供達びっくりしただろうな。

「この間の茶会で、侯爵が反対しているのなら、ディアが茶会の招待状を出した時に断ればよかったじゃないかって話が出たでしょう？」

うん。言った記憶があるわ。

カーラとヨハネス侯爵夫人は乗り気だったから受けちゃったのよね。

「それがね、侯爵はお友達同士の普通のお茶会だと思っていたらしいの。皇太子殿下もお招きしてお話するっていうのは、ディアから別にお手紙をもらったでしょ？　カーラはそれを侯爵に見せていなかったの」

「なんでまた」

「侯爵は政治に興味がないし、皇族になったら娘に会いたくてもそう簡単に会えなくなってしまうから、たぶん断るだろうってカーラはわかっていたのね。でも彼女は皇太子殿下に会ってお話してみたかったの。憧れていたのね。私達、よくふたりで殿下は素敵ねってお話していたのよ」

うわあ、そうだったんだ。

ノーランドの特徴である体格の大きさを気にしているモニカが、ノーランドの男達に負けない体格で、男らしい皇太子に憧れているのは気付いてたんだけど、カーラはわからなかった。興味なくて、モニカのために候補を降りたいと言うかもしれないと思ってた。

「でもこの間のお茶会で私、今回は顔合わせだけだし、エルダやミーアに同席してもらうことも出来るから出てほしいって話したよね。このタイミングで断るのはまずいよって」

「それが、カーラは皇太子妃候補を降りたくなくって、侯爵と言い合いになってしまったみたいでね。自分の部屋に閉じこもってカギをかけちゃって、侯爵とちゃんとお話していないそうなの」

あーーーー。なるほど。

もうお父様なんて知らない！　って部屋に籠城したのか。

普段なら子供に甘い侯爵は、そこで折れてくれていたのかもしれない。

でも今回は駄目だったわけだ。

しっかりしてても十歳の女の子だ。

彼女にとってはそれが、自分の気持ちを主張する精いっぱいだったんだろうな。

「あの……」

パティが遠慮がちに手を挙げた。

「夫人は賛成だったのよね。カーラの味方になってはくれなかったの？」

「叔母さまは……その……おっとりした優しい方なんだけど、子育てはあまり。それに長男がまだ三歳だから、そちらにかかりきりで」

子育てをあまりしないのに、長男にはかかりきりって矛盾してるやん。

甘やかされて育った箱入り娘だとは聞いているから、面倒なことになった時点で、一歩引いて関わり合いを避けたかな。

「ともかく、何があったのかは理解したわ。うちはノーランドには何も思う所はないし、夕べお母様がノーランド辺境伯夫人のお誘いを断ったのも、ヨハネス侯爵からの手紙を読んだお母様が、何が起こったのかを私に直接確認したくて、寮で私やお兄様達と一緒にいたためだったの。まだお父様は私達が精霊王に会っていたことを知らなかったみたいで、怒ってはいたかもしれないけど、たぶん今頃はもうノーランド辺境伯とお話しして誤解は解けているんじゃないかしら」

「それなら、嬉しいんだけど」

「それとは別にね、精霊王様方が引っ越しされることがあると聞いて、コルケットでも大騒ぎなの」

「もうその話が広まっているの?!」

精霊王との会話の内容を、もうスザンナが知っていたんでびっくりよ。

「ええ。琥珀様と瑠璃様がいらして、皇族とベリサリオとパティが一緒に消えたって話は、学園中に広まっていたから、皇太子殿下もパウエル公爵や辺境伯方に話さないわけにはいかなかったのよ」

そうかー。そうだよねー。

でも精霊王だって引っ越しくらいはするでしょう。なんで騒ぎになるの?

「転送陣があるんだから、引っ越ししたって問題ないでしょ？　転送陣の場所を変えろなんて私は言わないし、辺境伯と精霊王との交流も、もう何年もしているんだから、彼らがそんな簡単に辺境伯達を見捨てていなくなるわけないじゃない」

「そうかしら……」

「モニカ、蘇芳ってそんな冷たいやつに見える？　スザンナは？　翡翠って子供が好きな優しい女性で、あなた達の様子を見にふらふら出歩いたりもしているんでしょ？」

「そうね。蘇芳様は素晴らしいお方だわ」

「翡翠様もよ。うちの領地にまでいらしてくれたことがあるの」

翡翠、身軽だな。

牧場で働いていて、上空にふよふよと翡翠が漂っているのを見つけたりしたら、驚きでぶっ倒れる人が出る危険があるんじゃないか？

帝国の精霊王がフリーダムすぎる件について。

「そしてベリサリオは、帝国が今後も平和に繁栄していくことを望んでいるの。全く問題ないのよ。心配しないで」

「そうよね。やだ、ディアに会うのに緊張しちゃった」

「よかった。私達まで気まずくなったらどうしようかと思っていたのよ」

ようやくモニカとスザンナが普段の明るい笑顔を見せてくれた。

話を聞いていたパティも、胸を押さえてそっと息を吐きだしている。

全く最近、大人達のせいで迷惑をこうむってばかりよ。

私達の友情が壊れたらどうしてくれるつもりなの？

「モニカ。カーラに授業に出るように言ってくれる？　仮病だったのはもう知っているわけだし、欠席が続くともっと顔を出しにくくなってしまうわ。悪いと思っているなら、謝ってくれればそれでもういいのよ。教室で私と会うのが気まずいなら、朝、うちの寮に来てくれないかしら。そこで話をしてから一緒に教室に行きましょう。でも私からヨハネス侯爵寮に行くわけにはいかないの」

「ええ、わかっているわ。ベリサリオの立場があるもの。怒ってもいいはずなのに、カーラのことを心配してくれてありがとう。従姉としてお礼を言わせて」

「でもカーラには悪いけど、もう皇太子妃候補からは外れてしまったの。皇太子殿下は学園を卒業したらすぐに即位するでしょ？　皇太子妃になる間もなく皇妃になるかもしれないのに、今回のようなことを皇妃の実家がしては困るもの」

「そうよね。……きっともう皇太子殿下から侯爵にお話が行っているんでしょうね」

高位貴族の世界は狭い。

だから初恋の相手が幼馴染で、そのまま二人一緒に成長して結婚したという夫婦も多い。

それはとても素敵だけど、その反面、恋が実らなかった場合、片思いの相手の幸せそうな姿をずっと見なくてはいけないことになる。

十歳の女の子の淡い憧れは、親の反対のせいで実らない。

賛成してくれたからといって選ばれるとは限らないけど、話くらいはしたかっただろうな。

ごめんね、カーラ。

私はあなたのために何も出来ない。

もっと早く相談してくれれば……と思うけど、私には話しにくかったのかな。

「で、話は変わるんだけど、ここから先は誰にも言わないで。絶対よ」

三人の顔を順番に見て、頷くのを確認してから言葉を続けた。

「モニカとスザンナの意見を聞きたいの。ふたりにとってクリスお兄様って結婚相手としてはどうなのかしら？」

「「「…………」」」

おーい。誰か何か反応してくれー。

いろんな考えが今、頭の中を行きかっているんでしょ？　それを私に話して！

「ディア、それって……」

「あ！　もしかしてパティの好きな人って、クリ……」

「違います！」

そんな前のめりに否定しなくてもいいじゃない。

話がややこしくなるから、違っていてよかったんだけどもね。

「今はともかく、クリスお兄様がそういう対象になるのか聞きたいだけってことで。どう？」

「それは……もちろんなるに決まっているでしょう？」

モニカとちらちらと顔を見合わせて、迷いながらスザンナが答えた。

「私も。クリスなら誰もが納得してくれる相手だと思うわ」

モニカは自分で思っているほどには大きくないんだけど、それでも気になるのが乙女心だよね。ベリサリオの男性陣は細身のタイプが多いけど背は高いから、大丈夫。クリスお兄様もモニカよりずっと背が高いし、条件はクリア出来ていると思うの。

「ふたりともクリスお兄様なんて嫌だってわけではないのね。よし。スザンナ、二日後のお茶会にあなたも出席してもらっていい？」

「二日後って殿下とモニカの顔合わせのお茶会じゃないの？」

「そうね。でもそこで提案したいことがあるのよ」

「それって……もしかして……」

「今はまだ内緒。他言無用よ」

この世界にはこの世界のやり方がある。それを私が気に入らないからって、力業で変えようとは思わない。

でも、ふたりは大事な友達なのよ。

どこに出しても恥ずかしくない、最高の御令嬢なの。

それを、どっちでもいいとか、お前が先に決めてもいいとか、好き勝手言わないでよね。

女性は強いよ

その日もお母様から連絡があって、一緒に夕食を食べることになった。

三日続けて会ってるんだよ？

家が転送陣から遠い子達は寮生活して、私達は城から毎朝通えばいいんじゃないかな。

「こんなことは今回が初めてよ」

「ディアが学園に入学した途端、毎日何かしら起きているね」

お母様とクリスお兄様に苦笑いされ、アランお兄様に肩をやさしく叩かれて慰められたけど、私はなんもしてないからね！

食事をする前に、お母様とふたりだけで話す時間をもらって、カーラの話をした。

皇太子に憧れていたって、友達のお兄さんに知られたくないでしょ。

本当はお母様にも話したくなかったんだけど、お母様はノーランド辺境伯夫人とお話したそうで、私よりカーラの様子に詳しかったの。

皇太子妃候補から外されたと聞いて、カーラは泣いてしまったそうだ。

かなり落ち込んでいるようで、明日も授業はお休みして明後日から復帰することになるらしい。

「クリスお兄様の成人のお祝いは、予定通りで問題ないですか？」

「ええ。皇太子殿下のお祝いとの兼ね合いがあるし、もう変更はないわ。ただ、カーラは昼間の食事会にも出席しないかもしれないわ」

食事が始まったら違う話題をと思ったのに、カーラの話題に戻ってしまった。

今年は皇太子とクリスお兄様の成人祝いが重なるから、その準備に城内がバタバタしている。報告や打ち合わせしたいことがあるせいで、それぞれの執事がスタンバっているのよ。待たせているのが気になって、食事していても落ち着かないったらない。

「今日ね、皇宮でノーランド辺境伯夫人とお話していたら、偶然そこにヨハネス侯爵夫人がいらしたの」

「偶然のわけないですよね」

料理を切り分けながら、クリスお兄様がぼそっと言った。

どうもクリスお兄様は、ヨハネス侯爵と夫人が前から嫌いだったみたい。

「それはそうよ。ノーランド辺境伯夫人としては、娘に謝罪させて、うちとヨハネス侯爵家とを仲直りさせたかったんでしょう」

「仲直りって、喧嘩しているわけじゃあるまいし」

今の帝国で一番高位にいるお母様は、フェアリー商会で新しい下着や、コルセットの代わりにビスチェを流行らせた。

腰骨や肋骨にひびが入るほどコルセットを締めるのは不健康だもの。苦しい思いをしたり、あまりに無理をして体を壊したりしていた女性は、みんなビスチェに飛びついたの。

そして今度はビスチェドレスの登場よ。

ビスチェを下着ではなくて見せる服にして、胸を強調しつつ上半身をほっそり見せておいて、スカート部分は柔らかい素材を何重にも重ねてひだをつけてふんわりと膨らませ、ダンスの時にはひらひらと揺れるようにしたの。

スタイルのいいお母様が着たものだから、豪華なだけじゃなくて艶っぽくて、すぐに大流行よ。

ファッションリーダーって言うのかな？　お母様の影響力はとても大きくなっている。

ヨハネス侯爵夫人も若い人を集めたサロンの女主人で、芸術家や音楽家のパトロンになっている女性でしょ？　流行には敏感で、ドレスや髪形が個性的でおしゃれだって言われている人なのよ。

だからね、お母様のことをライバル視していたみたいなの。

おっとりしたお嬢様というイメージを崩さない人だから、全く態度には出さなかったけどね。

そして今回、ノーランド辺境伯夫人はヨハネス侯爵夫人に、謝罪して今まで通りお付き合いしたいとお願いしろと言ったらしいんだけど、たぶん嫌だったんだろうね。

「お食事会にカーラだけ招待されているみたいですけど、あの子ひとりでは心配だわ。どうしましょう。ディアドラ様は娘に出席してほしいと思っていらっしゃるんでしょう？」

って、いつもの調子でおっとりと、にこやかに言ったのだそうだ。

ではご両親も一緒にって話にもっていきたかったんだろうね。

でもそうは問屋が卸さない。

「あら心配でしたら、無理なさらないでくださいな。お気になさらず。ディアは公私混同しないしっかりした子ですもの。今回は早めに欠席を知らせていただけて助かりますわって答えておいたわ」

お母様は売られた喧嘩を嬉しそうに買っちゃったわけだ。

ノーランド辺境伯夫人の胃が心配だよ。

「つまり、クリスお兄様の成人祝いに、いっさいヨハネス侯爵家は招待しないことになったの?!」

「だって心配だって言うんですもの」

「瑠璃様の担当地域のヨハネス侯爵家が、ベリサリオ次期当主の成人祝いに顔を出さないって、周りの反応が楽しみだね」

アランお兄様が悪い顔になっている。

今回のヨハネス侯爵の対応に、お兄様ふたりともかなり怒っていたのよね。

カーラのことでさえ、立場はわかるけどメモでもいいから、自筆の詫びの手紙を渡すくらいは出来ただろうと、あまりいい感情を持っていないみたいなの。

自分にも厳しいけど、ヒトにも厳しい男どもだ。

「ノーランド辺境伯夫人が顔色を変えて怒っていらして、もうヨハネス侯爵家とは縁を切るって言っても、侯爵夫人はたかだかお茶会に一回出席しなかったくらいで、なぜベリサリオが自分達との関係を切ろうとするのかわからないみたいね。ノーランド辺境伯とヨハネス侯爵家の両方を敵に回した場合、困るのはそっちじゃないの？　って思っているんでしょう」

他の貴族ならそうだろうね。

公爵家でさえ、今のヨハネス侯爵家とは良好な関係を持ちたいと思って、多少の便宜は図るだろう。

でもそれはノーランド辺境伯の力が強くなっているからだし、ベリサリオと良好な関係を持ち、私とカーラが友達だからだ。

うちからしたら、ヨハネス侯爵家を敵に回しても困ることは何もない。

「ノーランド辺境伯夫妻が、いつものように問題を片づけてくれると思っているのかもしれないわね。ともかく侯爵家のことは、今後は私に任せてちょうだい。カーラとの付き合いをやめろなんて言う気はないから大丈夫よ。あなた達は今までどおりにしていてくれればいいわ。それで……ディアからも話があるのよね」

「はい。クリスお兄様、モニカとスザンナにお兄様は結婚相手としてどうなのかと聞いてみました」

「…………は？」

クリスお兄様のこんな驚いた顔、初めて見たかもしれない。

神童と言われるお兄様が、私の言葉の意味が理解出来ないみたいで、一瞬フリーズしてたわよ。

「皇太子妃候補のうち、皇太子殿下が選ばれなかった御令嬢が、クリスお兄様の婚約者になるんですよね？」

「ちょ……何を急に」

慌てて立ち上がって私を黙らせようとしつつ、お母様の顔色を窺うクリスお兄様。

アランお兄様は巻き込まれないように、そーっと椅子を引いて静観の構えだ。

「成人するまでは本人の意思が優先されるとしても、両親に全く相談せずに決めるのはどうかと思います」

「私は悲しいわ。そんな大切なことを本人からではなくディアから聞くなんて」

頬に掌を当てて右斜め四十五度に俯き、そっとため息を零す。

演技とはわかっていても、そんなお母様を放ってはおけないお兄様は大慌てだ。

「ちゃんと相談する気でいましたよ。まだ本当にそうするとは決めていなかったんです。ディアが勝手に誤解しているだけですよ。ディア、これはどういうこと？」

「え？　話しちゃダメだって言われてなかったので、お話しただけです」

「ディア」

「クリス、ディアに凄むんじゃありません」

お母様にぴしっと言われて、クリスお兄様は口を一文字に閉じて椅子に座りなおした。

「これはとても重要な問題よ。ふたりの御令嬢の人生がかかっているの。皇太子殿下もあなたも、それをわかったうえでそういう話をしているのよね」

「もちろんです。特にアンディは国の将来のためを考えているんですよ」

「ええ……そうね。殿下は、皇帝として国のために誰を娶り、どう生きていけばいいかを考えているんでしょうね。中央が不安定な今、こんなことを望む私は間違っているんでしょう。でも、ほんの少しの時間でもいいの。皇帝である前にひとりの人間だと思えるような時間を過ごせるように、候補のふたりと正面から向き合って選んでいただきたいわ」

「クリスお兄様もです。条件が合えば誰でもいいという態度はやめてください」

私とお母様の雰囲気に、ここで反論するのはまずいと思っているんだろう。

クリスお兄様はこちらを見ずに料理を口に運んでいる。

「私はうちの家族が大好きです。お父様とお母様が愛し合っているから、いつも家の中がいい雰囲気なんじゃないですか？　食事の時、義務で顔を合わせて、必要な会話だけをする夫婦だったら、城にいるのが嫌になってしまうと思います」

「ディア、まるで僕が恋愛出来ない男みたいに言わないでくれないかな」

「恋愛する気があるんですか?!」

「あら。恋愛感情なんて錯覚だとでも言うかと思っていたわ」

「母上までやめてください。領地を守るうえでも、貴族社会で生きていくうえでも、結婚相手が重要なのはわかっています」

いやあ、そういう話じゃないんだ。

でも恋愛って、やれって言われて出来ることじゃないもんな。

「まあいいわ。それとカミルくんが、皇太子殿下とクリスの成人祝いの食事会に参加するために、年末からこちらに来るそうよ」

「宿泊先は？」

「そりゃあ、我が城にお迎えするに決まっているじゃない。レックスがフェアリー商会で何度もやり取りしているから、彼にあちらの人数やスケジュールは確認してもらっているわ」

普通は成人の祝い程度では、外国からの賓客を迎えたりはしない。

でも、ルフタネンは私のおかげで精霊王が目覚めたという借りがあるし、フェアリー商会と取引をしている北島の商会の代表者はカミルでしょ。クリスお兄様の成人の祝いに顔を出さないわけにはいかないのだ。

そして、ベリサリオ辺境伯嫡男のお祝いはしておいて、皇太子殿下のお祝いをしないわけにはいかないでしょ。

ましてや、来年の秋には王太子の婚礼があるからさ。帝国から賓客を招きたいじゃない。で、どっちにも出席することになったの。ご苦労様です。

「お母様、私、ルフタネンに行ってみたいです」

元気よく手をぴしっと挙げて言ったら、ぎょっとした顔でお兄様ふたりがこっちを見た。

「そうね。あちらの精霊王にご挨拶に行かなくちゃいけないものね」

「やったー。外国に行ける！」

「母上！　なら僕も一緒に行きます！」

「兄上は戴冠式に皇太子殿下と行くって言ってたじゃないですか！」

「あなた達、食事中にうるさいわよ」

やったー！　帝国以外の国がどんなところか、自分の目で見たかったのよ。

ルフタネンの精霊王達はどんな人達だろう。楽しみだわ。

◆

翌日、聞いていたとおりカーラはお休みして、その翌日。

ベリサリオの寮に顔を出したカーラは、この三日間、あまり食べていなかったのか少しやつれていた。

「ご迷惑をおかけして、すみませんでした」

一緒に来たのは側近の同じ年の女の子がひとりと、四年生の男の子がふたりだけ。

ひとりくらい大人がついてくるかと思っていたから、意外だったわ。

「もういいのよ､気にしないで。話はお母様やモニカから聞いているわ。カーラの方こそ大丈夫?」

「ええ。もう大丈夫」

しっかりと頷いた表情は、吹っ切れたのか明るい顔つきだった。

そういえば、今日は髪形がいつもと違うね。毛先を巻いて、可愛い髪飾りをつけている。

「私ね、もう両親の言うとおりに生きるのはやめるの」

「え?」

「自由に生きることにしたの」

ま、まさか、ぐれたんじゃないよね。

確かに髪型も化粧も変わっているけど、ちょっと色合いが華やかになっただけよ。むしろ可愛さアップよ。

「だって両親の言うとおりにしたらひどい目にあったでしょう? うちの親は駄目よ。変な服装の人達を呼んだり、ルフタネン風の街並みなんて作って」

「でもそれで観光業が成功したのでしょう?」

「今まではね。でも転移魔法が使える人達が出てきたし、ルフタネンともいい関係を築いているでしょう。うちに来るより、ルフタネンに遊びに行ったほうがいいじゃない」

たしかにね！　それは最近私も思ってたよ。

それにさ、成人祝いにルフタネンの公爵が来て、そいつがまた黒髪のイケメンなわけだ。子供だけど。

そのあとルフタネンで王太子の婚礼があって、翌年には戴冠式だよ？

オリエンタルな雰囲気に興味を持っている金のある貴族は、ルフタネンまで旅行するようになるに決まっている。

海峡の向こうだって、ベジャイア王国の内乱で、精霊と共存する世界を求める側に精霊王が姿を現したっていう話が飛び込んできているからね。

ニコデムス教の件が片付けば、シュタルクは距離的にはルフタネンより近いんだから、旅行だってしやすくなるだろう。

ベリサリオが観光業から他の産業へ、主産業を変えた理由のひとつはそれかもね。

いやー、私はそこまで考えつかなかったわ。

ヨハネス侯爵家に負けないように、いろいろ考えていたもん。

ただ温泉旅館に女友達と泊まって、美味しい料理を食べて酒を飲んで語り明かす旅行しかしたことがないから、なにも思いつかなくて手を出さなかったのが幸運だったわ。

どちらにしても、大きな船が寄港する港はうちの領地にあるから、ほっといても儲かるしね。

「私は早くいい相手を見つけて、早く家を出たいわ。行儀見習いということでノーランドに行こうかとも考えているの」

えええええ。自棄になっていない？

ヨハネス侯爵、ショックでぶっ倒れていない?!

婚活プレゼンテーション

皇太子妃候補と皇太子とクリスお兄様が顔合わせするお茶会は、午前中の授業が終わった後、ベリサリオの寮で行われた。

今日の招待客達は優秀な人ばかりなので、受けなくてはいけない授業が少ないから、平日でも自由時間がたくさんある。

高等教育課程の生徒はその時間を将来の職場での研修に使い、初等教育課程の生徒は友人作りに使うわけだ。実質、将来のための人脈作りだよね。派閥や身分に関係なく接点が持てるのは今くらいだ。

そして今日は、将来の伴侶探しに使うわけだね。よきかなよきかな。

もしかしたらこれからの時間がきっかけになって、新しいロマンスが始まるかもしれない。

カーラのことは心配だったけどパティがいるし、私は午前の授業が終わるとすぐに寮に戻った。

生徒のほとんどが学園の食堂で昼食を食べている時間帯だから、寮の中に他の生徒は誰もいない。招待客を迎える準備はお兄様と私の執事達と、ミーアに代わって自分が私の一番の側近になると意気込んでいるネリーが用意をしてくれている。

「ネリー、そこまでいろいろやってくれると、側近というより侍女よ」

「ジェマさんは護衛兼執事なんですから、私は側近兼侍女になります！」

「意味わからないわよ」

最近ネリーは、話し方も執事達と同じように敬語になってしまった。寮の外では動けない執事達の代わりに、こまめに教室に顔を出したり送り迎えに参加したりしてくれるのはありがたい。でも、私としては友人の輪に入ってもらうつもりだったのに、ネリーは明確に線引きをして他の子にも礼儀正しく接していて、ミーア以上にその辺徹底している。

「教室ではどうしているの？」

「うーん、イレーネとスザンナが仲いいので、私はエルダと一緒にいることが多いですね。彼女はフェアリー商会を手伝いたくて、私は側近兼侍女になりたい。協力体制です」

ちょっとこれはミーアに相談しないといけないな。

ミーアとネリーってほんわかした雰囲気の美人姉妹なのよ。

そのうえトマトケチャップで一躍有名になった伯爵家令嬢で、しっかり者で性格もいい。ミーアがパオロに見初められるのも当然だし、ネリーだっていくらでもいい縁談が来るはずなの。

「全く興味ありません。昔はお金がなかったから、何でも自分達でやらなくちゃいけなくて、領地の心配もしていたのに、最近はそういうのは侍女に任せればいいんだよって言われて、何もやらせてもらえないんですよ。しかも兄が新しい大きな屋敷を建てて引っ越したから、帰っても自分の家だと思えなくて落ち着かないんです」

「お兄様は今まで苦労をかけた分、あなた達のためを思って人を増やして、新しい屋敷を建てたんでしょう？　広い部屋ももらったんでしょ？　普通そこは喜ぶところよ」

「いえ、兄にはもう奥さんがいるんですから、いつまでも私がいては邪魔なだけです。それに、私は働きたいんです。ベリサリオにいるほうがいろんなことがあって楽しいですし、うちが貧乏だった頃の恩も返したいです。ディア様が結婚してもついていきますから」

なんだこの意気込みは。

「結婚相手もディア様が嫁いだ先で見つけます」

この子は本当にしっかりと、自分で相手を連れてきそうな気がするわ。

「うちはベリサリオと同じ民族で、代々お世話になってきたんです。私がディア様に仕えても何もおかしくありません！」

「ま、まあいいけど。敬語で様付きの呼び方になったのね」

「側近兼侍女ですから」

ミーア、あなたの妹、どうすんだよー。

「そういうことなら、ぜひ私のことも考えていただきたいです」

レックスまで何か言い出したぞ。

「執事をやめてフェアリー商会の仕事をしているのも、お嬢の補佐の仕事だからです。商会の仕事を覚えれば、いずれお嬢がどこに嫁いでも、新たに商売を始める時に役に立つと思ってのことですからね。嫁ぐ時には私も連れて行っていただきますから！」

「えー、給料よかったからじゃないの？」

「それはそれ。これはこれですよ」

　こいつ、面白そうだからついて来たいだけだろ。

「ルーサー、レックスを止めなくていいのか？」

「止める？　なぜですか？」

　アランお兄様に聞かれたルーサーが不思議そうな顔で聞き返した。

「優れた主人の執事になったら、生涯仕えたいと思うのは当然のことだと思いますが」

「そういうことです」

　執事の兄弟はふたり並んで、さも当然だという顔で頷きあっている。

　ルーサーはそこそこ顔が整っているのに、悪役が似合う顔というか、ぶっちゃけ怪しい。レックスが普通の兄ちゃんの顔なので、全く似ていない兄弟だ。

「僕としてもレックスがいてくれたほうが安心ではあるかな。かかさず報告をくれそうだし」

　と、アランお兄様が言えば、

「ディアが嫁ぐ話なんてまだ早いよ。縁起でもない話をするな」

　本気で嫌そうな顔でクリスお兄様が言う。

うん、まあ、お兄様方のぶれのなさはさすがですわ。

「ネリーもレックスも、私がルフタネンに行く時についてくる気なんでしょう」

「「当然です」」

「はあ、もういいわ。それよりお客様をお迎えする準備は出来ているのよね」

「あとはディア様のお着替えだけです」

「いいの、私は着替えないわ」

今日の主役はモニカとスザンナだもの。

私は制服とほぼ同じ色合いのシンプルなドレス姿だ。

生地の色と同系色の濃淡で刺繍がされてはいるけど、ほとんど目立たない。光の加減で見えるかなってくらい。それでも刺繍があるのとないのとでは風合いがまるで違うのよ。一流っていうのはこういうところにもお金をかけるものなのよね。

正直に言えば、子供にそんな服はいらないと思うよ？　すぐに着られなくなるんだから。

それでも貴族が集う学園で、屋敷で走り回っている時に着ているような服を着たら、ベリサリオが悪く言われそうなのでおとなしくしているのよ。私ってえらい。

髪もおろしたままで髪飾りもなしにする予定が、どうしても何かしたいとネリーがうるさいもんで、仕方なく左側に一本だけ小さな三つ編みをしてもらった。

そんなふうにバタバタしているなか、先に到着したのは皇太子だった。エルトンとギルと側近をふたり引き連れている。

他の生徒がいなくても公式のお茶会だからと、きちんとカーテシーでお迎えしようとしたのに、面倒そうに手を振って止められてしまった。

「どうせベリサリオしかいないのだ。いつもどおりでかまわない。それよりどういうことか説明してもらおうか」

誰に聞いているのかしらと言いたげにきょろきょろしてみせたら、むっとした顔で詰め寄られたのでアランお兄様の背後に隠れた。

「まあ、せっかちな殿方は嫌われますわよ。皆さんがそろってからお話させていただきます」

「その話し方もやめろ」

「お客様がいらっしゃるのに、他にどのような話し方をすればいいのかわかりませんわ」

皇太子妃候補が来るって言うのに、普段みたいな親しげな様子で私が話してどうすんのさ。鳥肌ものだとしても我慢しなさいよ。

「側近の方は、食堂に昼食が用意されているのでそちらにどうぞ」

「いえ、私どもも同席させていただきたいです」

真面目なギルは、皇太子をひとりにするのが不安なのかしら。

でもこちらも意見を変える気はないので、彼の言葉には答えずに皇太子にちらりと視線を向けた。

「ギル。心配するな」

「なぜ私が控えていてはいけないのでしょう」

「ギル様？　むしろ、なぜそんな質問をするのか理由をお聞きしたいですわ」

今日は持っているわよ。

お母様に選んでいただいた扇を。

「殿下が心配するなとおっしゃっているのに、なぜ同席しようとなさるのでしょう。まさかとは思いますけど、ベリサリオが殿下を害するなどとお考えになってはいませんわよね？」

すすす…っとギルの横まで近づいて、扇で軽く二の腕を叩く。

やばいと思ったのか、彼は直立不動で息を呑んだ。

「ディア、そのくらいでやめてあげなさい。それより、モニカ達が来たようだよ」

クリスお兄様にやめろと言われたらしょうがない。

はーいとにこやかにお返事をして、お友達をお迎えするために扉の近くまで移動した。

モニカとスザンナが姿を現した途端、場が一気に華やかになった。

モニカは、シンプルだけどスカート脇の部分にスリットがあって、そこがレースになっている桔梗色のドレス姿だ。横にレースやフリルが来るのが今年の流行らしい。

スザンナは制服に合わせた紺色の地に、白いレース編みの模様が入ったドレスに、髪にもレース編みの髪飾りをつけている。

学園にいる間は制服の上着を着ないといけないから、どうしても色合いが偏るよね。

それでもモニカの金色の髪とスザンナの銀色の髪が制服の紺色に映えて、ゴージャスに見えるのがさすがですわ。

「お招きいただきありがとうございます」

ふたりは入り口近くで出迎えた私と挨拶を交わし、そのあと皇太子に歩み寄りカーテシーをした。今回は皇太子も止めようとはしなかった。

「他の生徒はいないんだし、いつも城に遊びに来ていた時と同じようにしてくれればいいよ。話し方もいつも通りでたのむ」

クリスお兄様は、自分にもカーテシーをしようとしたモニカとスザンナを止めた。

ふたりとも何度もうちの城に遊びに来ているから、普段はお兄様方ともお互いに名を呼び捨てにする仲だ。

「そうおっしゃるなら……」

「殿下相手にも、あまり堅苦しい敬語はいらないよ。ねえ、殿下」

「そうだな。クリスに殿下と呼ばれただけで寒気がするしな」

笑いが漏れて打ち解けた雰囲気のなか、今日使用する部屋に案内する。いつもより狭い客室だ。

大きい部屋より小さい部屋で近くにいる方が、親近感がわくし、踏み込んだ話もしやすいと思わない？

女性陣の側近や護衛も、別室にいなくてはいけないと聞いて戸惑っていたけど、皇太子がひとりなのに、自分達だけ側近を控えさせるわけにはいかず、おとなしく食堂に移動してくれた。

「私とアランお兄様はすぐに退室する予定ですので、お食事はそのあと四人になってからになります」

私から見て、左に男性ふたり、右に女性ふたり。

お茶会という名の合コンの始まりだ。お見合いでもいいけど。

「本日急にスザンナも招待したのは、同時に皆さんに私の提案を聞いてほしかったからです」

はい、四人揃って警戒心丸出しの顔をするのはやめてください。

私が今まで、あなた達の困るようなことを何かしましたか？

……してないよね？

「今日より、おふたりは皇太子妃候補であると同時に、ベリサリオの嫡男の婚約者候補になります」

予想はしていたんだろう。

それでも私がはっきりと口にしたことで、モニカとスザンナの肩から力が抜けて、安堵の表情になった。

まだ十三歳と十一歳の女の子に、親族や領地の貴族達の期待は重すぎるわよ。

選ばれなかった子ってレッテルをつけられたら、その子もその子の家も立場がなくなるじゃない。

でもベリサリオ嫡男の嫁になって、妖精姫と仲のいい姉妹になったら、まるで話が違ってくるでしょう？

「ここ、注意してください。選ばれた子が皇太子妃になって、選ばれなかった子がベリサリオの次期当主の嫁になるんじゃないですからね」

「嫁」

「アランお兄様、ここで突っ込みはいりません。皇太子に選ばれなかった子がクリスお兄様の嫁になったなんて話は、うちの一族も領民も納得しません」

四人とも、困った顔で目を伏せた。

特に皇太子とクリスお兄様は、自分達がそういう話をしていたからばつが悪いんだろう。

「いいですか？　モニカもスザンナも家柄も教養も性格も容姿も、どこに出しても恥ずかしくない素晴らしい御令嬢です。だから皇太子妃候補になったんですし、クリスお兄様もこのふたり以上に、ベリサリオ次期当主の婚約者にふさわしい相手はいないと思ったから、今回の話を言い出したんですよね」

「え？　クリスが言い出したの？　ディアではなく？」

思わずといった感じで言ったあと、スザンナは慌てて扇で口元を隠した。

「そうだね。僕とアンディでそういう話をしたのが最初だよ。ディアが話を進めてしまいそうだから僕が聞くけど、この提案に異存はないのかな。きみ達ならベリサリオではなくてもいくらでも相手がいるだろう？」

モニカとスザンナは顔を見合わせてから、ほぼ同時に首を横に振った。

「むしろお礼を言わなくては。選ばれなかったと知った時の家族の落胆や、周囲の貴族達の反応を考えると怖くてたまらなかったの。でもベリサリオなら誰からも文句が出ないでしょう」

スザンナの場合、コルケット辺境伯まで乗り気になっているからね。いろんな人に期待されちゃってるんだよね。

「そうよね。でもいいのかしら。クリスは女の子達に人気があるのよ。もし気を使ってくれているのなら」

「はーい。そこのふたり。私のさっきの話を思い出して」

ぱんぱんと両手を合わせて音を立てて話をやめさせた。

「あなた達の立場を考えての話じゃないの。ベリサリオにとっても、あなた達のどちらかとクリスお兄様の縁組はありがたい話なのよ。だからお礼なんていらないの。胸を張って、ベリサリオからも嫡男との婚約話を持ち掛けられたと報告すればいいの。というか、そんなに周囲にいろいろ言われていたの？　ノーランドもコルケットも何をしているのよ。新年に会った時に文句を言わなくちゃ」

どちらの辺境伯も、あまり権力に固執するようなら放置出来ないわ。

第二のバントックはいらないわよ。

「それともう一つ提案があります」

人差し指を立ててにっこり微笑んだら、また四人とも警戒して表情をこわばらせた。

ホントみんな、失礼だと思うわ。

「これからの会話は、ここにいる六人以外には絶対に話さないでください。前回の皇太子妃候補の話の広がり方から考えて、申し訳ないですけど、皆様の側近も護衛も侍女達も信用出来ません。よろしいですね」

全員の顔をゆっくりと見つめ、頷くのを確認してから話を続けた。

「こうして皇太子妃候補を複数選んだということは、皇太子殿下にはまだ、意中の女性はいないということですよね」

「……そうだな」

「クリスお兄様も、まだ特別な女性はいないと言ってましたよね？」

「言ったね」

「でしたら、女性側に選んでもらってもいいんじゃないでしょうか」

「ディア?!」

「そんな、不敬ですわ！」

モニカとスザンナが悲鳴のような声を上げた。

まあたしかにね、皇太子が選ばれる側っていうのはまずいよね。

「おふたりとも落ち着いてくださいな。もう少しお話を聞いてください。私だって臣下の身で皇太子殿下に不敬をはたらく気はありませんわ」

「うっさいわ。さっさと話せ」

うちの皇太子、度量が大きいというか、もう諦めているというか。

でも口調が乱暴じゃありません？

「最終的にお選びになるのは皇太子殿下であることに変わりはありません。でも、クリスお兄様とふたりのどちらかが、どう見ても親密な様子でいたら殿下は選ばないでしょう？　殿下とクリスお兄様は友人ですし、ベリサリオとの関係もありますものね」

「………」

無言で片眉だけ上げるのはやめてください。こわいですー。

「結婚って女性側のほうが、変化が大きいんですよ。家を出て新しい土地で新しい家族と生活しなくてはいけない。連れて行けるのは、侍女がひとりかふたりってことが多いと聞きます。特に今回は将来の皇妃になるか、将来のベリサリオ辺境伯夫人になるかの選択です。どちらも大変でしょう？」

一拍おいて四人の顔を眺める。

「特にベリサリオって、嫁ぐ側からしたら嫌な家じゃないですか？」

話の流れが予想外だったのか、男性陣は驚いた顔をして女性陣はどう答えたものか困った顔になった。

「殿下。選べるなら、ふたりは断然皇太子妃婚約者を選びますよ。それを期待されているし、もうその覚悟を決めてその気でいるんですから。皇太子殿下って女の子達に人気あるみたいですしね」

「人気ならクリスだってあるだろう」

「そういう子はたいてい、頭がお花畑でクリスお兄様の顔に惹かれているんじゃないかしら？　だって、ベリサリオには私がいるんですよ。領民も領地の貴族達も特別視していて、えらく素敵なお姫様だと誤解してあがめちゃっている人もいる妖精姫が。私がいなくなって、新しく嫁が来たら比較されるでしょ？」

「ああ……」

納得した顔になった皇太子は、ちらっと隣にいるクリスお兄様を見て、

「それにこいつがな……」

小声で呟いた。

「なんだよ」

「シスコンがひどすぎてな」

それな。

「それにうちにはフェアリー商会があります。お母様も商会の仕事に関わって、自ら広告塔になっています。ベリサリオに嫁げば、そういう仕事もすることになります。今は選ばれることがゴールに見えているかもしれないけど、本当に大変なのはその先じゃない？」

四人からの返事はなくて、部屋はシーンと静かになってしまった。

この雰囲気をどうすんだよとでも言いたげに、横からアランお兄様につまさきで足を軽く蹴られるし、クリスお兄様はじとっとした顔で睨んでくる。

その顔も女性陣に見られているんですからね。

「だから女性の方が、どちらならやっていけるかを考えるのもありじゃないかなーって、思ってみたりなんかしたわけです。あ、私はもちろんクリスお兄様のお嫁さんには全面協力するし、学園を卒業したらさっさと家を出ますからね」

何か言いたそうに口を開いたクリスお兄様は、でも何も言わずに口を閉じた。

「でもね、悪いことばかりじゃないと思うのよ。皇妃はやりがいはあるし、皇族には今、女性が誰もいないんですもの。嫁姑問題もない。殿下は親しくなると口調がぞんざいになるけれど、優しいし偉ぶらないし、帝国の理想の男性像なんでしょう？」

皇太子は褒められるのが苦手みたいで、視線をそらして紅茶を飲んでいるけど、女性陣はうんうんと何度も頷いている。

「クリスお兄様はね、私にいろいろ言うのを見ているでしょ？　いつもあの調子だったら、うざいし嫌いになると思うんだけど、絶妙なさじ加減で大人扱いしてくれるし、私の意見も尊重してくれる。フェアリー商会の人達や侍女達の意見だって、ちゃんと耳を傾けるのよ？　奥さんの話もちゃんと聞くと思うの」

「そうね。もっと近寄りがたい人かと思っていたのに、私達にも呼び捨てでいいって言ってくれたものね」

「ベリサリオ辺境伯とナディア夫人のような夫妻は女性の憧れよね」

クリスお兄様は無表情でいようとしていたのに、

「ほーー。すでにふたりとそんなに打ち解けていたのか」

と皇太子に肩を押されて、微かにだけど頬を赤くして手を振り払った。

「そんなことはない」

「妹がいるのは得だな」

「モニカは……」

「え？　私？」

「ノーランドの女性は大きいからってことを気にしていて、せっかくの綺麗な金髪も広がるともっと大きく見えるからって、いつも編み込んでしまっているの。でもそんな大きくないでしょ？　可愛らしい顔だし、手足が長くてうらやましいくらいだわ」

「大きい？」

意外そうな顔で皇太子はまじまじとモニカを見ている。

まあ、皇太子よりでかい女性はなかなかいないよ。

「ベリサリオは確かに細身が多いが……そんなに変わるか？　身長も僕より低いし、髪型は母上が何か言っていたよな？」

クリスお兄様にとっても意外な話だったらしい。

「そうですね、結い上げる時に髪を少し残して、ゆるくカールさせたら可愛いんじゃないかって言っていたわ」

「そうか。うん、似合いそうだね」

モニカは真っ赤になっちゃって、扇で顔を隠してしまっている。

社交辞令はともかく、面と向かって男の子に褒められる経験って、なかなかないもんだよね。

「スザンナはギャップの人なのよ」

「私もなの？」

当たり前でしょ。

スザンナだけスルーしたらまずいでしょ。

「スタイルいいし大人っぽいしで誤解されがちだけど、そういうことを言われるのが嫌で男の人を近づけないできたから、男友達すらいないのよ。気が強いくせに照れ屋だし、可愛いものが好きなくせに割と大胆……」

「ディア！　何でもかんでも言えばいいってものではないでしょう！」

「あ、これは内緒ね」

フェアリー商会の下着に試着のころからチャレンジしてくれて、今では現代風の下着とガーターがお気に入りよ。レースが可愛いのがいいんですって。

男性から見て色っぽいというのが、わかっているかどうかは不明だわ。

「男友達もいない？」

「よく言い寄られているイメージがあるんだが」

「十以上年上の方なんて嫌です」

同年代の男の子から見ると、大人っぽくて相手にしてもらえなさそうで声をかけにくい。で、ひと回りくらい年上の男が、大人の僕なら釣り合うだろうと下心丸出しで言い寄ってくる。

最近は皇太子妃候補になったことで、そういう男が近づいてこなくなってほっとしているらしい。

「少しはお見合いっぽい雰囲気になってきたかな。どうもみんな責任や役目ばかり考えて、目の前にいるのが魅力的な異性だってことを忘れているみたいなんだもん。皇太子殿下は特に新しい皇族の家庭を一緒に作る相手なんですからね。これだけ優秀な女性達なんです。最高の味方にもなれば、最強の敵にもなるのが奥方ですよ」

決まった。

私、今いいこと言った！

「いやいや、そこのどや顔している十歳児。いつも以上におかしいだろう」

「おかしい？」

「殿下の言うとおりよ。ディアって恋愛経験ないわよね」

いかん。モニカに不思議そうな顔をされてしまっている。

十歳になったから、そろそろ子供の振りをしなくていいかと思っていたんだけど、駄目だったか。

「もちろんないわよ。好きになったこともないし。でもほら、話は聞くでしょ？　周囲にいろんな大人がいるし」

「耳年増じゃないか」

「殿下！　それは言ってはいけないと思います！」

どうせ前世でも、二次元にしか恋していないですよー。

恋人いない歴……あれ？　何年だっけ？　もう長すぎて何年でもいいや。

「あの、せっかくの機会ですから、お聞きしてもいいでしょうか」

ふいにスザンナが真面目な口調で皇太子に尋ねた。

「ディアが皇妃になる気がないというのは何度も聞いてはいるのですけど、殿下としては、本当は彼女を妻に迎えたいと……」

「それはないな」

否定がはやっ！

「今の話を聞いていてもわかるだろう？　こいつはおかしい。十歳の女の子の中に五十過ぎのおっさんが入っていてもおかしくない」

「おかしいわ!!」

思わず突っ込みを入れてしまった。

いくらなんでも五十過ぎって。しかもおっさんって、失礼だろ！

「今のベリサリオはやばい。家族全員が優秀なうえに精霊王が後ろについている。もしだぞ？　もし万が一のことがあった場合でも、現状ならベリサリオが独立するだけで済む。最悪、精霊王が全員ベリサリオに移住してしまっても、友好国として自然が壊れないようにしてもらえるだろう。だがディアが皇妃だった場合、国ごと乗っ取られる危険がある」

「ないし」

「なくてもそのくらい、おまえはやばい。次に何を言い出すか予測がつかなくて、そばにいたら気が休まらん。首筋に刃を突き付けられながら生活するような気分になりそうだ」

どんなプレイだ。

つか、どんだけ私がこわいのよ。

「そ……うなんですね。納得しましたわ」

え？　納得しちゃうの？

「そのベリサリオの一員になるか、皇妃になるか。ちょっと怖くなってきましたわ」

モニカまで、こわがらないでよ。

私、そんなにやばい？

「もうその話はいいですね。私と殿下の関係は今くらいがちょうどいいんです」

「おおいに同意する」

「で、私の提案なんですが」

「は？　今までの話は何だったんだ?!」

「さっきのが提案じゃないの？」

あれ？　私なにか提案しましたっけ？

「女性陣に選んでもらったほうがって」

「まあ、クリスお兄様ったら。それはあくまでこれからする提案の理由をわかってもらうための前振りですわ」

「前振りが長すぎるだろう！」

「ディア、私達のことを心配してくれるのはいつもとてもありがたいのだけど、あなた、ちゃんと自分のことは考えている？」

最近ぐっとおとなびてきたモニカは、私と年が一つしか変わらないとは思えない。三歳年上のスザンナと同じ年くらいに見える。

その彼女に心配そうに尋ねられて、なんの話かよくわからずに私は首を傾げた。

「確かに成人するまでは親が政略結婚を決めるのは禁止だけど、水面下ではいろんな縁組が進んでいるのよ。ディアに釣り合う男性は数が少ないのだから、早めに真剣に考えた方がいいわ」

「いくらなんでも、まだ十歳だよ」

とうとう耐え切れずに、クリスお兄様が反論した。

「でもね、もし帝国にディアのお眼鏡にかなう人がいなかった場合、精霊王達はどうするかしら。

だったら自分達と暮らせばいいと、ディアを連れて行ってしまいそうな気がするの」

「私もそれは思ったわ。瑠璃様はディアをすごく可愛がってくださるでしょう？」

スザンナまで言い出したせいで、クリスお兄様だけではなくアランお兄様まで真顔になった。

「よし、行き来しやすい領地の男を選ぼう」

「情報を集めてきます」

「やめろ、バカ兄貴ども。お前たちの都合で被害者を作るな」

「そこの三人、何を勝手なことをほざきやがってくれているんでしょうかね。ともかく、私からの提案を聞いて！」

全員、無言で頷くのを確認してから口を開く。

「殿下が婚約者選びを急ぐのは、お妃教育があるからですよね？」

「そうだ」

「では、それをすぐにでもモニカとスザンナのふたりに受けてもらいませんか？」

「ふたりとも？」

「はい。お妃教育はベリサリオにきても役に立ちます。貿易と外交の最前線ですよ？　それにお妃教育は皇宮で行われるはず。クリスお兄様は来年から皇宮で皇太子殿下の補佐をすることになっています。四人が皇宮に顔を出すことになれば話もしやすくなるでしょう？」

「たしかに」

「それはありがたい提案だわ。お妃教育もひとりで受けるより、ふたりのほうが頑張れる気がします」

「そうね。ベリサリオか皇族。どちらになっても今後も長くお付き合いしていくんですもの。いい機会かもしれませんわ」

それに、皇都にいれば領地のうるさい貴族共も干渉してこられない。

どうよ。いい提案でしょう。

「よし、前向きに検討しよう。それにディアの話もいろいろと参考にはなった」

「他人事だから言えるんだよ。四人が顔を合わせる機会が多くなると、面倒な問題が起こる可能性もあるんだからな」

同じ人を好きになっちゃったりとかね。

でもそれって、どんな状態でも起きるときには起きるものよ。

「クリスお兄様ったら、ここは男らしく私のお姉さまになる人を連れてきてくださいな。アランお兄様なんて、行動力の速さにびっくりですわよ。意外と情熱的……」

「ディア！　ほら、僕達はもう行こう。あとは四人だけで話した方がいい」

鎌をかけたつもりが大正解だったらしい。

慌てて立ち上がったアランお兄様は、目元を赤くしていた。

変化していく関係

アランお兄様に引っ張られ、生温かいまなざしで見送る四人に手を振って、部屋から外に出る。

バタンと扉が閉まる音を背後に聞きながら、隣に立つアランお兄様をちらっと横目で見上げると、お兄様も横目で私を見ていた。

「ディア、さっきの話は何かな？」

「そうですわね。飛ぶ鳥を落とす勢いのベリサリオで、成人すれば男爵になることが決まっているとはいえ次男のお兄様が、ずいぶんと思い切って高嶺の花を狙ったなと思ったんですけど……」

「……向こうで話そうか」

否定しないのか。うわ、マジか。

お兄様ふたりに突然、春が来た？

食堂に行って、待機していた側近達に話が一段落したことを知らせ、急いで出て行く彼らや食事を運ぶ執事と入れ違いに、私達は一番奥の席に座った。

すごいよ。アランお兄様ってば、昼の動きを読まれたくないからって壁側を向いて座れる席を選んで、精霊獣達にがっちりガードさせたのよ。

それでも慣れた様子で食事を運んでくるネリーもすごいぜ。

「まずは、私が勘違いしてないか確認した方がいいですよね」

「……だね」

「エルドレッド殿下とそういう関係じゃないと聞いた次の日に、昼食に誘いに来たので、あれって思ったんですよね」

「他人のことは鋭いね」

「……パティが好きなんですか」

「……勘違いはしてないみたいだね」

うわっはーーーーい！

いつもどちらかというとクールで、感情の起伏を表にあらわさないアランお兄様が、パティに片思い?! しかも行動が素早い。

「でも、あれじゃ彼女は気が付きませんよね」

「まだ知らせるつもりはないよ。相手は公爵令嬢だよ」

「そう思うのに、パティ狙いなんですね。どうしてまた」

「どうしてって、可愛いから」

そうっすか。

さっき照れていたのが嘘のように平然とした顔で、パンの上に白身魚のムニエルを乗せて食べているお兄様を眺める。

私はサーモンとほうれん草のキッシュと、トマトクリームのクラムチャウダーとサラダという食事なのに、お兄様にはそれにムニエルとソーセージとパンまで追加されている。

恋愛して悩んで食欲なくなるとか……。

そんな乙女チックな思考をアランお兄様がするはずがないな。

「赤毛の子を選ぶって、前に言ってましたね」

「兄上が選ぶわけにいかないからね。でも中央との関係上、僕は赤毛の子を選んだ方がいいだろう？」

「そうですね。いずれは近衛騎士として皇宮勤めなさるわけですし」

……にしても、次男が公爵令嬢狙いはなかなかにむずかしいはず。いやどうなんだ。今なら公爵家にとっても悪い話じゃないのか？

「でも問題がある」

「問題山積みですわよ」

「パティは好きな人がいるんだろ？」

あ、そうだ。

琥珀のところでそんな感じの雰囲気だった。

「相手は誰か知っている？」

「知りませんし、知っていても言いませんよ」

「だよね。僕のこともパティに言わないでね」

「言いませんよ。でも十二で相手を決めていいんですか？　まだパティが成人するまで五年もあります。女の子は男の子ほどではないけど、五年あればだいぶ変わりますよ」

クリスお兄様だって、女の子と間違われるくらいの美少年だったのが、今ではハスキーボイスで長身のイケメンよ。

他にいいと思う子が出てくるかもしれないじゃない。

「ディアは、好きな相手の背が伸びたり、年をとったら嫌いになるの？　結婚してからのほうが一緒にいる時間が長いんだから、相手の見た目も変わるよ」

「そんなのは気にしない……そうか、そうですね」

「性格だって、結婚してから変わることだってあるんじゃないかな。それにそんなことを言っていたら、成人した年に婚約は無理だよ」

この世界は、付き合って三か月で別れたとか、結婚する前に何人かと付き合うのは別に珍しくもないという前世とは違うから、ついつい慎重になっちゃって、目の前にいる子をそういう対象として見ていなかった。

年が近い子は、みんな子供だっていうのもあるしね。

このままだと五年先、十年先に結婚相手として考えられるようになった時には、もう全員相手が決まっていたということになりかねない。

かといって、十代後半の子と付き合うのは嫌なんだよな。それ以上年上はもっと嫌だ。

だって年齢が上の人は、私よりそれだけ早く死んじゃうでしょ。

一緒に年を重ねて、うちの祖父母のようにふたりで旅行したりして老後を楽しみたいよ。

「つまりパティは、見た目が変わっても好きでいられる相手なんですね」

「彼女の場合はどう考えたって、うちの母上くらいの年齢になっても魅力的な女性になっているでしょ」

「色っぽくなってそうですね」

「ね」

嬉しそうな顔をして、私のキッシュまで食っているんじゃない。

今はまだ片思いなんだからね。

「そうなると問題は……そういえばお兄様の特技について、皇太子やパオロは何も言って来ないままですか？」

「ふたりは直接見ているわけじゃないからね」

「だとしても、私が初めて皇宮に行った時のことは多くの人が見ているでしょう。宰相もいましたよね」

「すぐに引っ込んだから、護衛と同じように剣が光ったとでも思っているんじゃないかな」

何をのんびりと言っているんですか。

武器を持っていなくても、火の剣精や風の剣精が剣の形に変わってくれるんですよ。

ベリサリオだけ内密に、剣精の新たな使い方をマスターしていたって中央に知られたらまずいでしょう。

「教えても、やれる人がいないんじゃないかな。ベリサリオでもまだいないんだよ」

「そこ、売り込みポイントでしょう。名を広めて将来性ありと思わせれば、グッドフォロー公爵だって許してくれるかもしれませんよ。精霊獣じゃないと出来ないんですか」

「そう。それに精霊は防御優先だから、二属性以上の剣精がいないと出来ないし、魔力が足りないと短時間しか維持出来ない」

精霊の森を破壊してから約十年。精霊を育てられなかった中央の若い世代は、まだまだ精霊獣を持っている人が少ない。

近衛騎士団はどんな感じなんだろう。

うちの騎士団に比べたら、だいぶ遅れているんだろうな。

「ともかくパオロに話すべきです。出来れば学園シーズンが終わった後、近衛騎士団を見学してみたいですね。教えれば出来る人がいるか確認しないと」

「うーん。僕が教えるのか。皇太子殿下の警護の仕事は少数精鋭だと聞いていたから安心していたのに。部隊を任されるとめんどうだな」

もともとベリサリオのために、中央の情報を集めてくるのが近衛騎士団に入る目的だったもんね。

「だったら、パティは諦めましょう」

「いや、諦めないけど」

ふふふふふ。

なんだ。すっごい好きなんじゃない。

「しょうがないなあ。パオロと話すか。ミーアと結婚するから、半分身内みたいなものだし」

「あれ？　ベリサリオやばすぎません？　ランプリング公爵家に続いてグッドフォロー公爵家と縁組？　さらにクリスお兄様が辺境伯家関係と縁組するわけでしょう？」

「いまさら何を言ってるんだよ。そもそもうちは公爵家より身分が上の扱いだって忘れてない？」

「でしたね。それに、まずはパティを口説かないとダメですもんね」

「口説くって……どうやるんだろう」

「さあ？」

うちの三兄妹の一番の弱点は、恋愛関係だな。

◆

食事が終わって自分の部屋で着替える間も、ネリーは片時もじっとしていない。

止まると死ぬ魚の仲間なのかな。

外は早い時間から暗くなって、そろそろ雪の季節だ。

運動不足になりそうなので、ストレッチをしていたらエルダがやってきた。

「顔合わせはうまくいったの？」

「途中で部屋を出たから、それ以降のことはわからないわ」

エルダは、床に手をぺたりと付けたり、片足を横に伸ばしてしゃがむ私を椅子に座って眺めて、ネリーが差し出したカップに感謝の会釈をしてから、慌てて立ち上がった。

「自分でやるわ」

「いいからいいから座っていて」

「そっちはどうだった？　カーラの様子はどう？」

私達がお茶会をしている時、他のお友達は食堂で食事していたから、あらかじめエルダに、カーラをよろしくねと頼んであったのよ。

「普段と変わらないとは思うけど、これからは昼食を別々に食べるようにしようって言っていたわ。クラスの子とも親しくなりたいし、男子生徒とも付き合いを広げないといい相手に巡り合えないからって」

八人一緒にいると話しかけにくいって、ダグラス達に言われたっけ。

毎日同じメンバーでべったりしているのもよくないし、それはいいんじゃないかしら。

「それにまだモニカやスザンナの顔を見るのがつらいみたいなの」

「……そっか」

私に出来ることって、今は何もないんだろうな。

愚痴を聞くことと、素敵な出会いを祈ることくらい？

自分の出会いも祈らないといけないんだけどね。

「お嬢、私はいったん城に戻ります」

ストレッチを終える頃、レックスが部屋に顔を出した。

「あー、年末に帰った時のスケジュールってもう出来ていたよね。私、パウエル公爵と打ち合わせしたい」

「ルフタネン滞在時の話ですか？」

「そう。結婚式には私は出ないでいいかなって。その時間にフェアリー商会の店を出す準備をしたい」

「出なくていいんですか？」

いいでしょう？

十歳の子供より、公爵が顔を出したほうがいい。

それに向こうの精霊王に挨拶するのは結婚式より前に済ませるんだから、問題ないはずよ。

せっかくの結婚式に妖精姫なんていない方がいいって。

「向こうも来ないでくれたほうが安心でしょ。私、一度行ったところには転移出来るんだから。王都まで私が顔を出したら、王宮に招待しないわけにはいかないものね」

「それはカミル様にも言えるんじゃないですか？　皇宮での食事会に招待してますよね」

突然妖精姫が王宮に現れるのと、カミルが皇宮に現れるのとではインパクトが違う気がする。

やれることとも違えば、損害の大きさも違う。

「たしかにカミル様はお嬢よりは常識人ですし」

「レックスとネリーもスケジュール調整しておいてよ。特にネリーは実家の方とちゃんと話をしておいてね。お父様から連絡したら知らなかったじゃまずいわよ」

「了解」

「うわー。連れて行っていただけるんですね。頑張ります！」

「ふたりとも、ディアと一緒にルフタネンに行くの?!」

エルダはぐっと拳を握り締めて、驚いた顔でレックスやネリーを見た。

「はい。侍女兼側近として同行します」

「私はもともと行く予定でしたよ」

「ええ?!」

縋るような顔でこちらを見てくるけど、こればかりは無理。

観光旅行じゃないのだ。

「うーん、今回は仕方ないか。でもフェアリー商会で働きたいという気持ちは変わっていないの。ディアは成人するまで考えが変わらなければ、話し合おうって言っていたでしょ？　まだ成人はしていないけど、私の気持ちは変わっていないって知っておいてほしいの」

「それは本気で言っているの？」

「もちろん」

「フェアリー商会で何をしたいの？」

「何って……今も手伝っているし」

「確かに子供の頃は、エルダがベリサリオに来ていても、精霊関係の仕事で忙しくて私達兄妹は城にいないことも多かったから、商会の仕事が楽しいのなら手伝ってもらおうという話になったけど、それを本職にしてベリサリオに住み込むとなると話は全く違ってくるのよ。伯爵令嬢をただの事務員としては雇えないのはわかるわよね」

フェアリー商会の仕事をしたいという領地の貴族はたくさんいる。下位貴族にとっては仕事につけるかつけないかは死活問題だ。

働く必要のない伯爵令嬢に、その仕事を回すのならそれ相当の理由がいるのよ。

「だってディアは……」

「具体的に、何か開発したり売りたい商品はあるの？　自分にはこれが出来る、これがやりたいって何かがないと、平民とも接点のある商会の仕事をすることを、ブリス伯爵は許さないと思うわ。それに事務仕事しかしない場合、もらえる給料はあなたが思っているよりずっと低くなるわよ。高位貴族に直接仕えている執事や侍女のほうが、条件が厳しい分給料も高いわ。あなた、自分に仕えている侍女より給料が低くなっても平気？」

そこまでは考えていなかったのか、エルダは口を固く結んで目を伏せた。

「じゃあ……私も、側近に……」

「エルダ、あなたは何がしたいの？　商会の仕事がしたいのではなくて、ベリサリオに住みたいだけなの？」

ネリー以外の側近は、学園生活の間だけの行儀見習いであり、花嫁修業だ。普段は傍にいない。城には、執事のブラッドやジェマも、侍女のシンシアもダナもいる。レックスだって専属だ。もう人は足りているの。これ以上は多すぎるわよ。

「あなたは毎年、冬の社交シーズンを城で過ごしていたから従姉みたいな感覚なの。侍女や側近、ましてやフェアリー商会の従業員とは考えられないわ。それに商会の仕事では、いい結婚相手に出会えないでしょ」

「私は平民になってもいいの」

今までもたまーに、そう言ってたよね。

ブリス伯爵家にいたくない事情があるの？

でもそれなら、エルトンが何か言ってくると思うんだよなあ。

「エルダ様、学園を卒業した後のことは慎重に考えたほうがよろしいですよ」

「……え？」

レックスに声をかけられたのが意外だったのか、顔を上げたエルダは驚いた顔をしていた。

「お嬢が結婚したら、私もネリーも嫁ぎ先についていきます」

「ええ?!」

「それに成人したらアラン様は皇都住まいです。エルダ様の知っている方はだいぶ減ってしまいます。それでも商会での仕事を続けられますか？」

「ディアに……ついていく？」

ネリーがそこまで考えているとは思わなかったのかな。

顔色が悪くなるほど衝撃を受けた様子で、エルダはひとりで考えると言って部屋を出て行った。

母と娘

お茶会が終わった後、クリスお兄様は皇太子と一緒に皇宮に向かった。

皇太子妃候補にならなかった令嬢をベリサリオの嫁にするという話は、お母様から伝えてもらっていたけど、お兄様と皇太子がお父様に直接話をしないとまずいでしょ。本来なら、皇太子妃候補のふたりに話す前にお父様の了承を得る必要がある話だもの。

この件に関しては、すべて私の責任だ。

お兄様達は学園シーズンが終わってから両親に話をして、許可を得てからモニカとスザンナに伝える予定だったのに、私がサクサクと話を進めてしまったんだから、私からもお父様に謝らないと。

でもさ、学園にいる今のうちに話を進めておかないと、会うのが大変になるのよ。特に皇太子妃候補にクリスお兄様が会いに行くのって、それなりの理由がないとダメでしょ。

じゃあ皇太子も一緒に四人ならって思っても、これもまた大変なんだ。

皇太子には公務があって、スケジュールがびっしり詰まっているし、クリスお兄様も学園が終わったら皇宮での仕事が待っている。

だから今なのよ。学園にいるうちなら寮同士の距離はすぐ近所なんだし、連絡のやり取りもしやすいんだから。

学園にいられるうちに、それも出来れば新年になって皇太子やクリスお兄様が、授業が免除された時間に皇宮の仕事を始める前に、話を進めてしまいたかったのだ。

食堂で他の子達と一緒に夕食を食べ、自室に戻ってお風呂も入ってほかほかぬくぬくで、ベッドに横になりながら本でも読もうかなって時刻、ジェマが私の部屋にやってきた。

「ナディア夫人がお呼びです。お城にお戻りください」

今日もまたお城行き？

何があったんだろう。

お父様との話し合いがうまくいかなかった？

それか……勝手なことをしたから怒られるのかな。

次期当主の結婚の話に、私が口を挟むのはおかしいもんね。

まさか、皇太子に対する態度が悪かったって話？

皇太子の結婚話に私が口を挟むのは、もっとおかしいもんな。

急いで制服に着替えて転送陣で城に向かう。

アランお兄様は一緒じゃないのか。これはやっぱり怒られるんだろうなあ。

ううう……さすがに自分勝手すぎたか。

やりすぎたのなら怒られようと覚悟を決め、お母様の待つ居間に向かった。

ノックをして扉をそーっと開けて、お母様の様子を伺おうとしたけど、お母様の座っている場所はここからじゃ見えないわ。

「何をしているんですか」

「べつになんでもないわよ」

「もう遅い時間なんですから、遊んでいられませんよ」

遊んでないわい！

ジェマって、乙女の繊細な心の機微がわかってないわよ。

そんなしゃきしゃきと物事を進めていたら、男性にこわい女だと思われるわよ！

うっ！　ブーメランだった。ぐさっときた。

「ディア？　どうしたの？」

「うえっ?!　な、なんでもないです！」

慌ててドアを開けたら、精霊獣達までさっさと行けと背中をぐいぐい押してきたので、転びそうになりながら部屋の中に入った。

いつも家族で過ごす部屋だ。座る場所も、精霊獣たちの定位置もだいたい決まっている。

でも今日はふたりだけなので、お母様は三人くらいは楽に座れるソファーの真ん中に座っていた。

「こんな遅い時間でごめんなさいね。皇太子殿下とクリスがお父様とお話した後、ノーランド辺境伯とオルランディ侯爵と皇宮で面会したのよ。それで遅くなってしまったの」

うへ。もうモニカとスザンナの保護者にまで話を通したのか。はやっ！

「そんな入り口に立ってないで、こっちに座りなさいな。何か飲む？」

「いえ、それよりお話って？」

お母様の向かいのソファーの中央に、ドレスがしわにならないように気をつけて腰を下ろす。

当たり前だけど、もう手伝ってもらわなくてもひとりで座れるのよ。

食堂の椅子は、まだ足が床から浮くけどね。

「モニカとスザンナに対する領地の貴族達の期待が大きすぎて、ふたつの地方で皇太子妃の座を争うような雰囲気になっているのでしょう？　だからあなたがお友達を心配して心を痛めていると伝えておいたわ。皇太子妃とベリサリオの次期当主夫人を同時に決めるのは、両地方に優劣をつけないためでもあると皇太子殿下が明言してくださったの」

またもやベリサリオは、ふたつの地域に貸しを作ったのか。

でもこれで、モニカもスザンナも気持ちが楽になるんじゃないかな。よかった。

「ディア？」

「はい？」

「あなた、私が話さなかったら、ノーランド辺境伯とコルケット辺境伯に苦情を言いに行ったのではなくて？」

うん。正月に言うつもりだった。

自分の地方の名誉や権力のために、まだ十三と十一の女の子に、相手を蹴落としてでも選ばれて来いって言う貴族がいるんだよ。

帝国はもともと軍事力で周囲の民族を取り込んでいった国だから、特に年配の人達は自分達の民族に誇りがあって、よそに軽く見られるのは許せないんだろう。

いろんな貴族とすれ違うたびに、勝ってきてねと言われ続けるのがどれほど負担か。保護者なら、自分の孫や娘を守るために何かしてよと思うでしょ？

特にスザンナはオルランディ侯爵の令嬢なんだから、いくら隣の領地で同じ民族でも、コルケットの貴族が偉そうに口を出すのはどうなんだって思うわけよ。

「ねえ、ディア。私は、あなたがお友達を心配して心を痛めていると伝えたの。領地の貴族をちゃんと押さえてくれとも、友達が困っているのを知って、あなたが怒っているとも言ってないのよ」

「……はい」

「その違いがわかるかしら？」

「怒っているのではなくて、心を痛めている……」

「あなたはとても利発だし弁もたつ。でも十歳の可愛い女の子なの。子供がいくら正しくても正論を振りかざして、大人を自分の思い通りに動かそうとしたら、周囲からどう見られるかしら？」

「う……」

そりゃ、くそ生意気なガキだと思うわ。

精霊王という後ろ盾がいるからって調子に乗って、国を支える大貴族達にまで偉そうな態度をとる嫌なガキ。

「辺境伯もオルランディ侯爵も、聡明で素敵な方々よ。すべて説明しなくてもわかってくださるし、わからなければ自力で調べてくださるわ。友達のために心を痛めている女の子を、そのままにはしておかないと思わない？」

優しい口調と表情で話していたお母様が、そこでにっこりとほほ笑んだ。

「強い男性は、怒りを向けられるより悲しみを向けられる方が弱いのよ。助けなくてはいけないと思うから。ましてやそれが自分のせいだったら……罪悪感って放置出来ない感情でしょ？」

く……黒い。

これぞ貴族という黒い微笑だわ。やだ、素敵。

そうか。そうだよね。

ここにきて対人スキルのなさが浮き彫りになってきたか。

コミュ障だったんだもん。友達だってネットで話す方が多い付き合いだったのよ。

十歳になって、私はこういう子だって思ってくれる人が多くなって、つい油断していた。

クリスお兄様と今みたいに親しくなる前に思っていたじゃない。いくら頭がよくたって、子供は子供。経験値が大人と違うんだって。

周囲の大人から見たら私だって同じだ。いや、女の子の分、私の方がくそ生意気に見えるはず。

「ディア、落ち込んだのはわかったから、テーブルにおでこを擦り付けるのはやめなさい」

「私、男性とお話するのが下手みたいです」

「そうねえ。男性は追い詰めちゃ駄目よ。正論で叩きのめしてもダメ。何かしてほしいのであれば、お願いするだけでいいのよ。余計なことは言う必要はないの。そうして希望をかなえてくれたのなら、心の底からの感謝を伝えないとね。笑顔でちゃんとお礼を言えばいいのよ」

「それでいいんですか？」

「下手に借りを作るとまずい場面もあるけど、あなたならそういう時はわかるでしょ？」

「お母様、クリスお兄様は怒っていませんでした？　皇太子殿下も。私生意気なことをいっぱい言ってしまいました」

「クリスは、兄として頼りないのかなって寂しそうだったわね」

「ううう……」

どうしよう。謝らなくちゃ。

大好きなお兄様を悲しませたいわけじゃないんだよー。

「ね？　罪悪感って扱いに困る感情でしょ？」

「え？」

「うふふ。クリスは怒っても悲しんでもいないわよ。あなたの性格はわかっているもの。皇太子殿下も同じ。モニカとスザンナが、結婚してからの生活のほうが長いことを忘れて、選ばれることだけを目的にしてしまうところだったって話していたんですって。あなたと彼らのやり取りを見て、クリスに関しては、身内に見せる顔とそれ以外が違うことに気づいていたけど、皇太子殿下も気さくで心の広い方だとわかってよかったって言っていたそうなのよ」

うわ、ふたりに助けられたわ。

女性ふたりに好印象を持たれたおかげで、皇太子も悪い気はしなかったわけだ。

よかったー。

「でも今回だけよ。特に皇太子殿下に対して、親しくしすぎては駄目。婚約者候補もいるのだし、適度に距離を置いてね」

「はい」

男女の距離感は、正直全くわからないんだよね。前世では仕事関係以外に男性と接触する機会がなかったし、今は子供らしさのない私に慣れていて話しやすい相手って、皇太子とお兄様達以外は大人の男性ばかりなのよ。

同世代の男の子と話す時は、同じ年の女の子としておかしくない態度にしなくちゃと思うから、何をどう話せばいいか迷って言葉が出て来なくなってしまうの。

そして仲良くなった皇太子やダグラスは、私を女扱いしていないという。

つまり私には、女の子としての魅力がないってことだな。

「むずかしいです。男の子とあまり親しくすると女の子に嫌われるし、そもそも男の子にこわがられているし」

「ディア、あなたちゃんと自分の姿を鏡で見ている?」

「毎日見てますよ」

「皇族に次いで地位の高い貴族の令嬢で妖精姫。可愛くて頭がいい。男の子がそういう子に話しかけるのに、どれだけの勇気がいるかわかる?」

「勇気？」

「男って女よりシャイで繊細な生き物なのよ」

えええ?!　クラスで男の子だって普通に話しかけてくるよ。

クラス内なら身分の上下は関係ないからって、乱暴な口調の子だっているよ。

普通の子は怖がって、気の強い子は生意気なことを言って……生意気っていうのも大人目線か。

子供同士のやり取りなんてあんなもんだっけ？

「乱暴な子は何を言ってきたの？」

「うーん、魔道具を作るのを手伝うとは言ってくれたんですけど、遅いとか、ひとりじゃ何も出来ないのかよとか」

「でも手伝おうとしてくれたんでしょ？　あなたのクラスは伯爵家以上の高位貴族の生徒しかいないわよね。だとしたらずっと領地で暮らしていた場合、今まで自分の家より高位の貴族と話したことがない子だっているのよ。その中で、自分より高位のすごく可愛い令嬢に話しかけるって、とっても勇気がいるの。手伝うっていうのはもっと勇気がいるわ。断られたらどうしようって思うでしょ」

そうだ。クラスの中で声をかけて、断られたら恥をかく。

でも手伝うって言ってきてくれたんだ。

あああ、私、最悪。中身が大人ならもっと言い方があっただろうに、あの子に恥をかかせたんだ。

「授業だから自分のことは自分でしなくちゃ駄目ですもの。断るのは当然だわ。でも、声をかけてくれたこと。手伝おうとしてくれたことにお礼は言った？　ありがとうって笑顔を見せれば、その子は次はもっと自然に話しかけてくれるわよ」

お母様、私の中身の年齢より年下なのにすごいな。

社交界の花形として、男性陣の人気の的になるはずだ。

そのうえ女性からの人気も高いのよ。いい女って、こういう女性を言うんじゃないかしら。

「笑顔ですね。次からはちゃんとお礼を言えるように頑張ります。同じ年齢の子供ばかりの中にいるのって、今までの生活と違いすぎて、どういう態度でいればいいのかわからなくて」

「なんでもひとりで出来ちゃうディアにも、苦手なことがあったのね。こうして母親らしい話が出来て嬉しいわ。うちの子は、自分達で何でも解決してしまうんですもの」

「今度、相談に乗ってください。男の子と親しくなると、男同士の友達のようになってしまうんです」

「あなたは強いから……。ちょっとだけ隙がある方が可愛かったりするのよ。でもその隙に付け込もうとする男は、容赦なく叩きのめした方がいいわ。強いけど可愛いのがベリサリオの女よ」

怖いも入れた方がいいですよ、お母様。

◆

城から戻ってすぐ、クリスお兄様の部屋に向かった。

謝るならその日のうちに。

じゃないと気になって眠れないよ。

前もってレックスに私が行くことを伝えてもらっていたから、起きて待っていてくれるはず。

たぶん、私の性格を把握しているクリスお兄様なら、今日中に会いに来ると予想しているだろうしね。

「お兄様、こんな遅くにすみません」

「たぶん来ると思っていたからかまわないよ」

少しは怒っているか、悪そうな笑顔でやっぱり謝りに来たねって言われるかなと思っていたけど、全く普段通りで、しかもとても嬉しそうに出迎えられてしまった。

「こんな時間まで母上と話していたのかい？」

「気付いたら話し込んでいました」

この世界に写真がないのが残念だ。

寝巻の上にガウンを羽織ったラフで自然なクリスお兄様の今の姿の写真なら、お嬢さん達に高値で売れると思うの。

「こっちに来てホットミルクでもどうだい？」

私が来ると予想していたからか、まだ部屋にルーサーが控えていた。

もしかして仕事の話をしていたのかも。

「いいえ。謝りに来ただけなのですぐに帰ります。今日はいろいろと出過ぎた真似をしてすみませんでした」

あ、いけない。

謝るんだからと、体の横にぴしっと腕をつけて頭を下げてしまった。

「……」

これは……頭を上げるべき？

クリスお兄様が何も言わないから、どうするか迷ってしまう。

やっぱり怒っているのかな。

衣擦れの音がして、足音が近づいてきて、床を眺めたままの視界にお兄様の靴先が見えた。

「ディア」

「って」

名を呼ばれたので少しだけ顔を上げたら、指先でおでこをつんと押された。

「謝ることなんてないよ。ディアのおかげで、この問題に対するみんなの視点がだいぶ変わったんだ」

「問題……」

「ディアの提案は、僕にとってとてもプラスになった。思っていたよりもずっと合理的に事が進んで、僕としては大満足だよ」

「合理的……」

駄目だ。

お兄様のこの考え方は貴族として正しいのかもしれなくても、それを口に出してしまう段階でもう駄目だ。それを聞いた女性側がどう感じるのか考えてよ。

「わかりました。お兄様の考え方を変えるのは難しい。ここはモニカとスザンナに頑張ってもらいます。惚れさせてしまえばいいんですよ。そうすれば彼女達もお兄様も皇太子も幸せになれるんだ。そうだ。惚れた方が負けなんだ！」

話しているうちにだんだん声が大きくなって、最後にはこぶしを握りしめていた
「なるほど。たしかにそうだね」

クリスお兄様がとっても悪そうな顔をしている。

「つまり彼女達のどちらかを、僕に惚れさせればいいわけだ。そうすればディアは安心なんだろ？　僕に惚れていれば、結婚出来て幸せだよね」

「……惚れさせる方法を知っているんですか？」

「知らない」

「なんだ」

「ディアは知っているの？」

「知りません。でも私にはお母様という強い味方がいるんです！　お妃教育にお母様にも参加してもらえばいいんだわ。私も一緒に勉強すれば、対人スキルが上がるはず！」

「惚れさせる方法が、なんでお妃教育に関係あるんだい？」

「いいんです！　絶対にお兄様に負けませんから」

「……なんで僕とディアの勝負になってるの」

「本気で好きになってから、相手にされなくても知りませんからね！」

廊下に出てから気付いた。

謝りに来たはずなのに、何をやってるんだ私は！

◆

翌日からは、表立っては平穏な日々が続いた。

ただ、昨日までに起こった問題によって、さまざまな変化が起きていた。

イレーネがスザンナのいるオルランディ侯爵寮に引っ越し、バートは正式に後継者から外されたそうだ。

バートも、自分は領地経営や政治には向いていないからと、進んで弟に次期当主の座を譲ったらしい。牛を育てることに集中出来るのはいいことなのかもしれない。

カーラとは一緒に行動する時間が、少しだけ減った。

クラスのいろんな子と仲良くするのはいいことだし、他所の寮との茶会の回数が増えるにつれて、新しく親しくなる子も出てきているからそれ自体は気にはならない。

私だって、友人から誘われたり、たまにアランお兄様と約束したりして、カーラやパティと別行動することもあるからね。

でも彼女がいまだに家族と和解していないというのは気になるのよ。

まだ両親と顔を合わせていないって言うんだもの。呼ばれても屋敷に帰っていないんだよ。

たぶんカーラとしては、ノーランド辺境伯にお世話になる予定だったから、両親のことはもう関係ないと思っていたんだろう。本人は顔も見たくないと言っていたし。

だけどノーランドは、ヨハネス侯爵が正式に皇族とベリサリオに詫びを入れて許しを得るまでは、一切の交流をやめると決定したので、カーラがノーランドに来るのを断ったの。

それでカーラは屋敷に帰るしか行き場がなくなってしまったのよ。

ノーランドとしては、両親とカーラの仲がこじれているのに、ここでカーラを預かったら仲直りする機会がなくなると思ったのかもしれない。それにモニカが皇太子妃候補だっていうのに、元候補のひとりだったカーラがモニカの傍にいるのはどうなんだろうって悩むよね。ノーランド辺境伯夫人は、カーラが部屋に閉じこもって泣くほどに皇太子が好きだったって知っているわけだし。

親と仲直りしてほしい祖父母と、親と離れたいカーラ。

彼女が今後どうするのか心配だけど、この件に関して、カーラは私とはもう話したくないみたいだ。

クリスお兄様の成人を祝う茶会への出席も出来なくなっちゃったでしょ？

それがショックだったようなのね。瑠璃も大好きだから、姿を見られる機会には参加したかったんだって。

あれ？　もしかしてカーラってクリスお兄様も結婚対象として考えている？

考えるか。……考えるわ。

うげ。……ってことは皇太子の成人祝いの席で、皇太子妃候補のふたりがお妃教育を始めることも、皇太子の婚約者にならなかった子がベリサリオに嫁ぐことも発表されたら、カーラはダブルでショックを受けるんじゃない？

前回は父親がせっかくの機会を潰して、今回は母親がぶち壊してくれたわけだ。

最悪だよ。

カーラが気の毒で何かしたいとは思うんだけど、私が動くわけにはいかないんだ。

うちの家族は私のために怒ってくれているんだし、皇太子に対して失礼なことをしておいて、あとはよろしくって私にすべて投げて放置しようとしたヨハネス侯爵の態度は駄目でしょう。

家族の問題に、私がしゃしゃり出るのもおかしいしね。

私のほうは特に問題はなし。ランプリング公爵寮とのお茶会もしたよ。

心配したパオロがそーっと様子を見に来てしっかりばれて、ミーアに呆れられていたのが可愛かったわ。

もうしっかり尻に敷かれている、ビジュアル系の見た目の近衛騎士団長って萌えじゃない？

奥さんは領地経営が大変で苦労していた伯爵令嬢で、妖精姫の側近をして実家再建のためにお金を稼いで、その過程で近衛騎士団長に見初められる。

実家は長男が頑張って立て直して、ヒロインは素敵な騎士団長に溺愛されて幸せに暮らしました
……って漫画描いたら、この世界でも読んでくれる人いるかな？

魔法で転写出来るってことは、同人作家が自分で印刷機械持っているようなもんでしょ。

同好の士を探して何人かで本を作れば、この世界でもコミケが出来るんじゃない？

金ならある！　金ならあるが、妖精姫のイメージがガラガラと音を立てて崩れていくな。

モデルに許可をとる段階で断られるだろうしな。

いや待て。仮面作家という手も……。

……と、脱線するくらいに私とベリサリオは平和だった。

前期の授業終了しました

前期のうちに終えなくてはいけない授業をさくっと終わらせ、十二月の十日には私もお兄様達も城に戻った。全部の授業を受けている生徒の前期が終わるのが二十四日だから、だいぶ早く帰れたわけだ。

もちろんこの世界にクリスマスはない。

皇都は雪に覆われて素敵な雰囲気になっているけど、クリスマスでもネトゲのイベントをこなしていた私にはなんの感慨もないわ。寒いのは嫌いだし。

クリスお兄様は成人祝いや皇都に生活を移す準備で大忙しで、ベリサリオと皇都を行ったり来たりの毎日だ。

私とアランお兄様は皇宮とベリサリオの茶会で着る服さえ決めてしまえば、比較的暇なので、学園にいた間、滞っていたフェアリー商会の仕事をするために精霊車で店に向かった。

茶会では、まだ途中経過段階ではあるけれど、チョコをお披露目する予定なの。

クリスお兄様の成人祝いなんだもの。インパクトのあることをしたいじゃない。

いったん港方面に向かい、問屋に寄って頼んでいた食器を受け取った。

普段は城まで届けてもらうんだけど、成人祝いと新年の祝いの準備が重なる今は、城への道の渋滞がひどいのよ。食器はまだ何種類かの中からひとつを選ぶ段階だから、城まで何往復もすると間に合わない危険があるの。ブツを受け取って店で確認して、今日中に注文を済ませてしまいたい。

他に欲しい物が出来ても在庫さえあれば、私が転移魔法で運んでしまえるし、私達の乗っている精霊車は一般車両とは別の道を使えるので、積んで帰ることも出来る。自分で言うのもなんだけど、私って便利だ。

港近くの大通りは、どこも大勢の人達で賑わっていた。

年末年始は港に物資が運ばれなくなるから、今年最後の稼ぎ時なんだろう。

事故らないようにゆっくりと走る精霊車の窓から外を眺めつつ、アランお兄様とまったりと過ごしていたら、急にお兄様が身を乗り出して窓の外に注目した。

「あそこにいるのカミルじゃないか？」

「え？」

皇太子とクリスお兄様の成人祝いに、カミルがルフタネンからの賓客として来ることにはなっている。なってはいるけど、二十五日くらいに来るんじゃなかったっけ？

港から、公爵が入国したっていう報告は来ていなかったよね。

「どこですか？」

「あっちの果物屋の横の塀の前」

「あ、いた。……うわ。目つきわるっ」

誰かに追われているのか、それとも捜しているのか。

油断なく周囲に視線を走らせ、人混みの中をこちらに向かって歩いてくる。

平民と同じラフな服装で帽子を被っていても、ルフタネン独特の整った容姿はどうしても目立ってしまっている。

時折言葉を交わしているから、隣にいる男性は連れなんだろう。

「あれが素の表情か。会うたびに雰囲気が違うから、猫を被っているんだろうなとは思ってたよ」

「自分の身を自分で守れない人間は周囲に置けなかったくらい、危険な状況だったこともあるみたいですから、カミルも戦闘能力高いんでしょうね」

「戦闘能力って、かっこいいね」

「アランお兄様も、戦闘能力激高《げきたか》ですよ」

いかにもやばそうな顔つきの男が三人、カミル達の少し後ろを人を押しのけながらやってくる。

あいつらから逃げているのか。

「お兄様、追われているなら助けなくちゃ」

「そうだね。ヒュー、警護の者をふたりくらい連れて行ってきて」

「ヒュー？」

なんでヒュー？　てっきりルーサーにやらせると思ったのに。

「それは私の仕事じゃないと思うんですが」

「間違いなくあなたの仕事でしょ。行く時に公爵に声をかけてね」

「はいはい」

めんどくさそうに立ち上がったヒューをジェマが追い立てる。

意外に思っているのは私だけらしい。

ヒューはもしかして、アランお兄様専用隠密諜報活動要員なの？

フェアリー商会にまで、そういう人員を配置していたのか。

精霊車を道端に寄せるとすぐ、まだ止まっていないのに扉を開けてヒューが出ていく。

カミルに近づく途中で手で護衛に合図しているってことは、護衛達もヒューがただの商人じゃないってわかってるんじゃないか。

ええー！　なんで私に教えてくれないの？

隠密諜報活動の仕方、私だって教わりたい！

この世界に忍者を！

魔法があるんだから、アニメの忍者みたいなことがきっと出来る！　帝国の諜報部隊は忍びって格好良くない？

さすがに服装までは忍者にしないけどね。

そんなくだらないことを私が考えている間に、ヒューは人混みの中をかなり早い歩き方で、でも誰にもぶつからずにカミルに近づいた。

自分に近づく見知らぬ男の存在に気づいたカミルと精霊達の動きは、驚くほど素早かった。

目を細めて、隣にいる男性をかばうように一歩前に出て、右手を上着の内側に忍ばせる。

精霊のほうはカミルの頭上でくるくる回りながら周囲を警戒していたのが、すっと動きを止めて、ふたりを守ろうとヒューが近づく方向に集まった。

かばわれた男性のほうは少し眉を寄せて、自分の精霊を背後の守りにつかせた。こちらも全属性持ちだ。

それでも平気な顔ですたすたと近づいたヒューは、すれ違う時に私達がいることを教えたみたいで、カミルがはっとしてこちらを見た。

驚きからやばいって顔への表情の変化が、笑ってしまうくらいに鮮やかだったわ。

一方隣の男性のほうは、カミルから私達のことを聞いたら、ものすごく嬉しそうな顔になって、カミルを急き立ててこちらに向かってきた。

「はーい。ひさしぶり」

扉のそばまで近づいて、にっこりと笑顔で手を振ってあげる。

「ディアドラ。……学園に行っているはずじゃ」

「私がいると何かまずいのかしら？　早く乗って」

「いや……」

「乗って」

笑顔を引っ込めて言い切る。

今は私の方が断然立場が上だ。

「カミル様、早く乗ってください。ベリサリオの精霊車ですよ。中が見たいでしょう！」

「乗るから押すな」

ぐいぐいと背後から押されて、転ばないように手で扉を押さえながらカミルが精霊車に乗り込み、続いて男性が弾むような足取りで飛び乗ってきた。

空間魔法で中を広くしたこの精霊車は、近距離用なので中で寝泊まりするスペースは作っていない代わりに、荷物を積むスペースが広くなっている。

内装はシンプルだけど、ソファーは座り心地のよさを考えて選んだ一級品だ。

寝椅子も完備。執事達は仕事も出来るような椅子とテーブルがいいと言うから、ダイニングセットも置いてあるのよ。

会社の給湯室にあるような小さなシンクと湯を沸かすための魔道具。食器棚も完備よ。

前世で私が住んでいたワンルームマンションより広いぜ。

この精霊車の中で生活出来るぜ。

「これは素晴らしい。内装も素敵ですが、揺れが全くありませんね。いつ動き出したかわかりませんでした」

「アランもいたのか……」

男性が嬉しそうにきょろきょろと周囲を見回している横で、カミルは疲れた顔と声で肩を落としている。

「こんなに早く帝国に来ていたとは思わなかったな。こっちに座りなよ。ゆっくり話をしよう」

笑顔でアランお兄様が向かいの席にカミルを招いても、彼はドア近くから動かない。

せっかく助けてあげたのに、そんな迷惑そうな態度はどうなのかな。

あなたの連れは、ルーサーに家具について聞いてるよ?

彼もかなり濃い雰囲気の人だ。

この世界に生まれて十年。あんなに目の細い人を初めて見た。

東洋人としては珍しくない顔なんだ。糸目って言うほどは細くはない。一重で、少し腫れぼったい瞼の目だ。

日本だったら、一日に何度もすれ違うような目元だけど、帝国ではまず見られない。

顔全体で見ると東洋風のあっさりイケメン顔だ。カメハメハ系のルフタネンでも、こういう顔の人もいるんだ。

黙って立っていれば、若い割には渋いエキゾチックなイケメンに見えただろうに、わくわくとした表情と、興味の対象に夢中になる様子で台無しになっている。

大型犬がぶんぶん尻尾を振っている雰囲気だ。

「サロモン、落ち着け」

サロモン、ハウスって聞こえたわ。

「カミル?　どうしたのかしら?　座らないの?」

「座るよ。座る」

だから、私が近づくと後ろに下がるのをやめなさい。

私が何をしたというんだ。

ディアだって令嬢

「ディアに対してその態度はどうなのかな」

「これは……」

カミルは焦った顔でお兄様に視線を向け、片眼を細めて眉をひそめた。

「この状況で威圧を放っている、きみの態度もどうなんだ」

「……ディアとふたりだけで会ったんだって？」

アランお兄様ってば機嫌が悪かったのか。気が付かなかったわ。

ふたりとも、その顔は十二歳の男の子がしていい顔つきじゃないからね。

精霊車の中で一触即発の雰囲気で睨み合わないで。

「ふたりだけじゃない。瑠璃様もモアナもいた」

「人間はふたりだけだろう」

「クリスもひどいが、きみもなのか」

警戒の態勢が幾分緩み、カミルは呆れた顔になった。

そりゃあね、何か月も前の話をなぜ今更しているのよねえ。

「アランお兄様、今更そんな前のことを言わないでください。あれは私もカミルもモアナに騙されたようなものなんですから」

　私がアランお兄様の隣に腰を降ろしたら、カミルもようやくソファーに近づいてくる。でも動きが人間を警戒する野生動物のようだ。

「それに彼はこのとおり私が怖いみたいなんです。女性恐怖症なんでしょう」

「違う」

「男が好き……」

「ねぇよ！」

　素だと目つきだけじゃなくて、言葉遣いもだいぶ悪いのね。

　言ってから失言に気付いて口を押さえ、ため息をつきながら前髪をかきあげる。どさりとソファーに腰を下ろした時には、落ち着いたのか諦めたのか、表情がだいぶ穏やかになっていた。

「……すまない。ディアドラは全属性の精霊王から祝福を受けているだろう？　それに魔力が強くて多い。俺にはそれが見えるんだ。妖精姫だと知る前は人間かどうか疑った」

「へえ」

　アランお兄様が珍獣を見つけたような目で、私とカミルを交互に見た。

　カミルが私を本気で警戒している様子なので、こいつは大丈夫だと思ったのかもしれない。

「ルフタネンの王族は、私と同じように精霊王を後ろ盾にした賢王の子孫ですものね。それで祝福が見えるのかしら？」

「かもしれない。アランには水と土の祝福が見える」

琥珀ってばいつの間に祝福したのよ。

「このことは家族以外には言わないでくれ。俺がこういう力を持つと知られると、面倒なことになるかもしれない」

「家族ならいいんだ？」

「ベリサリオ内で内緒にしておけと言っても無理だろうし、あとで知られると余計に面倒だ」

特にクリスが……と、小声で呟いたのしっかり聞こえているよ。

瑠璃の泉でみんなで話をして、翡翠と蘇芳がルフタネンの精霊王を起こしに行った時、精霊獣達を遊ばせながら二時間くらい雑談したのよ。だからカミルはうちの家族全員を知っているし、クリスお兄様とはその前にもフェアリー商会で会っている。

うちの家族もパウエル公爵もパオロも、カミルやキースにはかなり好印象を持ったみたいよ。今回、カミルが賓客としてアゼリア帝国に来ることがスムーズに決定したのも、そのおかげだと思う。

ただモアナが余計なことをしたせいで、お兄様ふたりの警戒心はマックスになっていたみたいね。

「で？　なんで追いかけられていたんだ？　相手は？」

背もたれに体をあずけて腕を組んで、アランお兄様のほうはまだ厳しい顔つきのままだ。

「ニコデムス教の残党だ」

「入国審査を厳しくしているのに、まだ入ってくるのか」

「いや。数年前に入国して潜伏していた者達だと思う。出国出来なくなって、慌ててルフタネン経由で逃げようとしているんだ。俺達を見て、脅して船に紛れ込もうと思ったんだろう」

カミルの正体を知らずに、ルフタネン人だったら誰でもよかった？

うーーーん、それはどうなんだろう。

「うちの人間が捕まえて情報を絞り出すだろうから、それはまあいい。それで？　帝国には船で来たのか？」

アランお兄様がずっと厳しい顔つきをしていた一番の原因はこれだ。

転移魔法の出来る人間の扱いをどうするか。法整備からしなくてはいけないことになりそう。

「…………いや」

「まあ、アランお兄様、どうしましょう」

こういう時、追い詰めちゃ駄目なのよね。

怒るより、悲しむほうがいいのよね。

「不法入国する方と関係があると思われたら、フェアリー商会は潰されてしまうかもしれませんわ。そうじゃなくても取引出来なくなるかも」

「常習犯だとそうなるかもしれないな」

「せっかくチョコが形になってきたのに」

口元を手で押さえて俯いて、ちらっとカミルの様子を窺う。

彼は顔を引きつらせて肘掛けに寄りかかっていた。そのまま腕に力を込めて立ち上がって、すぐに逃げ出す姿勢に見える。

「あれから忙しくて、帝国に来る時間なんてなかった。今日もついさっき転移してきて、入国手続きをしに行く途中だったんだ」

「ふーん」

「アラン、信じてくれ」

私が相手では説得できないと思ったのか、カミルはアランお兄様のほうに体ごと向きを変えて話し始めた。

「あの時は本当にモアナに騙されたんだ。きみに黙ってディアドラと会おうとしたわけじゃない。きみやクリスを敵に回すようなことをするわけないだろう！」

そんな必死に弁解しなくてもいいのに。

それに今はその話題じゃないでしょ。それはもう終わった話……、

「本当にそうなのかな。実はディアに手を出す気だったんじゃ」

じゃないいんかい！

「アランお兄様、面倒なのでその話題は後にしてください」

「面倒じゃないよ。大事だよ」

「今重要なのは不法入国です」

悲しそうにとか、心を痛めている感じとか、ずっと続けていると話が進まないみたいなんですけど、こういう時はどうすればいいんですか、お母様。

「カミル様、カミル様」

主人をほったらかしでうろうろしていたサロモンがようやく戻ってきたと思ったら、今度はカミ

ルの横に膝をついて、彼の腕を掴んで揺さぶり始めた。

「こいつ……彼はサロモン・マンテスター。北島のマンテスター侯爵の長男で、俺の仕事を手伝ってくれている男だ。今回のニコデムスとの一件での働きにより、男爵になった」

男爵？

侯爵家の長男なのに？

「ただいま紹介にあずかりました、サロモン・マンテスターです。カミル様にお仕えするため侯爵家を継ぐのは弟に任せました。それで男爵です」

すっと立ち上がり、胸に手を当てて優雅な仕草で自己紹介する男は、楽しそうに内装を見ていた時とは別人のような顔つきになっていた。

口元にやんわりと笑みを浮かべ、明るい穏やかな表情で……つまり貴族らしい表向きの顔ってやつよね。

「まあ、そうですのね。家を出てまで王子を守ろうと？」

「いえ、カミル様のお側のほうが面白そうでしたので」

そこはぶっちゃけなくてもいいんじゃないだろうか。

それにしても胡散臭い笑顔だな。

不必要に目をキラキラさせても、目が細いからよくわからないのに……あれ？

「私は商会の仕事にはタッチしていないもので、国を出るのが今回初めてなんです。それでつい入国審査を受けに行く途中で、ジェラートの屋台に立ち寄ってみたくなりまして、公園に向かってしまったところ、先程の者達に追いかけられてしまいました。大変申し訳ありませんわ」

「あ、わかりましたわ」

胸の前で掌を合わせて微笑む。

「マンテスター様の今の表情に見覚えがあるなと思っていたんです。思い出しましたわ。カミルが正体を明かしに来た時の胡散臭い笑顔にそっくり」

「……は？」

細い目を最大限に開いて、まじまじと私を見るサロモンの胸元に、カミルの容赦ない裏拳が叩き込まれた。

「うげっ！　げほっ！　い、痛いじゃないですか。なにを急に」

「お前が笑顔で行け貴族らしい顔をしろと言って、散々鏡の前で練習させられた笑顔は、まったくの無駄どころか逆効果だったじゃないか！」

「えええぇ⁈」

「カミル。マンテスター様の笑顔を見て胡散臭いと思わなかったの？」

「こいつに様付けなんていらない。サロモンでいい。マンテスターの名で呼ぶとあの一族が気の毒だ」

「ひどっ！」

「でしたら私からも要望が。私を呼ぶときはディアでお願いします。ディアドラと呼び捨てにするのはあなただけなので、余計な誤解を生みかねません」

「！　わかった。以後そうする」

以前は家族だけの呼び方だった「ディア」が、多くの友人が出来るにつれて、親しい人みんなが私を呼ぶ愛称に代わっている。

だから「ディアドラ」って本来の名前で呼び捨てにされるのに違和感があるのよね。

「いろいろと気になることはあるが、話を先に進めよう」

アランお兄様ってば、額に手を当ててうんざりした顔をしているのはなぜかしら。

サロモンの態度が胡散臭すぎた？

「きみ達はいつもどこに転移してきているんだ？　イースディル商会は倉庫があったが、事務所はまだ届け出されていないよな」

「コーレインに知られずに動けるように、港近くに建物を購入したんだ。まだそこを使用している」

「まあ、転移魔法で飛んで来られる場所があるのね？　秘密基地？　アジト？」

「それは見てみたいな」

「いや……そんなものじゃないし……」

「カミル？」

にっこり笑顔で首を傾げてみせた。

「……一階がパン屋の普通の家だよ」

「アランお兄様、証言が正しいか見に行きましょう」

わーい。俄然楽しくなってきました！

「中はどうなっているのかしら？　誰か住んでいるの？」

サロモンがジェマに場所を説明して、精霊車をそちらに向かわせることにした。

カミルは嫌そうな様子を隠さないけど、私もアランお兄様もそれは無視。

マジで犯罪になるし、国際問題になる案件だからね。

「中まで来る気か⁈」

「当然ですわ」

「アランはいい。でもきみは駄目だ」

えー、お兄様はよくて私は駄目？

何か見せるとまずいものでもあるの？

死体とか？

あ！　エロ本！

男ばかりのアジトなら、そういう本があってもおかしくはない！

「到着しました」

ジェマの声を聴いて素早く立ち上がり扉まで駆け寄ろうとしたのに、カミルはその動きを読んでいたらしい。私より早く行動し、行く手を塞ぎながら手を掴んできた。

「駄目だって言ってる……ほそっ!!」

驚いた顔で私の手首を掴んだ手を持ち上げて、まじまじと見ている。

女の子と接点がないとは聞いていたけど、ここまでひどいとは。

「たいていの令嬢は私より細いわよ。私は鍛えているもの」

「これより細い?! 折れるだろう」

夜会でダンスをしている時に、あちこちでポキポキと令嬢の骨が折れていたら大惨事だわ。

「折れないわよ。女にだって筋肉はつくのよ。私はちゃんと運動しているから、お友達より筋肉あるし」

今日は長袖のドレスだったので、手首を掴まれたまま、もう片方の手で袖をまくり上げようとしたらその手も掴まれた。

「なにする気だ」

「ディア様！ いけません」

慌ててジェマまで駆け寄ってくるし、アランお兄様はカミルの慌てようが楽しいのか、口元を押さえているけど間違いなく笑っている。

いいんですか？ 私の両手が掴まれていますよ。

カミルの精霊を見なさい。大慌てで天井にぶつかっているのは何なのさ。

精霊獣達もそっぽを向いて知らん顔をしているわよ。

「これが妖精姫。……だいぶ想像とは違いますが、興味深い！ 只者ではないですね！」

サロモンにいたっては、内装を見ていた時よりも興味深そうな顔で大興奮だ。

変人なのかな。仕事を任せているんだから優秀なんだよね？

「感心してないで手伝え！ アランも！ あの家には転移用に家具を置いてない部屋があるんだぞ！」

「ん？」

「彼女が一度でもその部屋にはいれば、今後いつでも街に飛んで来られるんだ。いいのか？」

おおおおおおう！　街は人が多いから、転移する場所が確保出来なくて諦めていたのよ。

これからは、お忍びで遊び放題ってことね？

気軽に自分の部屋から飛んで、買い物して帰れるってことね？

「それは駄目だ。ディアはここで待機。ルーサー、サロモンと行って中の確認を。護衛を連れていけ」

「かしこまりました」

「ええええ?!　お兄様、私がそんなことするわけないでしょう？　今まで、侍女や護衛が責任を取らされるような行動をしたことがありますか？」

「……城内でならあるな。溝にはまったり、二階から落ちそうになったり、転んで斜面を転がったり」

「三歳くらいの時の出来事を、いつまでも引きずらないでください」

「まじかよ……」

カミルの驚きの呟き、聞こえているわよ。

御令嬢はおっとりと行動して、優しくたおやかで、おならもしないなんていうのは幻想だからね。

そんな夢は、今すぐ捨てなさい。

「まずは座れ」

「へー、私に命令するんだ」

「座ってください！」

「わかったから手を放してください！」

「あ、ごめん」

「カミル、大丈夫だ。ディアは本当にまずいことはしない」

アランお兄様のカミルを見るまなざしが、徐々に気の毒そうになっているのは気のせいかしら？

「中には誰かいるの？」

「商会の者が何人か」

「ルーサー、全員連れてきて。このあと店に行くから、せっかくだから御馳走しましょう」

「そんなことは……」

「チョコがどうなったか知りたくはない？」

精霊車は目立たないように脇道に停まり、ルーサーとサロモンが外に出て行った。

入国審査については、店についてから改めて話してどうするか決めないと。

「ルフタネンには剣精があまりいないんだ。兵士でも持っていない者が多い」

「国によって差があるのかな。きみの精霊は、きみの動きに合わせて移動しているよな」

「気付いていたのか。戦いやすい位置に移動したり、目立たないようにする時には足元や背後に移動させる」

別に待機していてもいいんだけどさ、アランお兄様とカミルは精霊と協力しての戦い方を話し始めて、私はぽつんと放置されているのはひどくない？

そうだ、パン屋。

どんなパンを売っているか覗くくらいならいいんじゃない？

「ディア、精霊車から出るの禁止」

「たのむからおとなしくしていてくれ」

話に夢中になっているのかと思ったら、しっかり私の行動をチェックしていた。

「精霊獣達をどけてください」

出て行かないわよ。

だからジェマまで一緒になって、三人分の精霊獣で私の周りを取り囲むのはやめて。

風評被害？

実は私はサロモン・マンテスターの名前だけは知っていた。

カミルが賓客としてベリサリオに滞在すると聞いたら、彼の周囲にどんな人がいるかチェックするでしょう。

たぶんうちの家族全員が調べているはず。でも私には教えてはくれないのよね。

まあそれはいい。客が来る何週間も前から詳しい情報を十歳の娘に逐一知らせる親はいないし、泉でカミルに会ったことをアランお兄様がこれほど気にしているということは、お父様とクリスお兄様はもっと気にしているはずだわ。私にカミルの話をするとは思えない。

だから、アランお兄様の前では、何も知らない様子で紹介されたままを素直に信じた態度で微笑むしかない。ウィキくんは内緒だから。

それにサロモンが跡継ぎを弟に譲ったとか、男爵になったとかは、全く知らなかったわ。

おかしいな。なんでウィキくんに書いてなかったんだろう。

もしかして家族はまだ、サロモンに侯爵家を継がせる気でいるんじゃないの？

一度はそういう話になったとはいえ、カミルが王宮に転移魔法で戻った時から、政治や貴族のやり取りに疎い彼をずっと支えてきたのがサロモンだ。

西島のせいでくそ忙しくなっていた王宮の仕事を手伝いながら、カミルに仕事のやり方を教え、東島の貴族達の信頼を勝ち取った功績者だよ。今後も北島の中心人物になるだろうし、子爵ぐらいにはしてもいいはず。

それをしていないってことは、親が王家に頼んでいるんじゃない？

それかあの性格のせいだ。

……たぶん性格のせいだな。

あの胡散臭い雰囲気も、フリーダムな行動もウィキくんには書いてなかったっけ。こんな人がいるのかって会ってびっくりよ。

さすが帝国よりずっと緩い雰囲気のルフタネンだわ。

「お嬢様、皆さんがおいでのようです。お席にお戻りくださいな」

しばらくして路地にサロモンとルーサーが戻ってくる姿にジェマが気付き、ようやく私は精霊獣団子から解放された。

冬だからいいけど、夏だったらモフモフの熱で死ぬからこれ。

「ただいま戻りました！」

元気よく一番に精霊車に乗り込んできたのはサロモンだ。

その後ろからサロモンの背を押しのけてキースが顔をのぞかせ、カミルの姿を確認してほっと息をついた。

「よかった。無事だ」

「だからそう言っただろ」

「おまえの言うことが当てになるか！　俺達を待たずに勝手に外に出るなよ」

キースもすっかり顔馴染みだ。

目元の涼やかなイケメンで、十六歳。

以前はきついまなざしだなと思ったけど、カミルの目つきの悪さを知った後では、キースはずっと貴族的な雰囲気に見えるわ。

「そこは邪魔だ」

キースとサロモンの間にぬっと割って入ったのは、カミルの護衛だと誰もが思うだろう鍛えた大きな体の男性だ。

「カミル様、私が行くまでは部屋にいてくださいと何度も申し上げたでしょう」

「すまない。サロモンが窓から公園を見て屋台に気付いて、ジェラートを食べたいと部屋を飛び出しやがった。それで追いかけるしかなかった」

「サロモン」

地を這うような低い声で名を呼ばれて、なぜかサロモンは私とアランお兄様の座るソファーの背後に逃げ込んだ。

「彼はボブ。カミル様が生まれた時からずっと護衛をしている男です」

ああ、紹介役をしようとしたのね。

「おい、そこで止まる……な」

「エドガー、どうし……うわー」

精霊車の乗り口では、ふたりの男の子が呆然とした顔でこちらを見ていた。

彼らが動かないせいで、まだ後ろに人がいるのに乗れないようだ。

ふたりとも、私を見ているよね。

うーん。私の姿はルフタネンの人達から見ると異質なのかな。

「ふたりとも、そこで立ち止まっては後ろの人が乗れないわ。ルフタネンの人にとって私は怖いみたいだけど、何もしないわよ」

「え?! こわい？」

「と、とんでもありません。こんなに可愛らしいとは……なあ？」

「は、はい。本当に妖精のようです！」

「え？ あれ？ だってカミルが怖がっていたから」

「俺だって可愛いと言っただろ。ただ可愛いも度が過ぎると……人外っぽい……と」

こいつは、どうしても私を人外にしたいんだな。

「きみ達、ベリサリオの御子息と御令嬢に失礼ですよ」

サロモンに言われてふたりは顔を赤くして慌てて跪いた。

うん。だから後ろが精霊車に乗れないからね？

失礼さで言えば、サロモンのほうが上だし。

跪いたふたりの脇からどうにか中に入って跪き、恭しく頭を下げたヨヘムはイースディィル商会の帝国担当だ。たまにフェアリー商会に顔を出しているらしい。私は初対面だけどね。

少したれ目で唇が厚くて、色気駄々洩れの色男ですわ。

ジェマがおっという顔でヨヘムを見たから、きっと帝国でもモテる顔なんだろう。

「ヨヘムか。ひさしぶり」

アランお兄様は会ったことがあるのか。

私はなかなか商人や職人に会わせてもらえないのよ。

その場の思い付きで、妙なことを口走りそうで怖いんですって。自覚があるから文句言えないわ。

「おひさしぶりです。いつもお世話になっております」

「私達が呼んだんだ。そんなに畏まらなくていい。ルーサー、あちらに案内を」

アランお兄様の言葉を受け、ふたりの男の子は顔を上げて迷うように周囲を見て、ヨヘムが立ち上がるのを確認してから立ち上がった。

「あのふたりはエドガーとルーヌ。ふたりとも騎士爵です」

「へえ」

サロモンて、うちの執事か何かだったかしら？

なんで身を屈めて私とアランお兄様に背後から説明しているの？

あなたの御主人はカミルでしょう。

「カミル様が暗殺されかけた時に、キースとこのふたりのおかげで、カミル様は王宮を脱出し我々の元まで無事に逃げ延びて来られたのです。平民だったふたりはその功績で爵位を賜りました」

三人はその時に敵の兵士と戦ったのだそうだ。

王子の命を救って、北島まで送り届けた英雄達だよ。

その時はまだキースとエドガーは十一歳。ルーヌなんて九歳だって。すごいな。

ボブはそのときは休みで傍にいなくて、北島に移動する時に合流したそうだ。

彼は何もしていないからと固辞したんだけど、赤ん坊の時からずっと、他に頼る相手のいなかったカミルを守ってきたんだから、彼もまた騎士爵をもらうのも当然だろう。

このへんはウィキくんに書かれていたとおりだ。

ふんふんと頷いているけど、アランお兄様もたぶん知っていた情報ばかりなんだろう。

そしてサロモンが優秀なら、私達が知っていることも予想しているうえで説明しているんだろうな。反応を見ているのかも。

「ともかく今回のことは、全部、サロモンが悪かったのね」

「そうだ」

「本当に申し訳ない」

「それは確かに申し訳なかったですが」

話がひと段落したようなので、場の雰囲気を変えようと思って言ったら、ルフタネン関係者がいっせいに詫びる中、サロモンだけは不満そうな顔つきになった。

「彼らは前にも帝国に来たことがあるんですよ。私だけ、今回初めて国外に来たというのに、観光一切なし！　食事をゆっくりする時間もなしというのはひどいですよね！」

だからなんで私に訴えかけるのよ。

「子供じゃないんだから、いい年してそういうのは恥ずかしいと思います」

「うぐっ」

オーバーだな。なにも胸を押さえてうめかなくても。

「ディア、サロモンていくつくらいだと思っている？」

意外な質問をカミルにされた。興味なかったから、年齢までは確認していないよ。

ついでに結婚しているかとか、婚約者がいるかとかも見てないや。

ルフタネン人の見た目はカメハメハ系だから、東洋人のように若く見えるわけではないと思うのよ。でもサロモンの顔は東洋人に近いから、見た感じより年上なのかしら。

「二十六歳くらい？」

「……え？」

「うわ」

一斉にみんなが驚き爆笑した。

「そ、そんな、いくらなんでも……」

「え？　もっと上？」

「下です！　私はまだ二十歳です！」

あ、自分が元日本人だったことを忘れていた。

私が感じた年齢より、無理して上に見る必要はなかったんだ。

「で、でもえーと、ヨヘムって二十五くらいじゃない？」

「正解です」

「ほら、同じくらいの年に見えたんですもの」

「ひどい……ひどい……」

私にとっては十歳年上も十五歳年上も、ずっと年上という同じくくりだからたいした違いはないわよ。

「おじ様って呼ばなかっただけ褒めていただきたいわ」

「ぐほっ」

あ、とうとう胸を押さえたまましゃがみ込んでしまった。

「ディア、やめてあげなさい」

「はい、お兄様」

「お、おそるべし……妖精姫……」

サロモンてなんなの？

カミル専属お笑い要員？


そう思っていた時が私にもありました。

すごいよ、この男の貴族モード。

店について精霊車を降りて、両手で襟を持ってぴしっとただした途端、顔つきが変わったよ。

雰囲気も所作まで違う。どこからどう見ても生粋の貴族だよ。

でもだったら最初からそうしろよと思うのは私だけ？

私やアランお兄様には本性を見せても平気だって、どうして思ったんだろう。

むしろ一番いい印象を与えないといけない相手じゃないのかな。

カミルやキースは、どんな説明をしたんだろう？

私達が精霊車を乗り付けたのは、いつもの建物横のＶＩＰ用の入り口だ。

店の正面は馬車や精霊車がずらりと並び、整理券を配る店員や案内する店員が忙しげに行き来している。

それも見慣れた光景で、従業員も客も慣れたものだ。

横の入り口には制服を着たスタッフが待機していた。

私とアランお兄様のふたりだけが行く予定だったのに、突然大勢で押し寄せたのに誰も驚いていないみたいだ。

「辺境伯様と奥様がお待ちです」

はやっ！

ヒューが連絡したんだとしても、この早さはなんなの？

これはお母様の転移魔法で飛んで来なくちゃ無理な早さだ。

でも待って。

隣国の元王子で王太子の弟で公爵が自領に来たんだから、お父様が出迎えるのは当たり前なのか。

出会いが特殊だったから、どうもカミルの地位がピンと来ない。

カミルもその愉快な仲間達も、わざわざ辺境伯夫妻が顔を出すとは思っていなかったのか、みんなびっくりしているよ。

「やあ、カミル。久し振りだね。元気そうで何よりだ」

案内された二階の特別室で待っていた両親は、カミルが姿を現すと笑顔で立ち上がり歩み寄った。

「予定より早く押しかけてしまいました。ご迷惑おかけしてすみません」

「いやいや。商会の拠点が出来ていないことを考えれば、急ぎたくもなるだろう」

私もアランお兄様と一緒にお母様のすぐ横に移動した。

両親がいるのに、私が仕切るのはおかしいからね。

おかしいと思っているよ？　つい、思ったことを言っちゃうときもあるけど。

「キースとヨヘムも一緒か。ここにいる彼らは皆、イースディル公爵家の人達かな？」

「はい。彼はサロモン・マンテスター。私の政治の補佐を……」

カミルとお父様が話している間、部屋の入り口近くに控えていたサロモンが、不意に片膝をついて跪き、それに合わせて他の五人も同じように跪いた。

「お初にお目にかかります。サロモン・マンテスターと申します。ベリサリオの方々にはぜひ、感謝をお伝えしたいと思っておりました。我が主人の窮地を救ってくださり、精霊王を目覚めさせてくださったおかげで、我が国は内乱にならず、西島も順調に復興の道を歩んでおります。この御恩を我々は生涯忘れません」

サロモンの言葉に合わせて、全員で頭を下げる。

「わかった。気持ちはありがたく受け取った。だから頭を上げてくれ」

お父様もお母様も、まさかこの場で膝をついてまでして感謝を告げられるとは思っていなくて、困ったような、でも嬉しそうな表情になっている。

そうかー。あの時カミルはコーレイン子爵のせいで印象悪かったし、こっちは子爵が来ると思っていたから、場合によっては捕らえようと思ってパオロがその場にいたんだもんな。

あのまま精霊王が目覚めなければ、今頃西島で、ニコデムス教と第三王子の軍隊と王国軍で内乱になっていたんだ。カミルも、ここにいる他の人達も、今頃戦場にいたかもしれない。

だからか。

そんな状況から、精霊王達を引きずり出してきて働かせた私達は大恩人だし、たぶん、瑠璃の泉で精霊獣達を遊ばせたことなんかも、みんなに伝えてあるんだろう。

そりゃ、私に親しみは感じるわ。

……のわりに、怖がられていない？　懐いてるのサロモンだけじゃない？

まずは必要な話だけは詰めておこうと、うちの家族と、カミル側はサロモンとキースが同じテーブルについた。

ヨヘムは商会の仕事担当なので、少し離れたテーブルのほうに座っている。

ボブ、エドガー、ルーヌも護衛や商会の仕事がメインなので、ヨヘムと同じテーブルだ。

あっちは難しい話なんて関係なく、昼食を食べていればいいだけだから気軽だと思うわ。

「しかし入国の手続きをする前に、街の中を動き回ったのはまずいな」

「申し訳ありません。手続きに向かう途中でニコデムス教の者に遭遇してしまいまして」

「待ち伏せされていた可能性は？」

アランお兄様の問いに、カミル達は顔を見合わせて首を傾げた。

「お……私は前回、皆さんと会った日から今日まで一度も帝国には来ていません。あ、一度モアナに泉に連れていかれましたが、あれはディアが呼んでいると聞いて……」

「ディア……」

「お父様。私がディアと呼んでくれと言ったんです。友達はみんなディアと呼ぶのに、カミルだけディアドラと呼ぶほうがおかしいでしょう」

「う……うむ。そうだな。しかたないな。まあ今回のことは捕らえたペンデルス人の証言と食い違いがなければ問題はないだろう」

「ペンデルス人?!」

「そうだ。外貨を稼ぐために帝国に潜り込んだ者のようだ。意外なことに積極的に証言しているらしく、新しい情報が手に入りそうだ。それもあって、皇宮でも今回のことは不問にしようという方向に話が進んでいる」

もう皇宮に話がいっているのか。

こんなに早く話がいくってことは、ヒューが直接持って行ったってことか?

てことは、アランお兄様だけじゃなくてお父様も、ヒューを商人としてだけじゃなく諜報関係のお仕事でも使っているってことじゃんね。

ふーーーーん。

「この機会に、転移魔法についての両国での扱いを決めてしまいたい」

「わかりました。ではこちらも本国に連絡して、こちらに伺う外交官の中に魔法に詳しい者も……」

「サロモンくん。来年のそちらの王太子殿下の婚礼式典に、うちの娘が行くことを忘れていないか?」

お父様が難しい顔で、少しだけ声を落として言い、

「は?」

「ディアの魔法はね、転移魔法とはちょっと違うの」

お母様が困った顔で、でも少しだけ微笑んで呟く。

「一度そちらに行ってしまえば、うちの娘はいつでもそちらに飛んで行けるようになるのだが……」

「サロモン、すぐに決めるぞ」

「カミル様？」

「気が付いたら妖精姫が、王宮の廊下を、精霊王達を引き連れて歩いていたなんてことになってもいいのか？」

「いやそれはさすがに……」

「モアナならやる！」

「承知しました！」

おい。みんな私をなんだと思っているんだ。

いくらなんでも失礼だろ。

試作品第一号

私のことは置いておくとして、転移魔法対策が急務であることは間違いない。今この時でも、新しく転移魔法をマスターする人がいるかもしれないもんね。

クリスお兄様もパウエル公爵も、帝国だけでも何人ももうすぐ使えそうな人がいるんだ。ルフタネンだって同じだろう。

もしかしたら、他の国にだって何人か出てくるかもしれない。

だから、早く話し合いの席を設けるのは大賛成よ。

でもそういう難しい話は両親に任せて、私は私のお仕事をしましょう。カカオの有用性をアピールして生産量を上げてもらわないと、ココアもチョコも価格が高くなってしまう。

「いい機会ですので皆さんに、ルフタネンから輸入しているカカオで作った商品を食べていただこうと思います。まずこちらは、ココアという飲み物です」

店員が運んできたのは、エスプレッソ用に使用するくらいの小さなカップに入れたココアだ。手にはいるカカオが少ないし、この年末年始の社交シーズンで貴族達に広めるところなので、店のメニューには載せていない。

ベリサリオ寮に招待した生徒だけしかまだココアの存在は知らなくて、噂だけが大人達にも広まっている。

クリスお兄様の成人を祝う茶会で、大々的にお披露目する予定なのよ。

「チョコより色が薄いですね。牛乳を入れたんでしょうか」

「いい匂いだな」

「うま」

「え？　なにこれ」

匂いを嗅いだり、さりげなく精霊が毒の有無を調べるのを待つカミルやサロモンとは違い、別のテーブルの男共はすぐに飲み始めたらしい。控えめだが驚きの声が上がっている。

ふふふ。まだまだこれからが本番だよ。

「あのチョコが、こんなに飲みやすくなるのか」

「これは人気が出そうですね」

「将来的には粉末にしたココアを販売し、各家庭で牛乳や糖分を加えて好みの味で飲めるようにしたいと思っています」

「それでカカオの輸入量を増やしたいと？」

「うふ。それは次のお菓子を食べてからお話しますわ」

口の中の味をリセット出来るように、全員に水の入ったグラスを出した後、今度はチョコが一粒だけ入った小さなガラスの器を全員の前に並べた。

ずっと皇都にいたお父様もチョコを食べるのは初めてだ。

チョコと言っても、直径三センチほどのナッツとチョコの塊だ。

割合としては、ほぼナッツ。ナッツを固めるのにチョコが少し混じっているようなお菓子だ。

甘さや硬さの調整がまだまだで試作品の段階だけど、お兄様の成人祝いに招待した方のお土産にしたかったのよ。味は保証する。

この世界ではナッツ類はものすごく安い。

帝国で流通しているナッツも輸入品も、カカオに比べればいくらでも安価で手にはいる。

帝国で使用されている糖分はシュラという甘い木の実から作られる果糖で、西側の領地の特産品だ。

輸入品の中にはトウキビから作られる砂糖もあるので、糖類も安い。

帝国は料理の質と種類が近隣諸国の中で、飛び抜けてレベルが高いのよ。

帝国って武力で周辺の他民族を支配して大きくなった国でしょ？

辺境伯なんて、みんなその他民族なわけよ。

力で押さえつける政治なんてやったら、内乱だらけになって国がすぐに疲弊してしまう。

それで昔の偉大な皇帝は考えた。

独立して小さな国でいるより帝国としてまとまった国でいたほうが、いい生活が出来るとなれば、誰も独立しようなんて思わないだろうと。

いい生活とは衣食住が豊かであることだ。

せっかくデカい国になって東西南北に広いおかげで、いろんな素材が手にはいるのだから、物流を整えて美味しい料理を作ろう！

なんて素晴らしい考えなんでしょう！

胃袋を掴むのは大事よ。

だからカカオ以外は豊富なのだ。お値段も問題なし。

肝心のカカオをたくさん仕入れるためには、カミル達に生産量を上げても損はさせないと納得させないといけない。

カカオ農園を広げるにもお金はかかるもんね。

なんなら私達が出費してもいいんだけど、これ以上帝国に借りを作りたくはないだろう。

「これが私の考えたチョコの第一号です。今はまだカカオの量があまりないのと、成人祝いの際にお土産にするためにまとまった量を使うため、ナッツの量が多くなってしまっています。まだまだ改良途中ですが食べてみてください」

黒い食べ物ってあまり好まれないはずだけど、彼らはチョコを知っているから、抵抗はないみたいだ。

でも、さすがに丸ごと口に放り込む猛者はいなかった。

みんな少しだけ齧ってみて、口に広がる香ばしいナッツの味と、それに負けない甘味と微かに苦みのあるチョコの味が、口の中で融合する新しい感覚に驚いたようだ。

「こ……れはまた……」

「美味い……」

「この苦みのおかげで、甘いものが苦手な人でも好きな味かもしれないな」

そうでしょう。

私がまず作りたいのは、フランスのショコラティエで扱っているような、味だけではなく見た目も宝石のように繊細な、高級な貴族向けのチョコレートだ。

綺麗な箱に詰めてラッピングしてプレゼントにするの。

一粒いくらって値段設定だから、平民だって特別な日には買うかもしれない。

この世界で大量生産はまず無理だから、誰でも手軽に買えるチョコを作れるようになるのはずっと先のことだろう。

でも貴族にチョコの存在が認知されて、カカオが安定供給されるようになって、チョコを作る職人の数も増えたら、いずれは子供がおやつにつまめるようなチョコだって作れるかもしれない。

ナッツやフレークにコーティングする形にすれば、値段だって抑えられるだろう。

「前にも言いましたけど、年間輸入量をこの先十年間保証します。ですからカカオの生産量をあげてください。間違いなくチョコはいずれ全世界に広がりますよ」

「帝国の次はルフタネンね。ココアを南島の生産者の方に飲んでもらうのはどうかしら」

さすがお母様、それはいい案だわ。

自分達の作った物が、どんな商品になるのか知るのは仕事のやりがいや自信に繋がるはず。その商品が売れると思えば、カカオ栽培を拡大しようと積極的に動いてくれるかもしれない。

「今回はココアしか渡せませんけど、私がルフタネンにお邪魔する時にはチョコを持って行けると思います。出来れば南島でカカオを作っている人達に私が届けたいわ」

「それは……」

「ディア、それはまた今度考えよう。ルフタネンの方々にも都合というものが……」

「それは素晴らしい！」

気の進まない様子の両親とは違い、サロモンが嬉しそうな声をあげた。

「そうしてくださると南島の者たちも喜ぶでしょう。南島は王太子妃様の故郷ですし」

「そうよね。カミルに転移魔法で連れて行ってもらえばいいんですもの」

「おい……サロモン」

カミルが迷惑そうな顔をしているのに気付いてはいるけど、無視。

うちの家族が心配そうな顔になっているのも、無視。

こんなチャンスはもうないかもしれないでしょ。

みんな、もっとチョコを食べたそうにしていたけど、それは我慢してもらって、全員昼食がまだだというので、店のメニューの中からオムレツとサラダと焼き立てのパンを御馳走した。

オムレツには、トマトケチャップがテーブルに瓶のまま用意される。それを自分で好きなだけかけて食べてもらうというスタイルが、特に男の子達には好評だった。

話を聞くところによると、ルフタネンでは舞踏会というのはほとんど行われず、広いテラスやバルコニーにクッションやロータイプのソファーを並べ、大皿に盛られた料理を中央に用意し、それぞれが好きな料理を好きなだけ給仕に取らせて食べる宴会で客人をもてなすらしい。

踊りたい人のためにスペースは用意されて、酔いが回り座が盛り上がると、若い人達を中心にダンスをするのが普通だけど、踊りたくない人はひたすら飲んで食べていてもいいし、女性だけで集まって盛り上がっている人も珍しくないそうだ。

いいね。居酒屋での宴会っぽくて。

そういうの大好きよ。

でも帝国では帝国方式を覚えてもらわないといけない。

「そもそもカミル様は、茶会や食事会にすら出席したことがほとんどありません」

「サロモン……」

「ベリサリオ辺境伯のお城に滞在させていただくのですから、ここは正直にお話して、本番までに勉強させていただいたほうがよろしいでしょう？　カミル様だけでなくキースもどうにかしなくては」

「私もですか?!」

そりゃそうだろ。伯爵子息。

カミルの側近として、一緒に式典にも茶会にも出るんだから。

「まずは女の子に慣れなくてはいけませんね。まともに話したこともないのでは困ります」

「まあ、そうなの？」

お母様に本気で驚かれて、カミルは困った顔で頬をかいた。

「その……事情がありまして、育った環境に年の近い女性はひとりもいなかったので」

「では、ダンスをしたことがないのでは？」

「はい。少しだけ練習はしましたけど……男同士で」

「カミル様は王宮から動けない王太子殿下に代わり、西島や南島に顔を出し、毎日忙しくしておりましたので……」

サロモンの説明に、うちの両親が納得した顔つきになった。

最初は私と湖で会ったことで怒っていたお父様も、カミルの生い立ちと最近の怒涛の展開によって大忙しな状況が気の毒で、どうにかしなくてはと思ってきたようだ。

「アイリスやシェリルに頼んでみてはどうでしょう。ネリーも私の側近を続けるようですし、ダンスの練習を手伝ってくれると思いますわ」

「それがいいわね。テーブルマナーは食事をしながら覚えてもらえばいいでしょう。朝食と昼食は今回のように軽く済ませることが多いので問題はないでしょう。みなさん、食べ方が綺麗ですもの」

「兄……王太子殿下が王宮にいる間に、皆に教師をつけてくださったんです」

カミルと王太子は本当に仲がいいみたいね。

兄の話をするときに、カミルの目元が少し優しくなった。

和やかな雰囲気で食事が終わり、このまま、全員でベリサリオ城に移動することになった。

まだ着替え等の荷物を拠点に置きっぱなしのカミル達だ。

城の敷地内に外部から転移してもいい場所を指定し、そこからカミル達に使用してもらう棟に荷物を運べるようにして、細かい取り決めは皇宮で改めて行うことになった。

「それじゃあ、移動出来るようにしますね」

「ディア、城内の警護の詰め所前に転移出来る場所を作ろうと思っているから、そこに道を開いてくれ」

「道を開く?」

ルフタネンの人達が不思議そうな顔をしているところを見ると、彼らにとっても私の転移の仕方は珍しいのかもね。

私は一瞬で消えて別の場所に現れるという転移のやり方は怖くて嫌いだ。

精霊王達がそうして運んでくれるのはいいんだ。彼らにとっては、それは当たり前の移動手段だから。

でも私は違う。

消えるってどういうことよ。

まさかいったんバラバラになって再構築されるんじゃないよね。

次元の狭間を移動するの？

たぶんやっていることはみんなも私も同じなんだと思う。

空間同士を繋ぐってやり方を、私は安心したいから目に見える形にしたいだけなのに、みんなは空間を切り裂くのは、ヒトがやれる魔法じゃないと思ってしまうらしい。

どこでもドアって、この世界の人は考えないのかな？

あの作品を知らなくても、ドアを開けたら会社や学校に繋がっていればいいのにって、前世では誰もが一度は考えることだと思うのに。

「ではやりますね」

言葉を言い終えるとすぐに空間に白い光とともに亀裂が入り、扉のように一部が消えて、奥に違う風景が現れた。そこはもうベリサリオ城の敷地内だ。

「な、ななな……」

「こ……れは」

ずざざざっと音がしそうな勢いで、ルフタネン勢がドン引きしている。

顔面蒼白で、へたり込んでしまいそうな人もいるよ。

「……ディア」

カミルもだいぶ警戒してしまっているなあ。

目つきがすっかり悪くなっているし、声もいつもより低くなっている。

「これは、どのくらい開けていられるんだ？」

「魔力が続く限りは開けていられて、何人でも通せるわ」

「どのくらいの大きさの物まで通せる？」

「さあ？　でも精霊車は通したことあるわよ」

「……」

つまりこの魔法でなら、他国の街に直接軍隊を送り届けることも出来るんだよね。

一瞬では移動出来ないけど、空間から何千人もの軍隊が次々出てきたら、恐怖なんてもんじゃないだろう。

「あのね、このやり方は私にしか出来ないみたいよ」

「え？」

「魔力の強さや精霊獣の強さが、普通の人じゃ足りないんですって。精霊王達、私を守るためだって言って、私の精霊獣を強化してくれちゃっているの」

「ああ……そうか……きみだけか」

あきらかにほっとした様子で、場の空気が和らいだ。

「それなら物資の輸送に便利でいい魔法だな」

「そこで安心していいんだ」

「ディアが軍隊を送り込むほどのことをした相手なら、そもそも精霊王が放置しておかないだろう。砂漠にして終わりだ」

カミルの言葉に、ルフタネンの人もベリサリオの人まで、うんうんと頷いた。

なんだこの謎の納得の仕方は。

「それは、私は理不尽なことはしないって信頼されているってことよね」

「もちろん信頼しているよ。それに……」

「それに？」

「もうそれは諦めるしかないかなと」

カミルより先に気の抜けた声で答えたサロモンに、小型化していたジンをけしかけようとしてみんなに止められた。

「そっちにも精霊王がいるんだから頑張りなさいよ」

「ぇー」

気持ち悪いから成人した男が頬に手を当てて首を傾げるな！

ダンスレッスン

その日からしばらく、カミルはものすごく忙しそうだった。

同じ建物に寝泊まりしていても城は広いから、夕食に招待した時か、商会の打ち合わせがある時以外、滅多に顔を合わせない。それでも忙しそうだなとわかるくらいに、予定がぎゅうぎゅうに詰まっていた。

そもそも商会の拠点も決まっていない段階で、元アジトと倉庫しかないのに、公爵が先頭切って外国にほぼ手ぶらで顔を出すのがおかしいのよ。

まずはベリサリオ側に連絡して、いい物件や土地を紹介してもらうなりなんなりして、サロモンあたりを先にベリサリオに寄越して、滞在先を決めてから転移して来いよと、私は声を大にして言いたい。いや、言った。

「すまない。転移魔法があるから夜は帰ればいいと思っていた」

転移魔法を日常的に便利に使っているせいで、その時の仕事に必要な人材をカミルやキースが連れて行って、さくっと仕事を終わらせて、また転移魔法で帰ってくるのが彼らの普段のやり方なんだって。だから今回も入国審査だけ全員分終わらせて、夜は自宅に帰る気だったのだそうだ。

この公爵、身軽すぎる。

でも今回はそのせいで、一気にやらなくてはいけないことが増えてしまったので、だいぶ反省しているようだ。

まず、転移魔法についての条約を結ぶことになった。

国外から帝国に転移してくる場合、国境沿いの入国手続きをする役所がある街の、決まった場所以外には転移先としては使えなくする。そこ以外に転移魔法を使って転移した場合、強制的に皇宮の地下牢に飛ばされる。ルフタネンの場合は牢獄しかない小さな島があるそうで、そこに飛ばされることになる。

ルフタネン国内の転移魔法の扱いがどうなるかは知らないけど、帝国では皇宮には誰もどこからも転移することは出来ない。転送陣があるから今まで通りで不便はないのだ。

そんなこと人間だけで出来るわけがないから、両国の精霊王に手伝ってもらうしかない。

そのためにカミルは王宮に帰って王太子に説明し、モアナを介して精霊王達に面会し、協力を取り付ける話し合いをするという仕事をしなければならなくなった。

せっかく余裕をもって早めに帝国に来たのに、ゆっくりする時間なんてなくなってしまったわけだ。

特にサロモンが。

細かい取り決めは、王宮から派遣された事務次官とサロモンでやっているからね。

サロモンが優秀だという話は本当だったよ。クリスお兄様もお父様も褒めていた。

私は決定したことをまとめてもらって、それを持って琥珀にお願いしに行く時だけ同行した。中央で決めたことだからお願い先は琥珀かなという話になったのだ。

もちろん前日に、瑠璃にも話を通しておいたわよ。なんで自分に言わないんだと文句を言われるに決まっているもん。

かなり昔、人間と精霊が共存していた時代にも同じように転移魔法対策はしていたから、精霊王達はお願いされると予想していたみたい。転送陣もその時に、精霊王が一部の人間にやり方を教えて作ったものだった。今はもう作り方を知る人は残っていなくて、ロストテクノロジーになってしまっていたんだね。

転移魔法についての取り決めは、もっと早く始めていてもよかったはずだから、いいきっかけにはなったんだろう。

でも不法入国に関して、ベリサリオ内で不問にすることを決め皇宮には知らせなかったので、カミル達はベリサリオにまた借りを増やすことになってしまった。

引きこもり精霊王を引きずり出したことに比べれば、このくらいの借りの増加は些細なことかもしれないけど。

ベリサリオが今回の件をなかったことにしてもいいと判断した理由のひとつが、捕まったニコデムス教の残党の供述だ。

彼らは建物から出てきたサロモンが、まっすぐに屋台に向かうのを目撃していたのだ。それで連れ去ろうとしたところに、横からカミルが出てきて逃げられてしまったと、カミル達の証言を裏付けてくれたのよ。

しかもこのニコデムス教の残党は、ペンデルス人でありながら手の甲に菱形の痣がなかったの。帝国が豊かになっていく過程をベリサリオでずっと見ていた彼らは、ニコデムスの教義に疑問を持ってしまったのね。精霊と仲良くして平和に暮らしている人達と、精霊を殺し砂漠になった国で隣国に侵略している人達を比べたら、そりゃ平和がいいに決まっている。

そういうペンデルス人が少しずつ増えているんだって。

痣が消えるとわかれば亡命する仲間も増えるかもしれない。

ルフタネン経由で自国に帰ろうと、サロモンを捕まえようとしたわけだ。

理由がどうあれ、そのやり方はまずいだろ。痣がなくなってもそれじゃあ犯罪者だ。

取り調べは皇宮で行われているから、彼らが今後どういう扱いになるのかはわからない。

でも、痣のなくなった人達は取り込んでいったほうが、結果的にニコデムス教の勢力を削ることになるんじゃないかな。

ペンデルスの上層部は、それをどう思っているんだろうね。

帝国とルフタネンに続いて、ベジャイアでも精霊王が動き出したから焦っているはず。

いまだに精霊王が現れないシュタルクも焦っているようで、成人祝いにも参加したいと申し出があったそうだ。

でもシュタルク経由でニコデムス教が帝国内に紛れ込んだせいで、毒殺事件が起こったからと今回は断ったのよ。

私に彼らを近づけたくないというベリサリオの意向も大きいと思う。

他国の精霊王のことまでは責任持てないから、私としても勘弁してほしい。

もう何日かで新しい年になる日、アランお兄様と私は、ダンスの練習を一緒にしようとそれぞれのお友達を城に招待した。

今までも練習はしていたよ？

でも前世の世界でのクラシック風の音楽で踊る社交ダンスよ？

私としてはＪ－ＰＯＰが聞きたい。ダンスよりカラオケで歌いたい。

だいたいダンスなんて、成人するまでにマスターしておけばいいはずだったのよ。

本当ならデビュタントは式典の夜の舞踏会で行われ、婚約者がいる場合はふたりで最初のダンスを踊るものなの。でも成人していない皇太子妃候補が出られないからって、他の御令嬢を代理に立てるのは、婚約者候補のふたりにも代理の御令嬢にも悪いから、今回だけ昼に婚約者候補発表と舞踏会をすることになったんだって。

昼なので、成人していない私も強制参加なのだ。

ったく余計なことをしてくれる。

皇太子もクリスお兄様も、婚約者の女心を汲み取って他の御令嬢と踊るのは気が進まないなんて、そんな性格をしているわけがないじゃない。

婚約者候補の発表をしてすぐの夜会となったら、ふたりを狙っていた御令嬢がうるさく纏わりついてくるに決まっている。それが嫌で、夜は食事会だけで終わらせようとしているんだろう。

「ディアが出席出来ない夜会より、皇太子の成人を妖精姫が祝福したっていう体裁にしたかったんだよ」

「アランお兄様、余裕ですわね。お兄様もダンスを踊らなくてはいけなくなるんですよ」

「好き嫌いは別にして、ダンスは踊れるよ」

まじか。

うちのお兄様方、そつがなさすぎて嫌味なくらいよ。

「で、カミルも踊らされるのね」

「そうらしい。しっかりダンスを習って来いとクリスに言われた」

「なんでそこでおとなしく言うことを聞いているのよ」

「ディアと遭遇して、同じ精霊車に乗ったことで文句を言われた」

嘘つけ。いくらクリスお兄様でもそのくらいで怒らないわよ。アランお兄様が同席していたんだから。

不法入国未遂のせいで強く出られなかったんでしょう。自業自得だわ。

「でも今日ここにいる方は、みんな伯爵以上の力のあるおうちの御子息と御令嬢なの。知り合いになっておいて損はないわよ」

今日はパティとエルダ。そしてエセルとヘンリーの姉弟とダグラスとジュードが来てくれている。

モニカとスザンナはお妃教育の準備で忙しく、イレーネは今後、皇都のタウンハウスに生活の拠点を移すことになったので、その準備で忙しい。

カーラは、まだヨハネス侯爵家との関係を断ったままなので、招待出来なかった。

「ダンスの練習って踊るしかないのよね。誰にカミルの相手をしてもらう？」

「やめてくれ。間違って足を踏んだら申し訳ない」

それを怖がったら、いつまでたっても練習出来ないでしょう。

「ディアがまずは相手をして、どのくらい踊れるか確認しなよ」

「アランお兄様、それは私の足なら踏まれてもいいということですか？」

「ディアがカミルの足を踏む確率の方が高いと思う。それに……」

アランお兄様は、ちらりと部屋の隅に並べられた椅子に座って歓談しているお友達に目を向けた。

「この忙しい時期に、あいつらが来るとは思っていなかった」

「あいつらって誰ですか？」

新年と同時に侯爵に格上げされるマイラー伯爵家の兄妹が顔を出したのは意外だったけど、屋敷にいると慌ただしいから気分転換に来る気持ちはわかるんだよな。

「クリスにも、きみが顔を出していれば男共を牽制出来るから、ディアの傍に立っていろと言われた。ただし近づきすぎるなと」

「だからどうして言いなりになっているのよ」

「商会の支店の建物の契約をするのに、クリスがいろいろ動いてくれたんだよ」

イースディル商会の建物は、もともとフェアリー商会の本店用に建てられた新しい建築物で、港からも城からも便利な位置に建てられている。

でも城の敷地外だったので、お父様から私が頻繁に城の外に行くのは駄目だとクレームが入ってしまって、城の敷地内に新しい建物を建てることになったのだ。

それで放置されていた建物を譲ってあげただけなのよ？

確かに一等地の立派な建物で、商会用に作った物だから使い勝手もいいだろうけど、こっちも無駄にしないで済んで助かったのに。

「それにしても、なんでカミルなら傍にいてもいいのかしら」

「ディアを怖がっているからだろ？」

「……怖がってないよ」

「兄上はその辺はよくわかっていないんだろうな」

「どの辺ですか？」

「ディアはまだわからなくていいよ」

「その辺？」

「おまえもわからないのかよ！」

アランお兄様、隣国の公爵をおまえ呼ばわりはいけませんわ。

カミルには前もって、無理に笑顔にしようとするな、胡散臭くなると話してあったので、多少愛想はなくても、精悍な感じのイケメンには見えているはずだ。

健康的に日焼けした涼しげな目元の黒髪黒目の男の子だ。帝国にはいないタイプのイケメンよ。

私のお友達も城の女性陣も、素敵な公爵様だということで意見が一致している。

だからダンスの相手をお願いしても、誰も嫌がらないと思うんだけどな。

カミルにエスコートしてもらって広間の中央に立つとすぐ、音楽の演奏が始まった。

ちゃんと五人の演奏者が来て、この場で音楽を奏でるのよ。贅沢でしょ。

「だから俺は、女の子に近づいたことがないんだよ」

踊っていても、腰が引けて見えると格好悪いんだからね。女の子は突然攻撃したりしないんだから、ビビらないで普通に踊ればいいのよ。

それに私だって、男の子にこんなに近づいたことないのよ。

いつもダンスを教えてくれる先生は大人だから、身長差があって目の前は相手の胃のあたりなの。

それに比べてカミルはまだ成長途中だから、目の前に首があるんだもん。顔が近い。

「待って。首？　私たちそんなに身長に差があったの？」

「俺はアランとほとんど身長同じだぞ」

独身の女性に許可なく触れてはいけないとか、足首より上を見せてはいけないとか、他にもいろいろと厳格な決まりがあるっていうのに、なんでダンスだけはこんなに密着していいの？　お兄様方を別にしたら、前世でもこんなに男の子にくっついたことがないんですけど。

「なんでこんなにウエストが細いんだ。食ったものはどこに行くんだ」

「男の子のほうこそ、なんでそんなににょきにょき大きくなるのよ。骨はどうなっているの」

普段もダンスの練習で使っているこの部屋は、内輪の立食パーティーにも使える中庭に面した広間だ。

四組くらいならぶつからずに踊れる広さがある。

それなのに私とカミル以外、見学してくれちゃっているから余計に緊張する。

「クリスは牽制になるって言っていたけど、逆効果じゃないか？　煽るだけだと思う」

「煽る？」

「外国から来たよくわからないやつに渡すくらいならって思うだろ」

誰が？　誰を？

「相手に対する条件がうるさい我儘な妖精姫を、嫁として受け入れる家なんてそうそうないわよ」

そういえばカミルは条件に当てはまるのよね。

私がカミルがいいって宣言すれば、彼の意志は無視して話を進められるだろうし、少なくとも行き遅れずには済むわけだけど……。

いいえ！　そんなんじゃ駄目よ。ちゃんと恋愛しないと。

「いくらでもあるだろう。どれだけの権力が転がり込むと思っているんだ？」

「そんなの駄目に決まっているじゃない。私は恋がしたいの。二次元じゃなくてリアルな男の子にときめきたいの」

「二次元？」

「ホント、女心をわかって……え？」

足に何か当たった気がして下を向いたら、精霊状態になっていたはずの精霊獣達が小型化して顕現して、ふたりの足に纏わりついていた。

『こいつ近づきすぎ』

『そっちこそ』

『ふたりだけで遊んでる』

『最近、相手をしてくれてない！』

帝国に来てから忙しくて、カミルは精霊を放置気味だったんだろう。

なのに、人間だけで楽しそうにしているから焼きもちを焼いてカミルの精霊獣が纏わりついたから、負けじと私の精霊獣達まで顕現してしまったようだ。

「危ないから離れて」

「転ぶだろ、こら」

『ずるいー』

『おまえら邪魔だ』

『そっちこそ』

「うわ！」

「うぎゃ!!」

精霊獣を避けようとしてドレスの裾を踏んでしまった私と、横からぐいぐいと精霊獣に押されてバランスを崩したカミル。ふたり揃って派手にすっころんだ。

どちらかがどちらかの上に倒れてしまうような、ラブコメお約束の展開じゃないわよ。横に倒れ込んだんだから。

私はぽふっとイフリーの上に倒れたからダメージは全くなかったし、カミルの下では全属性の小型化した竜が団子のようにぎゅうぎゅうになって彼を支えていた。

「ディア、大丈夫か！」

慌てて立ち上がって手を差し伸べるカミルと、駆けつけてくる友人達。

「あなた達、そこに一列に並びなさい！」

その中で私は、腰に手を当てて仁王立ちになって精霊獣を怒鳴りつけていた。

「今は危険がある状況じゃなかったでしょ？　あなた達だってわかっていたわよね。それなのにどうして邪魔をしたの？　怪我をしたかもしれないのよ」

さっきまで大騒ぎしていたのに、尻尾や耳をへにゃんと下げてしょぼんとするな！

私が悪いみたいじゃないか。

「ルフタネンにはまだ強い精霊獣が少なくて、こいつらはいつも遠巻きにされてしまうんだ。でもベリサリオの精霊獣は遊んでくれるから、つい羽目を外してしまったんだよ」

「カミル。あなたがここで甘やかしては駄目。皇宮での式典の最中に今のようなことをしたらどうするの？」

「う……さすがにその時には静かにするさ」

「へえ？」

片眉をあげて睨んだら、カミルは胸の前で両掌をこちらに向けてガードしながら後退った。

毎回逃げているな、この男は。

「いい？　ダンスの練習が終わるまで部屋の隅に待機するか、精霊の状態になるかどっちかよ。また邪魔をしたら、当分顕現禁止！」

少し離れた場所で足を止めたお友達やアランお兄様まで、私に近づくのをためらっているのはなんでかしら？

共存するということは、精霊獣達も私も一緒に暮らすために約束を守るのは当たり前よ。

ひゅんひゅんと音がしそうな速さで精霊獣達は光の玉の形状になり、私とカミルの肩の上に移動した。

顕現出来なくても傍にいる方がいいと思ってくれるのは嬉しくて、ちょっと怒りすぎたかなと思わないでもないけど、ここは厳しくしないと。

「ぶふっ」

片手を腰に当てたまま、ふんっと髪を後ろに払った私を見て、唐突にカミルが噴出した。

「くっ……くっ……あはははは」

どうしたの突然?!

腹を抱えて笑うってどういうこと?!

「ご、ごめ……だって……悲鳴がうぎゃって。今もどや顔だし」

そんなことがおかしいの？

箸が転がってもおかしい年頃ってやつ？

「女の子がきゃって可愛く倒れると思ったら大間違いよ。ねえ？」

お友達に同意を求めたのに、黙って視線をそらされちゃった。

え？　みんな転ぶ時に可愛く声をあげるの？

息を呑んで悲鳴を出せないか、うおっとか低い声が出ちゃうでしょ？

「ディア、御令嬢がつまずいてうぎゃって言っているところは見たことがないよ」

「僕も……」

ダグラスとヘンリーは、まだ女の子の本性を知らないだけよ。

ふたりの周りでつまずいた御令嬢なんて、ほんの二〜三人でしょ。

親しくなるきっかけが欲しくて、わざとつまずいた子だっていたかもしれない。

ともかくみんなして、残念そうな顔をするのはやめて。

サロモンと同じ扱いの気がして、とっても不満だわ。

「カミル。いつまで笑っているの」

「初めて……会った時のこと……思い出した。げーーって……」

「……そんなこともあったわね」

だとしても、大爆笑するほどおかしいか？

ストレスの反動が来てるんじゃないの？

「最後に転んだのは仕方ないとして、ダンスは問題ないんじゃない？　ふたりともちゃんと踊れていたわよ」

「さすがパティ。やさしい」

見事な赤毛をハーフアップにして白い髪飾りを付けたパティは、今日もとても魅力的。レースをふんだんに使った淡いピンク色のドレス姿は、たぶんカミルが怖くて近づけないくらいほっそりしている。

なにがずるいって、そんなにほっそりしているのに最近女性らしい体つきになってきたのよね。

美人で細くて出るべきところは出ているって完璧でしょう。

「でも緊張してたでしょ」

「だって、みんなが見ているんだもん」

「本番はもっと多くの人が見てるわよ」

エセルに呆れた顔をされてしまった。

彼女もダンスは苦手仲間かと思っていたのに意外だわ。

「ダンスは得意よ。勉強よりよっぽど楽しいし、体を動かすのは得意な方だもの」

「なるほど。運動の一環なのね」

私はストレッチをしたり訓練場で走っているけど、多くの御令嬢にとって、ダンスは数少ない運動する機会ではあるのか。

踊るのって、ぴしっと背筋を伸ばして姿勢よくしなくちゃいけないいし、けっこう疲れるのよ。

「ダンスだけじゃないわよ。実は私、小さな頃から剣の練習もしてたの。ほら」

目の前に差し出された掌は、お兄様達と同じ位置が硬くなっていた。関節も太くて、潰れそうになっているマメまである。

気さくで活発で私と一番近い性格だとは思っていたけど、まさか剣の修行をしているとは思わなかった。

「エセル……知らなかったわ」

パティもエルダも言葉をなくしている。

この手は、御令嬢の手としてはやばいのよ。この世界の常識はガッチガチに固まっているんだから、嫁ぎ先が一気に減ってしまうの。

嫁ぐ気ならね。

嫁ぐ気ないよな、この子。

「私ね、近衛騎士団に入団することにしたの。アランとは同僚になるわね」

「おい」

「ヘンリー、あなたは黙ってて。もうお父様に許可は得ているの。モニカかスザンナが皇妃になった時に、護衛として傍で守りたいの。ちょうど今、女性の部隊を作る話が出ているって聞いたわ。入団試験を受けるつもりよ」

パンジー色のドレスに下ろしたままの赤毛。腰に手を当てて笑顔で話す様子からして、お嬢様としておしとやかにしているのは嫌なんだろうなと思わせる態度だ。

「大変よ？　男の人とは腕の長さも腕力も違うし、自分以外の人のためにずっと気を張っていなくてはいけないのよ？」

「わかっているわ。でも火の剣精がきてくれたの。まだ三属性だけど、風の剣精も手に入れてみせるわ。そうしたら男にだって負けないはず」

「手に入れただけじゃ意味ないよ。精霊獣に育てて、一緒に戦えるように訓練して、やっと戦力になるんだ。十五までに出来るの？」

「やるわ」

アランお兄様の指摘に、エセルはむっとした顔で答えた。

エセルが十五になる三年後、近衛騎士団の皇妃専用の女性の部隊の入団試験があるそうだ。

皇太子が十八になって即位したら、皇太子婚約者は皇帝の婚約者になり、彼女が十八になった年に婚礼が行われる。スザンナはエセルの一つ年上だから、彼女が選ばれた場合、十七になるまでに一人前にならないと部隊にいられない。

おそらく特別な部隊だから、欠員が出なくては新しくメンバーを入れないだろう。

「そうか。じゃあ頑張れ」

「反対なの？　アランは応援してくれると思ったのに。ディアは？　まさかやめろって言わないわよね」

「言わないわよ。エセルの人生だもの。あなたが納得出来る道を進むべきだと思うわ。ただ、しんどい道だとは思うわよ」

皇妃や彼女の友人達が茶会で楽しんでいるときも、背後に控えて警護に当たり、彼女達に子供が出来て家族と過ごす時間が増えても、エセルは独身で、剣の鍛錬を欠かさず、自分の命を差し出しても皇妃を守らなくてはいけない。

いくら活発でも、伯爵令嬢として育てられたエセルにそれが出来るのかは疑問だ。

でもマイラー伯爵は許可を出したんだもんね。

「たしかに侯爵になったマイラー家としては、エセルが皇妃の護衛についているというのは悪くないわよね。どこかに嫁がせるより、妬みも少なく皇族とも近くなる」

「なるほど。そう考えれば伯爵が許可を出すのも頷けるな。新年になってすぐ、ディアと近衛の訓練の見学に行くことになっている。エセルも来ればいい。剣精の使い方がわかると思うよ」

「アラン。止めてくれよ。侯爵令嬢が騎士団にはいるなんて、ありえないだろう！」

弟のヘンリーとしては複雑な気持ちなのはわかるけど、止めるのが遅いわ。

あんな手になるほどに剣を学ぶ前に止めないと。

「周りがいくら止めたって本人が納得しなくちゃ無意味だ」

「だけどさ」

今まで黙っていたダグラスが口を開いた。

「戦えなくなった時、つまり騎士団をやめた時、どうするかは考えておいたほうがいいぞ」

「だよなー。怪我をして戦えなくなったり、年をとって辞めたらそのあとどうするんだ？　嫁にもらってくれる人はいないだろ？　かといって、ヘンリーが嫁を貰って家族がいる屋敷にも戻れないしさ」

ジュードは反対なのか。ダグラスは……反対なのかな？

男の子からしたらそうだよなあ。

「そんな話は、もう嫌ってほど何回も聞いているわ」

私はひとりでもいいじゃないって思うけどね。騎士団の女性達はみんな同じ立場だろうから、仲間はいるし。

「そもそも、男は結婚しても騎士団にいるのに、エセルは騎士団にいる間は結婚出来ないって考えがおかしいでしょ」

「そうよね！　さすがディアよ！」

「相手を見つけるのは大変でしょうけど」

「……そうよね」

「まあその時には、私のところに来て商会を手伝ってよ。結婚した先でも商会は作る気だから」

「結婚する気はあるんだ」

「あるわよ。どういうことよ」

エセルは騎士団に入りたいって言うし、エルダは商会の仕事がしたいって言うし、変わった御令嬢が多いわね。

でも私は違うから。

普通に恋愛して普通に結婚したいって、ささやかな夢しか持っていないから。

「カミル……だったかしら？　女の子に慣れていないなら、私とダンスの練習をしましょう。私なら少し足を踏まれたくらいじゃびくともしないから。それともマメのある手なんて嫌かしら？」

「そんなことはない。よろしくたのむ」

エセルが見せた掌を覗き込んでから、カミルも掌を見せて、どうしてもここが硬くなるよねとふたりで話しながら広間の中央に歩いていく。

平民と接する機会の多い元王子は、エセルの話にさして驚いた様子がない。友達ということもあって、帝国の男共のほうが驚いているようだ。

「パティ、僕も練習したいから付き合ってくれる？」

「え？　ええ、私でよければ喜んで」

他の子がエセルの話と行動に戸惑っているうちに、アランお兄様はパティの手を取って歩き出した。

まさかお兄様がパティを誘うとは思っていなかったのか、みんなびっくりした顔をしている。

好きな子が出来たら、ぐいぐいいくタイプだったかー。

ポーカーフェイスの顔と声で、行動だけぐいぐいいくタイプだった。

それって、相手からしたらわかりにくいよ。

それとも踊っている最中に口説く気なのかな。

「ディア、きみもまだ練習するんだろ？」

「そうね」

「俺なら足を踏んでも遠慮しないでいられるだろ」

「そんなことはないわよ。申し訳ないと思うわよ」

声をかけてきてくれたのはダグラスだ。

私達が部屋の中央に行く途中で曲が始まった。

「アランはディアを誘うと思った」

「兄妹で練習する気だったら、みんなを招待したりしないわよ」

「それもそうか。あいつ、もしかしてパティのこと？」

「ダンスの練習をするだけでそんな話になるの？」

「なるよ」

まじか。

夜会でダンスを踊る順番が重要だとは聞いていたけど、こんな時まで気にしなくちゃいけないのか。

「パティがエルドレッド殿下の婚約者ではないと聞いて、喜んでいた男は多いからな。ジュードも今日は誘おうと思っていたんじゃないか？」

「ノーランドは赤毛の子を嫡男の嫁にする気になったの？」

「あ……そうか。辺境伯はそこを気にするんだったな」

パティもエセルも赤毛だから、子供は絶対に赤毛の子になる。

他民族の辺境伯の領民は、いまだに自分の民族に誇りを持っていて、領主が赤毛になることを良しとしない。

ったく、強すぎるのよ赤毛の遺伝子。

ベリサリオはクリスお兄様がノーランドかオルランディの令嬢と結婚するから、アランお兄様は赤毛の令嬢と結婚しても問題ないし、中央と友好的にお付き合いする気があると示せて、むしろプラスになる。

ダグラスは自分も赤毛だし、嫁の髪の色なんて何色でもかまわないから気にしたこともないんだろう。

「カミル……様？　王弟で公爵だっけ？　いつの間にあんなに親しくなったんだ？」

「そんな親しいってわけでもないわよ。ちゃんと話したのはうちに滞在するようになってからよ」

「ベリサリオはルフタネンと太いパイプが出来たとは聞いていたが……」

なんで難しい顔をしているんだろう？

ダグラスってルフタネンに嫌なイメージでもあるのかな。

「ベリサリオはディアの縁組を進めているのか？」

「は？　なんで？　私の自由でいいって言われているわよ？」

「じゃあディアがいってえ！」

私が足を踏んだ途端、やばいと思ったのかリヴァが回復魔法をダグラスに浴びせかけた。

ダグラスだって水の精霊がいて、慌てて回復しようとしたから眩しいったらない。

「平気だよ。怪我してないよ」

「ああ、ごめんなさい。話すとダメなのよ。ダンスに集中すれば踏まないのに」

それに遠慮しているのか、ダグラスのリードはソフトなのよ。

どっちに進むのかわからない時があるの。

「いや、これが普通だろ。いつも大人と練習しているから、その力加減で慣れてるんじゃないか？」

「でもカミルと踊った時も同じ……あ、彼は男の子と練習してたんだ。その時の感覚でやっているのかな。細身なのに腕力もあるのかも」

「……俺だって剣の鍛錬はしてるぞ。それに力でリードされるのに慣れていたら、体が大きくなった時にどうするんだよ。体重だって増えて」

「は？」

「い……いや、ディアは細いよ」

十歳であろうと、女性に体重の話は厳禁よ。

健康と美容のために、毎日運動しているんだからね。

「春先からルフタネンに行くんだろ？　カミルが一緒なのか？」

「そうね」

「……ふーーん」

ずいぶんカミルを気にするわね。なんなのよ。

あれか、ベリサリオがルフタネンとあまりに親しいと、帝国を裏切って独立する気があるんじゃないかと思うのか？

皇帝が即位する前の不安定な時期だもんね。

ダグラスって、その辺はいろいろ考えているのね。

精霊王サミット

帝国では、一月一日に大々的に新年を祝うのは皇都だけだ。

各領地では、皇都での新年と成人祝いの式典に参加した領主達が帰ってくる二日以降に、その土地のやり方で本格的に新年を祝う。

ただし、前夜祭は派手にやる。

どこの港でも同じだろうけど、ベリサリオでも年が変わると同時に港に停泊している船がいっせいに汽笛を鳴らす。

城にいても聞こえるくらいの音だから、港近くにいたら寝ている子供が飛び起きる騒音だと思うわ。

港近くの公園にはたくさんの明かりが灯され、ずらりと並んだ屋台が深夜まで営業するの。酒と食べ物を買い込み、屋台近くに並べられたテーブルで飲み食いする様子は、前世の屋外フードコートのようよ。

ベリサリオは一年を通じて比較的温暖な気候なので、外で食事をする店や屋台が多く、明け方まで騒いで一日はゆっくりと休み、家族と過ごし、二日からまた大騒ぎするのだ。

今年は辺境伯嫡男の成人を祝い、城前の港町の公園では無料で酒が振る舞われ、格安で食べ物を販売する屋台が並ぶ。一日中音楽が奏でられ、輸入物や帝国各地から集められた品物が並ぶ市場も開く予定だ。

クリスお兄様の成人を祝うグッズや記念コインも販売されるので、ベリサリオ全域から人が集まってきている。

私は今年も例年通り、汽笛を聞いてから眠りについた。

違うのは、いつもなら皇都に宿泊している両親も、あまりに帰ってこなかったので顔を忘れていた祖父母も城にいることだ。

祖父母が前回、ベリサリオに帰ってきたのって何年前だったかしら。

たぶん五年以上前だったと思う。

皇都のタウンハウスには顔を出したことがあるらしくて、両親やクリスお兄様は一年位前に会っていたそうだけど、私はすっかり存在すら忘れていて、初めましてって挨拶して泣かれたわ。

悪いの私じゃないよね。

あ、カミルは四日ほど前から皇宮住まいよ。

ルフタネンから正式な外交官達がやってきたので、一緒に皇都に滞在している。

転移魔法があるんだから、国に帰って王太子に挨拶しなくていいのかって聞いたら、すっかり仲良くなっていちゃついている王太子と婚約者の邪魔をしたくないと言っていた。

婚約者としては、挨拶だけでもしてくれた方が嬉しいと思うんだけどね。

一日は早朝に起こされて、メイド達に出かける準備をしてもらいながら、軽く朝食をつまんだ。

皇都での成人祝いの式典に出るとあって、お母様やメイド達の力の入れ具合が半端ないのよ。さすが妖精姫と言われるようにしなくてはと、前日から爪の手入れやドレスの最終チェックが行われた。

でも今日は成人した人達が主役だ。

デビュタントの女性は白を基調にしたドレスを着るので、私は目立たないように小豆色のドレスを作ってもらった。

色はね、確かに目立たないわ。

ただ、十歳の子供が小豆色を着ているのは珍しいし、金糸銀糸の刺繍が見事すぎた。

お母様、力入れすぎですわ。これは地味じゃありませんわ。

転送陣で皇宮に移動した私達は、そこで祖父母と別れて精霊車に乗り込んだ。

式典の前に、精霊王に成人したという報告と新年の挨拶をするのだ。

今までは適当に泉に行って瑠璃に挨拶して、遊びに来た精霊王達とも雑談して帰ってきていたんだけど、私が一緒に行けば精霊王が四人揃うじゃない。皇太子の成人を四人の精霊王が祝ったっていうのが大事なんだってさ。

ノーランドとコルケットは息子に爵位を譲り、今後は引退した身として皇太子の仕事を手伝うことになった。

いつまでも辺境伯が領地に帰らないのでは、国境の守りや軍隊の統率に支障をきたしかねないからね。

若い辺境伯の誕生で、ノーランドもコルケットも二日から祝いの祭りが行われるそうだ。

あちらこちらで祝典が行われるから、貴族達は大変だよ？

お祝いに顔を出さなくてはいけないし、贈り物だってしないといけない。

うちだって両辺境伯の祝典にも顔を出さないとね。

どこからどう顔を出すかだって重要なわけだ。

私？

十歳の子供は祝典になんか行かなくても平気よ。

全部回っていたら、休みが明けて学園の後期が始まってしまうわ。


雪がちらつく皇都は寒い。

しかも行く場所はアーロンの滝。

水しぶきを上げる滝のそばだよ。寒いに決まっている。

だから精霊車の中で、ふわふわのコートをドレスの上に着こんで、ウサギに似た魔獣の毛皮で作った、モフモフのマフラーと耳当てと帽子もかぶった。

「ディア、かわいい！」

「うわこれ、触り心地いいね」

やめろ。家族全員で私を撫でまわすな。

子供サイズのぬいぐるみじゃないんだぞ。

アーロンの滝に到着して精霊車を降りた私を見て、みんな顔が綻んでいた。

癒し担当ディアドラよ。

この世界は人間の住んでいる土地なんてほんのちょっとで、ほとんどが未開の地だから魔物の数が多いし、合皮なんてものはないわけだ。みんな魔物の毛皮やなめし革を外套や装備にしているのね。だから金持ちは羽振りのいいホストみたいな外套を着てるのよ。

もこもこ具合ではみんな同じようなものよ。

耳当てと帽子がないだけでしょ。

皇太子なんてすごいよ。さすがロイヤル。

黒いなめし革のマントは縁にモフモフの毛皮がついていて、金色の台座に大きな宝石がはまっている肩の装飾品で落ちないように留められている。その装飾品から伸びる飾り紐も、皇族の紋章の入った大きなペンダントにつけられた布も、皇族だけが使えるディープロイヤルブルーだ。

派手だし、重そう。

第二皇子も似たようなマントだし、男性陣は外套よりマントの人が多いんだよな。

近衛騎士団の制服もマントだ。

いざという時のことを考えると、腕の可動域は重要だからかな。もこもこの外套じゃ確かに動きにくいわ。

アーロンの滝に来たのは、皇族ふたりと辺境伯三人。それとパウエル公爵とパオロだ。

パウエル公爵は中央政府の中心人物になっている。

中央の貴族達の期待を一身に集め、多くの貴族がいなくなってしまった皇宮の運営が円滑に進むよう尽力し、辺境伯とも良好な関係を築いている。

パオロは近衛騎士団の団長だから、皇族の警護の責任者としてこの場に顔を出しているのだけど、パウエル公爵家とランプリング公爵家の当主がいるのに、グッドフォロー公爵家だけいないというのは大丈夫なんだろうか。

皇族だけ側近を連れてきているから、デリックがいるのが救いだわ。

なんでベリサリオだけ家族全員がいるかというと、お父様は辺境伯だから当然いるでしょ？　お母様はまだ十歳の妖精姫の保護者として来ている。他に男しかいないしね。

で、お兄様方なんだけど、ふたりは琥珀と翡翠のお気に入りだから、彼らはいないの？　と聞かれるよりは呼んでおけというのが理由のひとつ。

もう一つは、

「ディアが何かやらかしそうになったら、おまえ達で止めろよ」

と皇太子が言い出したからだ。

私が何をするっていうのさ。

手前の広場で精霊車を停め、そこからはいつも通り徒歩で滝に向かう。小型化した精霊獣達に囲まれて、じゃりじゃりと雪を踏みしめて歩いていく間にどんどん足先から冷たくなっていく。

ここだけ街中より気温が何度か低いんじゃないかな。

吐く息が白くて鼻の頭が赤くなりそう。

でもアーロンの滝の前の一部分だけ、まるで屋根があるように雪が降っていなかった。

滝の水の落下する部分以外湖はすっかり凍り付いていて、滝の水も上のほうは表面が凍っているのに、円形に地面が乾き、その中だけ少し暖かい。

試しに息を吐いてみたら、白くならなかった。

『よく来たな』

『人間達は寒そうだから、話しやすいようにしておいた』

呼ぶまでもなくあっさりと姿を現した精霊王達は、雪の中に浮いているというのにいつもと同じ装いだ。見ているこっちが寒くなってしまう。

「本日は新年のご挨拶と、無事に成人を迎えることが出来ましたことの御報告に伺いました」

ベリサリオの兄妹と皇族ふたりを除いた者達が、いつものように跪く。つまり子供ばかりが立ったままだ。

『もう成人か。人間は大人になるのが早いな』

話し始めたのは琥珀だ。

中央は琥珀の担当地域だからね。

『中央も精霊や精霊獣が増え、平和な日々が続いている。それもこれも、皇太子を始めとした帝国の貴族達が、多くの困難を乗り越え、我らとの共存の道を選んでくれたからだ。アンドリュー皇太子。あなたが次期皇帝でよかった。私達はこれからも助力を惜しまないわ』

「ありがとうございます」

他の精霊王達も皇太子と言葉を交わしているというのに、瑠璃がスーッと横に移動して少し離れた場所に立ち、こっちにこいと私を手招きした。

イケメンだし精霊王だとわかっているからいいけど、ちょっと間違えたら幽霊よ。

「どうしたの？」

呼ばれたから家族から離れてひとりで近づいたのに、モフモフした帽子の手触りを楽しんでいないで。他の精霊王達までちらちらこっちを見ているじゃない。

『今日、皇太子の成人を祝うと聞いて、他国の精霊王達がやってきている』

「え？　なんで？」

『人間と精霊の共存がこんなにうまく進んでいるのは帝国だけだ。ルフタネンもベジャイアもまだ手探りの段階だから、この国ではどんな様子なのか見たいのだろう。まあ、ディアに会いたいというのが一番の目的だろうな』

「ちょっと待ってよ」

瑠璃の服を掴んで、他の人達からさらに離れた。

「私が前世の記憶を持っているってこと、お兄様達しか知らないのよ？　変なこと言い出されたら困るのよ」

『おまえの事情は話してある。だが、会いたくないなら断ってもいいぞ』

断っていいの？　わざわざ来ているのに？

『どうする？』

「私はかまわないけど、皇太子殿下の意見を聞いてもらいたいわ」

『なんだ、断らないのか？』

蘇芳までこっちにやってきた。

『琥珀、皆に説明してくれ』

瑠璃に言われて、琥珀がみんなに他国の精霊王が来ていることを話した。

まだ自分の国の人間とも会っていないシュタルク王国やデュシャン王国。新しく出来た遊牧民の国のタブークの精霊王まで来ているらしい。

タブークの精霊王って、前はペンデルスの精霊王だったんでしょ？

なんで大集合したの？　精霊王サミット？

皇太子の了解を得て琥珀が声をかけると、うじゃうじゃと精霊王が姿を現した。

一瞬で現れる者。ぼんやりとした姿が徐々にはっきりしてくる者。凍った湖の中から現れる者。

空中にぼっと音がして炎が現れ、その中から姿を現すという派手な登場の仕方をする者もいた。

これが夜だったら幽霊の集会かと思うわよ。

それにみんな、人間離れした整った容姿をしているのよ。

前世で北欧のすっごく綺麗なモデルさんの写真をネットで見た時に、ゲームのＣＧムービーに出てくる美女かお人形みたいで、生きている人間らしさがないなって思ったんだけど、その時以上に違和感を感じてしまう。

たぶん話をして表情が変わるのを見ていくうちに、イメージは変わっていくと思うのよ。瑠璃達もそうだったから。

精霊王の共通点は、属性によって髪の色が同じだってことだけだ。

肌の色も目の色もみんな違う。

着ている服は、ルフタネンは南国らしい色や花柄だったり、タブークの精霊王は遊牧民の姿だったり、それぞれの国で特徴があった。

この世界は精霊と人間が共存することを前提に作られているんだと思う。

豊かな自然がなくては精霊が生まれないので、人間は下手に自然を壊せない。壊したら精霊王の怒りを買って国ごと滅ぼされる危険がある。

この世界って前世の世界で人間が増えすぎたから、転生先として作られた世界のひとつだから、あまり人間を増やしたくないんだろう。

そういえば前世の先進国って、出生率が減って国民の数が減っていたよね。

よその世界に転生させたからっていうのも、原因のひとつなんじゃないの？

共存するのが前提で作られている以上、人間がいなくては精霊獣も精霊王も存在出来ない。

人間の手つかずの大自然の中には、人間には見えない弱い精霊しかいない。

この世界は空気中に魔力が含まれているから、精霊は生きていけても成長はしない。

そこに人が集まりだし村として成長していくと、自然に放出される人間の魔力のおかげで精霊が育ち、精霊が育つと人間にとって住みやすい土地になっていく。

そうして村が街になり都市になり人が増えていくと、精霊王が生まれるんだって。

生まれるというか、神様が作るらしい。

じゃあ瑠璃とモアナが兄妹ってどういうことよって聞いたら、ベリサリオとルフタネンの北島って、ほぼ同じ時期に小さな国になったらしいの。都市国家っていうのかな。

その頃は王家を名乗っていなかったけど、ベリサリオがこの地方を治めるリーダーだったのよ。

そのため同じ時期に、ふたり同時に神様が作ったから兄妹と思っているだけで、血の繋がりとか親が同じという人間の兄妹とは違うの。

精霊王に繁殖能力はないのかもね。

繁殖行動をいたすかどうかは別にして。

つまり瑠璃は、ベリサリオが帝国に組み込まれる前からずっと、この土地にいた精霊王なわけだ。

そのベリサリオに転生者が生まれたので、かなり嬉しかったらしい。

それで私に甘いのね。

もう近所のおじちゃん……お兄様みたいな感覚よ。

だって瑠璃の見た目ってアラサーくらいなんだもん。

今のお父様よりは年下に見える……ああ、重要なことに気づいたわ。
私いずれは、瑠璃の見た目に追いついて追い越すのね。
それでも子供扱いされたらどうしよう。
まあそれは今はいいわ。考えてもしょうがない。
それより、目の前の空中に出現した六か国の精霊王達が大問題よ。
アゼリア帝国の精霊王達は、私や皇太子と他国の精霊王達の間に立っている。
七か国の精霊王が集まるって、このあたり一帯の魔力は大丈夫？
ここにいる人間の魔力が強くなっちゃったり……はっ！　いいことを考えた。
あんまり魔力のない、うちのロイヤルファミリーの魔力が増えたらラッキーじゃない？
あの湖の水は、精霊王達の真下にあるんだから魔力が増えてるかもしれない。
皇族ふたりに寒中水泳させたらどう？
……死ぬな。
寒さで凍えて凍傷間違いなしだな。
その前に皇太子に怒られるわ。
黙っておこう。
『素晴らしい。こんなにたくさんの精霊獣が揃っているのを初めて見た』
『全属性の精霊獣を持っている人間がこんなにいるなんて』
『我が国の人間が帝国を見本にしようとするはずだ』

『皇太子はおまえか。まだ子供なのに、すぐれた治世をしているそうじゃないか』

一度に喋りださないで。

皇太子を始め、この場にいる人間全員がドン引きしているじゃない。

何かあったら大変なので、近衛が皇族ふたりを守るために前に出たのはいいけど、精霊王相手じゃどうしようもなくて悲壮な顔つきになっている。パオロだけは苦笑しているけど、呆れていないで部下を安心させてやってよ。

大丈夫だ。皇族ふたりの傍には琥珀と蘇芳がいるから心配ない。

たとえ精霊王でも、琥珀先生には勝てるわけがないと私は信じてる。

私達は瑠璃が傍にいるから落ち着いたものだ。ただお兄様達はうへぇという顔で上空を見上げていた。

パウエル公爵とエルトンが、どうにかしてくれという顔で私を見るのはやめてくれないかな。

私のせいじゃないから。

『待ってちょうだい。まずは成人のお祝いをしましょう。そのために来たんでしょう？　ルフタネンの精霊王は皇太子の成人を称え祝福します』

『あなた達がルフタネンに与えてくれた助力に感謝を』

モアナとその周りにいる精霊王がルフタネンの精霊王だというのはわかった。

鮮やかな青い服の裾の方に花柄が描かれているあたり、モアナはやっぱりハワイアンぽいわ。

他の精霊王もはっきりした色の服を着ている。それに薄着だ。全員露出が多い。

見てて寒いから、上着くらい着て来い。着てきてくださいお願いします。

『ベジャイアの精霊王からも感謝と祝福を』

言葉とともに精霊王の掌に光が溢れ、ふわりと上空に浮かび、ぱっと四方八方に散っていった。

ルフタネンの精霊王の時も同じようにしていたのは、どうやら帝国全体に祝福の力を散らしてくれていたらしい。

皇太子ひとりにこれだけの精霊王が祝福を与えたら、本当の人外が生まれてしまうからな。

祝福を受けると病気にかかりにくくなったり、魔力が増えたり、寿命が延びたりするのよ。

てことは、帝国の土地が豊かになるって思っていいのかな。

それぞれの国が皇太子に祝いの言葉を述べて、代表者が祝福を贈っていく。

空に細かい光の粒が浮かび、雪を照らして輝くさまは幻想的で美しい。

遠くで賑やかな歓声が上がっているから、街の人達も空を見上げているんだろう。

でもこの状況って、他国が知ったらどう思うのかしら。

人間と交流している精霊王は、ちゃんとそれぞれの国の代表に話してきているのよね。

『それで、その子が妖精姫か』

『素晴らしい魔力だわ』

皇太子への挨拶を終えた精霊王達が、義理は果たしたとばかりに今度は私に近づいてきた。

瑠璃達も精霊獣も家族も、私を守るために臨戦態勢よ。

そうなってしまうくらいの勢いで、瞳を輝かせて満面の笑みで近づいてくるんだもん。こわいよ！

『美人だな。将来が楽しみだ』

『うちの公爵に似合いだと思わないか？』

確かベジャイアは、ニコデムスから多額の金をもらって重用した国王派と、侵攻してきたペンデルスと戦って戦死した王弟殿下の息子である公爵との内乱になっていたはずだ。

ニコデムス教ってペンデルスの外貨獲得の手段でもあるからね。

精霊王達は公爵陣営に力を貸し、国王陣営を退陣させようとしている真っ最中のはず。

『妖精姫、北に新しい国が出来たのを知っているだろう？　そなたの祖父母が建国に手を貸してくれたのだ。どうだ、我が国に来ないか？』

『おまえのところは隣国ではないだろう』

『そうよ、まだ国とも言えないじゃない』

ベジャイアとデュシャンとタブークの精霊王達がうるさい。

それぞれ自分のところの王族やら、王族になりそうなやつを婿にどうだと薦めてくる。

名前を出されている人達は、そのことを了承しているの？

まさか勝手に言っているんじゃないでしょうね。

『やめないか。今日は皇太子の成人の祝いに来たんだぞ』

ルフタネンの精霊王達は、諫めてくれる側か。

あの浅黒い肌のくるくる巻き毛の黒髪の精霊王は、たぶん火の精霊王のクニだろう。

『おまえ達は妖精姫の助力を得て、国が栄えそうだからそう言えるのだ』

『我らの国も人間と精霊が共存できるように手を貸してほしい』

なんでやねん。

私がひょいっと知らない国に行って、何が出来るっていうのよ。

そこの人間達にしてみれば、信用出来ない帝国の貴族の娘よ。警戒されるだけでしょう。

なにより、どうしてまともに人間と精霊が共存している国がひとつもなかったのよ。

私が生まれなかったら、ここら一帯はどうなってたの？

……そのために記憶を持ったまま私を転生させたんだろうけどさ。責任重大すぎるわ。

『おまえ達、いい加減にしろ。そのような態度なら、もう帰れ』

とうとう蘇芳が怒り出した。

「琥珀様、なぜ彼らは人間同士の縁組に口を出すんだのですか？　干渉しないという決まりがあるのでは？」

前に出ようとしながら話す皇太子も、慌てて押さえる周りの大人達の顔つきも険しくなってしまっている。

『心配しないで。勝手なことはさせないから』

私は家族に囲まれて瑠璃の背後に隠れたまま、少しだけ顔を出して琥珀を見た。

安心させるように笑いかけてくれたけど、これは怒ってますよ。琥珀先生マジ切れ三秒前。

『帝国が今の状況になったのは、ディアの家族や皇族の理解があったからよ。まだ子供の彼女を他国に連れて行くなんて許さないわ』

翡翠も怒り出したせいで、風が強くなってきた。

気温も少し下がったかもしれない。

でもお兄様達が、私が連れていかれないように抱きしめてくれているので寒くはない。

お母様なんていらいらと扇を閉じたり開いたりしているから、ピシッパシッって音がさっきからしていて怖いわよ。

お父様と瑠璃は小声で何か話をしている。

『連れていくかどうかは別にして、会ってみてもいいだろう。いい縁談じゃないか』

『あなた達、ディアの両親の気持ちを考えなさい。好き勝手言うんじゃないわ。それ以上言うなら帰ってちょうだい』

琥珀が一歩前に歩み出すと、他国の精霊王達が少し後ろに下がった。

精霊獣が多く、魔力に満ちた国の精霊王は強くなるんだって。

帝国の精霊王達は、他国の精霊王より強いのだ。

『なぜ彼女は黙っているの？』

今まで少し離れて様子を見ていたシュタルク王国の火の精霊王が言った。

『彼女の話なのだから、彼女の意見が聞きたいわ』

『そうね。話してはいけないと言われていたりはしない？　とても可愛い優しそうな子だもの。心配だわ』

『話せと言われても十歳の子供だ。話したら怒られるのなら、怖くて話せないだろう』

今、そっと目をそらしたり、笑いそうになったやつは一歩前に出なさい。

私は、黙って立っていれば、儚げで優しそうな美少女なのよ。

シュタルクの精霊王達がそう思うのも当然なの。

待って。見えるだけじゃないわ。

私は本当に心優しい女の子なの。

自分で黙って立っていればと言ってしまうあたり、とっても謙虚でしょ？

『ディア、おまえの意見が聞きたいそうだ』

瑠璃まで口元がほころんでしまっている。

皇太子は拳を口元に当てて真剣な表情を崩すまいとしているようだし、そこの第二皇子、みんなに背を向けるのはやめなさい。元辺境伯達や公爵ふたりも、私が何を言うのか興味津々という感じだ。

でも心優しい令嬢としては、家族や周囲の人達を疑われたんだもの、悲しい顔をした方がいいんじゃないかしら？　この前そういうお話だったでしょ？　だから私、おとなしくしていたのに。

さりげなくお母様が扇を渡してくれたのは、はっきり言っておしまいなさいってことよね。

みんなが期待しているのは、そういうことだって思ってしまっていいのよね。

なら、はっきり言わせてもらいましょう。

「私の意見？　その前に聞きたいことがありますわ」

お兄様達から離れて瑠璃の横に並んで、扇で自分の掌をゆっくりと叩きながら顔をあげた。

御令嬢らしさ？　今三歩、歩いた間に捨てたわ。

「我が国の皇太子殿下の祝いの席に、こんな失礼な精霊王達を連れて来たのはどなたかしら？」

驚いた顔でこちらを見ている精霊王達をぐるりと見回してから、隣に立つ瑠璃を見上げる。

『モアナがおまえに会ってから、ルフタネンだけがずるいと何度も言われていてな。帝国に祝福を贈るのなら、少しだけ会わせようと譲歩したんだ。おまえに会う機会はなかなかないから、この機会を逃すまいと焦っているのだろう』

「瑠璃達にはいつもよくしてもらっているから、私だって役に立てるのは嬉しいわ。面会くらいしてもよかったのよ。でも、この態度はないわ。精霊王は人間に干渉しないのが決まりではないの？　なぜ私の結婚にあなた方が口を挟むの？」

『いや、だが公爵は本当にいい男で……』

「私は王位継承権を持つ人とは結婚しません」

まだ嫁にすることをあきらめないベジャイアの風の精霊王に、ビシッと扇の先端を向けた。

「それと全属性精霊獣持ちであることが最低条件です」

『王家は駄目？』

そんなに意外なの？

他国の精霊王達は、驚いた顔で私と皇族兄弟の顔を見比べている。

『ならば公爵陣営にいい男がいるぞ。伯爵家の嫡男でな。軍を率いて……』

「ベジャイアって内戦中ですわよね。戦争中の国に私に嫁げというの？　びっくり」

精霊王の話の途中だからって遠慮はしない。ぶった切る。

扇を開いて口元を隠しながら、大げさに目を見開いた。

「まずは内乱を終わらせてから出直してくださらない？　そしてそちらはタブークでしたかしら？　私は寒いのは嫌いなんです。厳しい冬が何か月も続く北の国では生きられませんわ。それに私、顔を忘れてしまうくらい祖父母とは会えませんでしたの。そう、タブークの建国に助力していたからなのね」

扇で口元を隠し、今知ったような顔で遠くを見る。

少し悲しそうに見えればよし。

子供らしさ？

そんなもの、今更誰も私に求めないでしょ。

「他の国でも同じです。家族を無視し、このような場で私の縁組の話をするような非常識な精霊王の元には行けません。私の口から意見をはっきりと言わせていただきましたわ。これでよろしいかしら？」

『素晴らしい！　くーーー！　やっぱり我が国……』

大声で言いながら近づいてこようとしたベジャイアの風の精霊王を、仲間の精霊王が羽交い絞めにし、もうひとりが両手で彼の口を覆った。

『あなたが話すと、好感度がどんどん下がるから黙ってて！』

『彼女にアプローチするのは結婚する本人じゃないとダメなんだよ』

精霊王って本当に個性豊かで癖が強い。

これだけ生意気なことを言ったのに、怒っている人は誰もいないのよ。

まだ何か言いたげで、でも余計なことを言ったら私に嫌われるとでも思ったのか、口を閉じてこちらをじーっと見ている精霊王達の中で、シュタルクの精霊王達だけがほっとしたような嬉しそうな顔をしていた。

『あなたは自分の意見をはっきり言える子なのね。そしてそれが許される環境なのね』

「ここにいる方達はみんな、私のよき理解者です。皇族の方も家族も、私の好きなことを自由にやらせてくれますよ」

『幸せなのね？』

「はい。私はアゼリアとそこに住む人達と家族が大好きです」

だからまだ十歳なのに、遠い異国に嫁ぐ気なんて全くないのよ。

十五になるまでは婚約もしないわよ。

その前に恋愛をしたいんだってば。

『ディア。シュタルクには八十年前くらいに、全属性の精霊獣を育てた魔力のとても強い少女がいたんだ』

瑠璃が私の肩に手を置いて言った。

え？　その子も転生者？

『そうなの。生まれつき魔力の強い子で、精霊獣がシュタルクに生まれたのが久し振りで嬉しくて、私達はその子に会いに行ってしまったの。そのせいで有名になってしまって、王太子の婚約者になってしまって……』

転生者かどうかはわからないし、たぶん私が秘密にしていると説明してくれているだろうから、そこは後から聞くしかないな。

でも、私と生まれてからの経緯は似たようなものかしら。

魔力が強くて、最初は遊びで精霊に魔力をあげて、ウィキくんで調べてからは積極的に育てたのよね。そして精霊獣が顕現したから瑠璃に会えた。

うちはお兄様ふたりがチートだから、私が多少個性的でもベリサリオの兄妹だからと誰も気にしなかったし、瑠璃がすぐに後ろ盾になってくれたおかげで、誰も手出しが出来なくなった。

でもその子はそううまくはいかなかったってことよね。

『彼女は自ら死を選んでしまったんだ』

おいこら！　祝いの場で、なんでそんな話題になるのよ！

同人魂

シュタルク王国の精霊王とアゼリア帝国の精霊王達が話してくれたのは、真面目で優しかったからこそ自分を追い込んでしまった女の子の話だった。

シュタルクは帝国周辺ではダントツに歴史の古い王国だ。

王族も貴族も由緒正しい国だというプライドが高く、選民意識も強い。

古くから続く伝統としきたりをきっちり守れなくては、貴族としては生きていけない国だ。

シュタルクの話題の女の子は、片田舎の伯爵家に生まれたんだそうだ。

田舎の小さな伯爵家では貴族と平民の垣根が低かったから、友達と外で遊んだりも出来たらしいんだけど、ひとりだけ魔力が多くて肩に精霊を連れている彼女は、浮きまくっていたらしい。領主の娘じゃなかったらいじめられただろう。

精霊獣が顕現して、精霊王と面会してすぐ、王宮から迎えが来た。

伯爵家が王家に逆らえるはずがない。

彼女の気持ちは無視して、攫われるように王宮に連れていかれたそうだ。

そこからは次期王妃になるための教育の毎日よ。

会社の研修合宿が何年も続くのを想像してよ。

家族とは会えないし、妬みの対象にされて友人も出来ない。嫌がらせもあったようだ。

せめて婚約者とうまくいっていれば救われたんだろうけど、王太子も突然田舎からやってきた少女が婚約者になるのは不満で、ほとんど交流がなかったそうだ。

ファンタジーの世界に転生してみたいと思っている人がいたら、ちょっと考えてみてほしい。

ゲームもＴＶもスマホも漫画もない世界で、余暇に何が出来るかを。

男の子はまだいいけど、貴族の御令嬢の生活がどれほど窮屈で退屈かわかる？

午前中は勉強や礼儀作法、ダンスに乗馬のレッスンを受ける。

先生と一対一で厳しく教えられるから、さぼるなんて出来ないのよ。

そして午後。

自由な時間にやれることは、読書をするか、刺繍をするか、お友達を招待してお話するか。

ショッピングに街にふらりと行くのは駄目。欲しい物があったら、店の人に来てもらうの。

それか、誰かにたのんで買ってきてもらう。

どうしても街に行きたかったらあらかじめ予定を組んで、店に予約を入れて、警備体制を作ってもらわなくちゃいけない。

平民のやっている店に、突然高位貴族の令嬢が顔を出したら大騒ぎよ。

怒らせたりしたら店を続けられなくなる可能性もあるんだから、相手にしてみたら何日か前からしっかり準備をしたいと思うものなのよ。

警備体制を作っても、家から店へ馬車か精霊車で乗り付けて、買い物をしてそのまま帰るだけよ。

独身の若い御令嬢が街中を歩きたかったら、婚約者か父親か成人した兄にエスコートしてもらうしかないの。

どこどこの御令嬢が、街で平民の男と親しくしていた。エスコートもなしに街を歩いていたと噂されたら、あっという間に尾ひれがついて広まって、嫁ぎ先がなくなってしまうから。

普通の令嬢でもこれだけ不便なんだから、お妃候補として王宮に連れていかれた少女なんて悲惨よ。

王宮に閉じ込められた伯爵令嬢は、講義や実技を受けていない時間は、ほとんど自分の部屋に閉じこもっていたんだって。食事だって自室でひとりで食べていたの。

ＴＶもゲームもスマホも漫画もなく、何冊かの本が手元にあるだけ。

精霊獣が話し相手になってくれたのかもしれないけど、それじゃ精神的に病むわよ
『王宮に会いに行ったことはあるのよ。一緒においでと誘ったの。でも自分が逃げ出したら家族に迷惑がかかるから、我慢するって言ってたの』

厳しい教育で体調を崩し、心に余裕がなくなった彼女は、たぶん前世で言う鬱病に近い状況になってしまったようで、魔力が調節出来なくなってしまい、精霊獣に魔力をあげられなくなり、対話さえしなくなってしまった。

人形のように無表情で、怒られないように動く。

自分の部屋に戻ると、ずっと寝ていたそうだ。

魔力を分けてもらえなくなったら精霊獣は飢餓状態になって、顕現出来なくなってしまって、いずれ消えてしまう。

もう精霊の状態しか取れず、彼女の言葉に返事を返せなくなった精霊獣に申し訳ないという思いもあって、余計に自分を追い込んでしまい、自ら死を選んでしまったんだって。

『私達も会いたくないと言われて、顔を出すのはやめてしまったんだ。精霊獣を弱らせてしまった自分は、もう精霊王に会う資格はないと頑なに言い張ってひどく泣いてな。余計に追い詰めてしまうと思った。……だがあの時、何を言われても無理矢理にでも連れ出せばよかったのかもしれない』

そんなに彼女が弱っているのを、お付きのメイドや教育係が気付かないはずがない。

結局シュタルク王宮の者達は、面倒な存在になった彼女が邪魔だったんだね。

彼女が亡くなったことで精霊王達は怒り、王都周辺の精霊を連れて姿を消した。

そのため草さえ生えず地面がひび割れているのに、もともと都会だったシュタルクの王都は地面が石畳だったので、誰も変化に気づかなかったんだそうだ。

『でも、あの国の農作物の生産高はどんどん減っているのよ。ベジャイアも内乱のせいで食糧が不足しているから、帝国からの輸入に頼ることになるんじゃないかしら』

『少女が死んだ話は一部の貴族達しか知らされていないのだ。他の人間は、なぜ精霊王が自分の国に現れないのか不思議だろう』

『あら、私の住んでいた丘を潰して勝手に家を建てているくせに、不思議だと思っているならおめでたいなんてものじゃないわ』

主に話しているのは、火の精霊王と水の精霊王だ。ふたりとも住居を人間に壊されたらしい。

風の精霊王は少数民族の暮らす地域に住居があって、土の精霊王の担当地域を治める辺境伯は、シュタルクでは珍しく精霊王を育てているらしい。

『最近は帝国の影響で、地方では精霊を育てる者も増えて来たけど、精霊獣を育てるのは農業をしている者だけでいいと思っているみたいね。でも魔力の少ない農民に、精霊獣を育てられる人間はそうはいないわよ』

申し訳ないけど、頭がちがちに凝り固まっている人達に、何を言っても無駄だと思うのよ。今までこうやってきたんだから、今回も同じようにやればいいんだっていう、一番楽な方法を延々と続ける気なんでしょう。

でも他国が確実に変化して、帝国やルフタネンの話がシュタルクの人々にも届けば、平民だけでなく貴族の中にも精霊を育てる人は出てくるわ。

その時の王宮の態度によっては、王族が倒されるなんてことだってあり得なくはないと思うわよ。

でもそれは、よそ様の話。

私は聖女でも救世主でもないの。自分の手の届く範囲のことで手一杯。

私が気になるのはね、次に記憶を持ったまま転生してきた人が、この世界に馴染めなくて自殺してしまう危険性よ。

余暇にやれることが少ないのは本当につらい。

思わず精霊に気絶するまで魔力をあげちゃうくらいに暇なのよ。

私は訓練場に行ったり、外を走り回るのを許されていたけど、お友達の御令嬢に毎朝ラジオ体操している人はいないからね。

その分、みんな刺繍の達人よ。

明るいうちはどうにか時間を潰せても、日が沈んだら、部屋で過ごさなくちゃいけない。

お兄様達と会うにも執事を通さないと駄目だし、そうそういつも妹の遊び相手になってもらうわけにはいかない。

で、私が何をしたか？

決まっているじゃない。同人女だったのよ。

漫画を描いてたわよ。

プロットに毛の生えた、台詞とト書きの台本みたいな小説も書いたわ。

絵も文章も続けていないと上達しないのよ？

私の部屋の鍵のかかる引き出しには、書き終えた秘密のお話がいくつもあるんだから。

絵を描いていたら時間なんていくらあっても足りないから、漫画を描くようになってからは時間を持て余すことなんてなくなったわ。

この世界には萌えがないんだから、自分で作り出すしかないのだ。

きっと私と同じように考えているお嬢さんは、この世界にだっているはず。

自分で考えた小説を書く楽しみと読む楽しみを、多くの人に手軽に感じてもらいたい。

薄い本でいいのよ。

いやむしろ、薄い本がいいの！

この世界にだって恋愛小説はあるよ？

でも文学的すぎるというか、仰々しすぎるというか。

そういう本が読みたいときもある。夢中になって読んだ本も実際あるからね。

だがしかし、もっと手軽に萌えを補給したい時もあるだろう。

まずは挿絵として漫画を描いて、反応を見てみたいわ。

この世界では、実物を正確に写し取ったような絵画が主流だけど、風刺画っぽい絵も見かけたことあるから、漫画だって全く無理ってことはないはず。

転生してこの世界にきて漫画があったら、日本人がいたなって思うでしょ？

暇な夜に漫画が読めたら、少しは楽しい気分になれるかもしれない。

異世界にまで漫画を広めるなんて、アホなことしたやつがいるって思ってもらえればいいのさ。

死んでも同人女は治らなかったね。

ルフタネンの賢王がアロハを作ったのだって、そんな気分だったかもしれない。

ただ妖精姫が漫画を描くのは駄目だ。

作者は謎の人にしなくては。

リアル同人オタばれはしたくない。擬態し潜伏し、同好の士を集めるのよ。

「ディア、大丈夫かい？」

「え？」

ふと顔をあげると心配そうにクリスお兄様が顔を覗き込んでいた。

「考え込んでしまっていたようだから」

「他国のことまでディアが気にする必要はないよ。みんな勝手なことばかり言って。ディアの幸せを考えてないじゃないか」

「アランお兄様、私が考えていたことに他国の精霊王は何も関係ありません。もうこの方たちは帰ってもらっていいんじゃないですか？」

「じゃあ、真剣な顔でずっと何を考えていたの？」

「やっぱり娯楽は大事だなって思っていました！」

「……そっか。うん。ディアだもんね」

クリスお兄様が優しく微笑んで頭を撫でてくれて、

「意味不明だけど何か思いついたんだろ？　それで？　何をするの？」

アランお兄様は、期待に満ちた顔で私を見ている。

どうやら私が真剣な顔で考え事をしている時は、何か思いつく時だと思われているらしい。

いいえ、何もしませんよ。表立っては。

「待て待て。この前、フライを作ったばかりだろうが。また何か始めるつもりか」

精霊王達への遠慮より、またベリサリオが何かしでかす方が大問題だったらしい。

皇太子だけではなく、みんなが私の周りに集まってきた。

フライっていうのは、木材で作った車輪を取ったセ◯ウェイみたいなものよ。

でもあれは私が作ったんじゃなくて、お兄様達が作ったの。

ベリサリオは小高い丘の上に城があるでしょ？

城の敷地内は緩やかな坂道ばかりで、城門に近づくにつれて傾斜がひどくなるのね。

そこを何往復もしないといけない人や荷物を運ぶ人達は、けっこう大変なのさ。

フェアリー商会の建物も城門近くにあるから、居城と行き来する時は時間もかかるし坂道の往復になるわけよ。

精霊は精霊車を浮かせられるのよ？　人間を浮かせるのなんて簡単でしょ。

だったら、荷物も人間も浮いて移動すればいいじゃない。

でも掴まるものが何もない状況で体を浮かせてまっすぐ立つのは、けっこう大変なのよ。怖さもあるしね。

平気で高速で浮いて移動しているのなんて、アランお兄様くらいよ。

だから四角い薄い板の端に棒を突き立てて、そこにハンドルになる棒をくっつけてみたの。

たったそれだけで、浮いて移動出来る人がぐっと増えたのよ。

足の下に何かあるっていうのも安心感アップに役立ったんだと思う。

さすがにそれでは見た目が悪いので、もう少し飾りをつけたり、女性用に座れるようにしたり、荷物を運べるようにサイドカーをつけたら、ベリサリオ城内で大流行。

「わーい。私も空が飛べる。アイキャンフライ！」

って、ピーター○ンのシーンのようにはしゃいでいた私を見て、クリスお兄様がフライって名前にして売り出したのだ。

精霊車は他の領地でも作るようになっていたから、ベリサリオではそっちの製造はいったんやめて、フライをカスタマイズして注文出来るようにしたの。

ちゃんと皇族には献上したわよ。

皇太子はふらふらと遊びに来るから、目撃しちゃってたし。

ルフタネン一行も、城内に滞在していた時に貸してあげたら大喜びしてたわ。

「始めませんわ。でも……部屋でひとりの時に音楽が聴きたいことがあるんです。そうよ。音楽も重要よ。やっぱりうちの担任を引き抜いて、魔道具を作ってもらいましょう」

「始めてるじゃないか！」

「いえいえ、具体的には何も考えていませんわ。ただ、みんなが読みやすい小説を広めたいなと思っただけです。挿絵……物語の一場面を絵にしたものも何枚か書いてもらって本を作るんです」

「本なら売っているだろう」

クリスお兄様の指摘に、みんなが頷く。

どうやら本の話題より、先程私が思い付きで話した音楽を奏でる魔道具のほうが気になるようだ。

でも、本当に思い付きだから。具体的には何も考えてないわよ。

魔力を貯めておいて、カートリッジ形式で交換出来る魔道具が先よ。

「自由に出歩けない深窓の御令嬢が、何度も読み返したくなるようなお話じゃないとダメなんです」

「たとえばどんな？」

「……皇太子殿下の恋物語とか」

「発禁だな」

まあね。三次元を題材にする薄い本は扱いが難しいからね。

想像の国の想像の王子様の恋物語にしないとね。

『ディアは本を書けるのか？』

すぐ隣から、落ち着いた声が降ってきた。

身長差のせいで、瑠璃を見上げると真上を見るくらいに顔をあげないといけない。

「私が書くんじゃないの。お友達には読書好きの子もいるから、その子に頼めば書いてくれるかなと思って」

書けるなんて言ったら、あとあと疑われるかもしれないもんね。

みんな、記憶力がいいから失言は要注意よ。

『そうか。……精霊の話を書いてもらいたいと思ったのだ』

「精霊の話？　どの国にも有名な話がいくつかあるんじゃない？」

『ああいう夢物語ではない。実際にこの世界で精霊と共に暮らすのは、難しいことでも特別なことでもないということを、人間はもっと知るべきだと思うのだ』

「ああああああ！　それいいわ。さすが瑠璃！」

『そ、そうか？』

思わず瑠璃に飛びついた。

マニュアル王国日本から転生したというのに、私は何をやっているのよ。

薄い本を出すより前に、やらなくてはいけないことがあるじゃない。

「出しましょう！　あなたもこれで精霊と生活出来る。一目でわかる精霊の育て方教本！」

『教本？』

「そうよ。物語ではなくて、具体的な育て方について説明した本を出すの」

自分から言い出したくせに、瑠璃はよくわかっていないようだ。他の精霊王なんて、私が瑠璃と楽しそうに話している様子を、ほほえましく眺めている。

どっちかっていうと帝国よりあなた達の国で必要な本なんだよ？

「ディアやアランが、いろんな街に行って教えていた話をまとめるのか？」

「さすがクリスお兄様。その通りですわ。子供でもわかるように絵を多くして、具体的に……たとえば、精霊がこのくらいの大きさになったら話しかけるようにしましょうとかね」

顔の前で両手で小さな円を作ったら、なぜかジンが精霊の姿に戻って、円の中に入ろうとした。でももう精霊獣になっているジンでは、精霊の姿になっても大きすぎて収まらない。

「ジンくらいの大きさだとこのくらいかな？」

円を大きくしてあげると、楽しそうに何度も通り抜けては戻るを繰り返している。可愛い。

「基礎の基礎から簡単な言葉で簡潔に。黄色はどの属性で、育てるとどんな魔法が使えるようになるとか、どのくらい精霊が増えると農作物が育ちやすくなるとか。どのくらい魔法が使えれば、いくつの属性の精霊が育てられるかも知りたい人が多いと思うわ。魔力が少ない平民でも一属性くらいなら、精霊に毎日魔力をあげられるでしょ。精霊獣に育てるのには十年くらいかかってしまうかもしれないけど、それでも育てたい人もいるだろうし、ちゃんと魔力をあげていれば、精霊のままでもいい関係を作れると思うの」

「なるほど。文章が少ないなら翻訳も楽だろう。他国でも使える本になるな」

精霊大好きなパウエル公爵は、とっても乗り気のようだ。

現物がないとピンとこない人もいるだろうけど、これから精霊を育てる子供達や、今、育て方で悩んでいる人達に役に立つ本なのは間違いないわ。

「クリスお兄様、文章を考えていただけません？」

「統計をまとめるのは手伝えるけど、子供にわかりやすい文章というのは……」

「エルダに頼んではどう？　あの子は小さなころから、いつも本を読んでいたじゃない」

お母様、あれはうちの兄妹の会話や行動についてこれなかったエルダが、他にやれることがなくて本を読んでいただけですわ。

読書は好きだと思うのよ？

でも、チートなお兄様方や、アクティブに動き回っていた私についていけなかったと、最近になってエルダが教えてくれたの。

いつも冬には何か月も城にいたものだから、エルダをお客様だとは思っていなくて、それぞれ自分のやりたいことをやっていたのよね。猛反省したわ。

「そうだね。エルダに声をかけてあげてくれ。ディアの話し相手になればとブリス伯爵が城に寄越してくれていたのに、エドキンズ伯爵の姉妹ばかりが重用されていると思われているようだ」

は？　冬の社交シーズンで家族がみんな皇都に行ってしまうから、うちで預かっていたんじゃないの？　私はそう聞いていたわよ。

「ブリス伯爵家は、今でもベリサリオの一番の家臣のつもりなんだよ。伯爵も父上の補佐のつもりで皇宮に詰めていたんだ」

クリスお兄様の説明を聞いて納得した。

ブリス伯爵もエドキンズ伯爵も、帝国の一員になる前はベリサリオの下で領地を治めていたんだった。いまだに年配の人の中には、皇族よりベリサリオが大事って人もいるのよ。

優秀なブリス伯爵は、皇宮で財務官関係の要職についているけど、自分はベリサリオ派だと明言している人だ。ついこの前まで、うだつの上がらなかったエドキンズ伯爵ばかりが、私達と共同事業をしたり、娘が私の側近になって、しかも公爵家に嫁ぐなんてウルトラCをかましたもんだから、そりゃ心中穏やかじゃないだろう。

「わかりました。エルダに相談してみます」

「精霊省にも声をかけて巻き込んだ方がいいぞ。今年から、魔道省にいた魔導士長と副魔導士長が精霊省の責任者になっているからな」

「ええ?!　なんでまた」

「すっかりおまえの影響を受けて、精霊獣についてばかり研究しているからだ」

なにをやってるのかね、彼らは。

魔道省は魔法の研究と魔道具の研究をする部署でしょ。

「自分達でディアの子分だと言っていたからな。ベリサリオの息のかかった者が、いくつもの部署を治めてはまずいんだ」

皇太子が額を押さえてため息をついているけど、大丈夫かな。

まだこれから夜まで、びっしりとスケジュールが詰まっているはずなのに。

「魔道省はラーナー伯爵が魔導士長となった。彼も空間魔法を使える優秀な魔導士だ」

デリルのお父様が魔導士長か。

あそこはコルケット辺境伯と親戚だもんな。

どっちにしても、どの辺境伯も勢力を伸ばしているってことね。

「近衛騎士団の公開訓練日に見学に行く予定ですので、精霊省にも顔を出しますわ」

近隣諸国にマニュアル本を配って、それで精霊を手に入れる人が増えれば、ニコデムス教を信じる人がきっと減るだろう。

精霊がいるとどうなるか。いないとどうなるか。

遠い帝国の話じゃなくて、身近な問題なんだと気付いてもらいたい。

それにしても、瑠璃に言われるまで気付かなかったなんて、発想力がすごいと言われてきた私としては一生の不覚よ。

煩悩が憎い。

この世界でも大晦日に鐘をついてもらおうかしら。

あ、もう年が明けたんだった。今年一年は煩悩を払えないわ。

煩悩まみれの十歳の美少女、ディアドラです。

この煩悩をまき散らして、御令嬢を何人か沼に引きずり込む計画中です。

◆

煩悩はちょっと置いておいて、今はやらなくてはいけないことが山積みよ。

皇宮に帰ってすぐ、ベリサリオ以外はアンドリュー皇太子を中心に広場前のバルコニーに立って、祝いに来た国民に顔見せをしなくちゃいけない。皇太子は簡単なスピーチもするのだ。

ベリサリオからはクリスお兄様だけが参加する。

お父様は領地に戻って領主としてのお仕事に専念するそうで、今日は朝から上機嫌だ。

皇族がバルコニーに立っている間も、城で一番広い大広間では舞踏会の準備が行われている。

もう身分の低い者から入場も始まっているようだ。

「うええ。お母様、地味にしてくださいって言ったのに、この布、光が当たると金色に見えます！」

「大丈夫よ。周りはもっと派手だから、そのくらいは地味よ」

うそつけ！　白を基調にしたデビュタントの方々と対照的な色合いじゃない。

やめて。どさくさに紛れて、でかい宝石のついた髪留めを留めようとしないで。

「清楚なイメージのほうが妖精姫にふさわしくありませんか？」

「いまさら？」

アランお兄様を殴ってもいいかしら。

「デビュタントの人達が最後にまとめて入ってきて最初のダンスを踊るのを、おとなしく見ていれば大丈夫よ。それにきっと皇太子殿下の婚約者候補のふたりのほうが目立つわよ」

「発表するんですよね？」

「そうね。当然クリスの話もするし、ランプリング公爵とミーア、エルトンとイレーネの婚約も発表されるはずよ」

わーーい。成人した御子息御令嬢のお祝いなんて、霞んでしまうほどの爆弾が投下されるぞー。

失意のどん底に落とされる人達が何人も出るぞ。

「確かに目立ちませんね」

それに比べたら、私のドレスなんてどうでもいいわな。

「用意がお済みでしたら移動をお願いします」

控え室に案内役の人が迎えに来たので立ち上がり、ドレスの皺をチェックしてから部屋を出た。

普段使っている皇宮内のベリサリオに与えられた部屋じゃなくて、大広間近くに用意してくれた今回のための控え室よ。

部屋から出たら、そのまま待機することなく大広間に入っていけばいいの。

もう他の貴族達は全員、広間の中に入っている。

ベリサリオの前に入場したのはグッドフォロー公爵家みたいだ。

入場の順番や広間で立つ位置で、その時の名声や権力の度合いがわかってしまうから、特に新年一回目の公式行事はシビアなものがある。

クリスお兄様は別行動なのでアランお兄様にエスコートしてもらって、両親の後ろを歩いていく。

ちらりと背後に視線を向けたら、カミルとキースとサロモンが控え室から出てくるのが見えた。

ルフタネンの民族衣装はアロハじゃないわよ。

胸から腰まで独特な刺繍がされている膝下までの長い黒い上着姿が正装みたい。Aラインて言えばいいのかしら？　上着の腰から下はゆったりとした作りで、黒いブーツを履いている。ハイネックのシンプルなシャツだけは、カミルが白でキースがグレー。サロモンが赤だから身分によって違うのかもしれない。

そして三人とも布をマントのように左肩にかけている。細工のされた飾りで留められた布を背中に長く垂らして、端をベルトの右脇部分で留めるのがルフタネンの正装では欠かせないんだって。

民族衣装って、その国の人が最高に似合う服装だよね。

三人とも顔がいいから、格好いいったらない。

でも白い上着を着て王子様みたいだったクリスお兄様も、ほとんど黒に見えるくらいに濃い紫の短い上着を着たアランお兄様も、負けないくらいに格好いいから。

入り口近くは下位貴族の人達ばかりなので、私には名前のわからない人が多い。

それでも通路のために開けられた場所近くにいる人達は、挨拶を多く受ける人達、つまりその身分の中では力のある人達だ。後ろのほうの人達になると、女性なんて埋もれてしまって頭頂部しか見えなかったりする。

伯爵の人達が並ぶ位置まで来ると、知っている人が一気に増える。同級生も何人か見つけた。

年が明けたからマイラー伯爵は侯爵になったので、もっと上座に移動しているわね。

エドキンズ伯爵も侯爵のすぐ近くの位置にいるみたいだ。

ブリス伯爵とリーガン伯爵が並んでいたのでお父様が声をかけた。

エルトンは皇太子についているのでこの場にはいなくて、ここにいるのは長男のエルマーとエルダだ。

エルマーは十九歳。婚約者が来年卒業するのを待って結婚するらしい。

婚約者はベリサリオの下にいる子爵家の令嬢で、髪の色も目の色もお父様と同じ。つまり典型的なベリサリオの民の姿をしている。

親子揃ってベリサリオがそんなに好きか。民族に誇りを持つのはいいけど、私を姫と呼ぶのはやめてほしい。

「エルダ、今年も学園が始まるまでうちにいるの？」

「その予定よ」

「よかった、相談したいことがあったのよ。あ、イレーネも読書が好きだったわよね。暇な時に相談に乗ってもらいたいわ」

「ディアの予定に合わせるわよ」

このふたりを巻き込めば、精霊育て方マニュアルはどうにかなるだろう。

他まで巻き込むかは、その時の反応を見て決めようかな。

「姫、エルダは役に立っていますか？」

だから姫はやめろ。

「皇都に住むとはいえ、イレーネはベリサリオに嫁ぐようなもの。今後もよろしくお願いします」

「姫のお友達が息子に嫁いでくれるのは光栄です」

「いえいえこちらこそ、優秀な御子息に選んでいただけて娘は幸せ者ですよ」

リーガン伯爵の傍にバートの姿はなくて、まだ九歳のイアンがいる。

バートは今年成人なのに、例の問題の責任を取って出席しないらしい。

それでもあいかわらず、牛の世話ばかりしているんだそうだ。もうそこまでいくと褒めていいんじゃないだろうか。そのうち牛と結婚すると言い出しても、私は驚かないぞ。

魔導士長になったラーナー伯爵とも挨拶を交わして、すぐに移動。

子息のデリルとは同級生だけど、ほとんど話をしたことがないんだよね。空間魔法を覚えていないことで、私をライバル視しているのかもしれない。

両親はいろんな人に会釈しているけど、このあたりになると知り合いばかりだからきりがない。どうせ後で、いくらでも話をする時間はあるから、どんどん先に進んでいく。

侯爵家と伯爵家の境のあたりに、エドキンズ伯爵とマイラー侯爵が並んでいた。

この組み合わせは濃いわ。

あまり知り合いのいないカミル達が追い付いてきたので、アランお兄様とヘンリーが彼らと言葉を交わして、私はミーアとネリーとエセルと挨拶して、顔をあげて前を向いたらカーラを見つけた。

いつもならノーランド辺境伯家と一緒にいるヨハネス侯爵家が、今年は侯爵家の中程に並んでいる。

ノーランド辺境伯はモニカが婚約者候補になっているので、侯爵家のすぐ隣の位置にいて、その隣にオルランディ侯爵とコルケット辺境伯がいた。

「カーライル侯爵、御無沙汰してます。ようやく領地に戻れますよ」

うん、そうするだろうとは思っていたけど、お父様はあからさまにヨハネス侯爵家を無視してカーライル侯爵に声をかけたわ。

これでヨハネス侯爵家とベリサリオ辺境伯家の不仲が、この場にいる全員に知れ渡ったな。

成人した人を祝ってあげようよ

目立つなんてことは、全く心配する必要がなかった。

成人する人より目立たないようにって考え方が、日本人ぽかったのかもしれない。

今回は未成年の御子息御令嬢も参加出来るため、多くの子にとって初めての舞踏会だ。そりゃあリキ入れて着飾ってくるわ。

成人済みの人達だって、いろんな人に出会う最大のチャンスだ。昼の舞踏会なので露出は控えめだが、柄の入ったドレスや鮮やかな色合いを身に着ける人が多い。

デビュタントの人達だって負けていない。

白を基調にしてはいるけど、刺繍に宝石がちりばめられていたり、裾にいくにしたがって鮮やかな色にグラデになっていたり、お金とセンスをふんだんに使っている。

お友達もみんな、とっても綺麗だ。

ミーアなんて幸せが溢れてきらきらしている。

カーラだって優しい陽だまりのような色のドレス姿が似合っているのに、ヨハネス侯爵家は家族全員の表情が冴えない。

三日前、学園に顔を出してカーラと話してきたのよ。

あの一件以来、公の席で家族が顔を合わせるのは初めてだから、私はカーラにだけ挨拶しようと思っていたんだけど、カーラに止められてしまったの。

ノーランドとの仲がどうとかベリサリオと喧嘩したとかより、家族内の軋轢がひどいらしい。

いまだにヨハネス侯爵も夫人も、結局はノーランド辺境伯家が味方になってくれると甘く考えているんだって。夫人は散々甘やかされてきたし、辺境伯家が代替わりしたじゃない？　新辺境伯のコーディ様はヨハネス侯爵夫人のお兄様に当たるわけだ。両親が厳しいことを言っても、お兄様なら助けてくれると思っていたみたい。

でもそうはいかないわよ。コーディ様にしたら娘のモニカが皇太子妃候補になったと発表される大事な日なのに、皇太子と結婚したら苦労させられるだろうから娘は候補に入れるな、なんて言い出したヨハネス侯爵と仲良くするはずがないのよ。

私のことも、そろそろ機嫌が直っているだろうから、カーラに声をかけてきたら、家族全員と仲がいいと周囲に思われるように振る舞おうって話が出ていたそうだ。せこい。

だからカーラは、私に責任を押し付けるような手紙を書いて、茶会に参加させてくれなかった父親も、弟ばかりを可愛がり自分にあまり興味を示さなかった母親も嫌いだし、私に迷惑かけたくないから素通りしてくれって言っていたの。

私達が近付いているのに気付いているだろうに、カーラは後方にいる御令嬢と話し込んでいる。両親がヨハネス侯爵家を素通りして、カーライル侯爵家に挨拶するのに合わせて、私も彼らには視線を向けずに前を通り抜けた。

カーライル侯爵家で両親が挨拶している間、私は後方から来るカミル達を気にしていた。カミル達は知り合いが少ないから、もう私達に追いついてしまっているのよ。

ここにダグラスがいてくれてよかった。アランお兄様とカミルと三人でしばらく話して時間を稼いでほしい。

次に並んでいるチャンドラー侯爵家には、ちゃんと御挨拶しなくちゃいけないいんだもの。

今は派閥はなくなったけど、それでもチャンドラー侯爵家はパウエル公爵にとても近しい侯爵家で、うちとは因縁の深い関係だわ。

エーフェニア陛下と仲違いしていたパウエル公爵も、今では政治の中心人物でベリサリオともとっても親しい。精霊獣大好きな公爵と親しいだけあって、チャンドラー侯爵も夫人のキャシー様も精霊獣をしっかり育てている。

キャシー様は学生時代にお母様と恋敵だったけど、つい最近、和解して今ではお友達よ。

そして、今日は私がブリジット様と和解しなくちゃいけない。

コルケット辺境伯のパーティーに紛れ込んで、私に高飛車な態度で話しかけてきた、あのブリジット様よ。

お兄様と同学年のブリジット様も、今日がデビュタントだ。

彼女と話したのは、もう四年も前だもの。見違えるほど大人になっていた。

もともと美人さんだったところに艶やかさが加わった感じがする。白い肌にゴージャスな赤毛。深いブルーの瞳が印象的なお嬢さんだ。

きっと四年前は大勢の人に怒られたんだろうな。

その結果、こんな落ち着いた艶やか美人になったんだったら、もう黒歴史なんて忘れちゃえばいいと思うの。

私だって、前世を含めて忘れてしまいたいことはいっぱいあるわよ。

「アラン、ディア。チャンドラー侯爵夫妻とは初対面だったな。ご挨拶を」

うちの兄妹が、如何に皇都に顔を出さないかよくわかるね。

まだまだ初対面の高位貴族が何人もいるわよ。

チャンドラー夫妻は年齢差があるみたいで、侯爵は夫人よりずいぶん年上に見える。穏やかそうな感じの侯爵と色っぽいマダムという感じの夫人は、だいぶ見た目のタイプは違うけどとても仲良さげだ。

「ディアドラ様、以前うちの娘がご迷惑をおかけしたそうで、大変申し訳ありません」

「まあ、そんな昔のこと、まったく気にしていませんのよ。今日はデビュタントおめでとうございます」

チャンドラー侯爵夫妻に丁寧に詫びを入れてもらって、こっちが恐縮してしまう。

ブリジット様も緊張しちゃっているみたいだ。

「ありがとうございます。でも、お詫びはきちんとさせていただかなくては」

「お気持ちは確かに受け取りましたわ。これであの件は終わりにしましょう。ブリジット様とお呼びしてもよろしくて？」

「はい」

「では私もディアドラとお呼びくださいな。高等教育課程には知っている方があまりいないので、お友達になっていただけると嬉しいですわ」

「あ、ありがとうございます。こちらこそよろしくお願いいたします」

ほっとしたのか泣きそうな顔になってしまっているんですが。

本当にこの子が、あのブリジット様なの⁉　別人じゃなくて？

顔に面影があるもんな。すごいな、たった四年でここまで成長するもの？

私はこの四年で、身長しか成長してないわよ。

「学園の後期が始まりましたら、ぜひ寮にいらしていただきたいわ。予定が合うといいんですけど」

うんうん。いい感じに仲直りが出来た。

アランお兄様は、自分は関係ないって顔でさっさと歩きだしているけど、寮にお招きしたらちゃんと挨拶してよね。

「あの……妹は、ブリジットはきちんとお詫びしたんでしょうか」

ここまで来ると、あとは辺境伯家と公爵家しかいない。

パティと笑顔で言葉を交わしていたら、挨拶を終えたばかりのレベッカ様がひっそりと声をかけてきた。

「はい？」

「ディア、レベッカ様はブリジット様のお姉さまなのよ」

ああああ、思い出した。

コルケット辺境伯の令嬢とお友達で、間違えて招待状を届けられて、捨てたはずの招待状を使われてしまったお姉さまだ。

うわ、グッドフォロー公爵家嫡男のお嫁さんになっていたの?!

高位貴族の世間て狭い。

「ちゃんとお詫びいただいて仲直りしましたのよ。これから仲良くしていただきたいと思っていますの」

「まあ、ありがとうございます!」

すっごい感謝されてる。

レベッカ様だけじゃなくて、グッドフォロー公爵家全員から感謝されてる。

これはこれで居心地悪いわ。

無事に挨拶を終えて自分達の立つ位置に並んだ。これでもう私の仕事は終わったようなものよ。

私達より上座にルフタネン一行が並び、その横がもう皇族が並ぶ台に上る階段の一段目よ。

テラスに出た人達は別の入り口から入ってくるから、貴族の入場はこれで終わったことになる。

アーロンの滝に参加出来なかったことを考慮したのか、グッドフォロー公爵家がうちの隣に並んでいた。パウエル公爵が上座を譲ったみたい。

「デビュタントの方々はフロア中央に移動をお願いいたします」

成人した人とエスコートする人される人が一緒に中央に移動するので、かなりの人数が中央に移動した。

婚約者や恋人がいない人は、家族がエスコート相手になるのが普通だ。

中には成人した者同士のカップルもいて、とても初々しい。

やばい。お兄様にエスコートされる自分の未来が見えるわ。

皇太子殿下がエルドレッド皇子とクリスお兄様を引き連れて入場すると、大きなざわめきが起こった。元辺境伯や公爵は、いつの間にか自分の家族達のいる場所に移動しているので、皇太子の周りには若い人達しかいない。

皇太子の側近もいるけど、全員十代の男の子よ。

ちょっと頼りない印象にならない？

でもさすがに格好いいわよ。

皇太子は、白を基調とした色ではなく皇族の色であるディープロイヤルブルーの上着を着ている。

それに比べてクリスお兄様は、白を基調にするどころか真っ白よ。日本の結婚式の新郎くらいに真っ白。皇族より皇子様っぽいかもしれない。

ふたりが並ぶとね、女性が思わずため息をついてしまいそうなくらいに素敵。

ちょっと特殊な趣味をお持ちのお嬢様も、この組み合わせには満足するだろう。

「新年の始まりの日によく集まってくれた。先程精霊王方への挨拶のために、アーロンの滝において面会を行ってきた。これも今年で三年。精霊王との仲は良好で、さらに今年は近隣諸国六か国の精霊王も訪れ、アゼリア帝国に祝福をいただけた」

おおお……とどよめきが起こり、その場の視線がいっせいに私に向けられた。

あ、元辺境伯や公爵が自分の席に戻ったのは、私のせいだ。

近隣六か国の精霊王を集めた妖精姫より上座にいたくなかったんだ。

皇族とクリスお兄様は問題ないし、側近は皇太子をお守りするのがお仕事だから仕方ない。でもそれ以外が妖精姫より上座で、台の上に並ぶのはまずいという気遣いだ。

まったく気にしないんですけどね。

むしろ、私の存在は無視してくれてかまわないんですけど。

「すべての精霊王が我が国を好ましく思ってくれているようだ。今後も精霊と共存し、精霊王とともにこの国を繁栄させていこう」

やばいよね。

自分の国の人間の前に姿を現していない精霊王まで勢揃いしたんだもん。

話を聞いた他国の指導者達が、帝国にどんな態度を取るかが問題だ。

私も巻き込まれるんだろうな。

「この祝いの席で、私の婚約者候補を紹介させてもらう」

ルフタネンから来た客人への言葉と、ルフタネン王太子の婚礼の祭典にパウエル公爵とベリサリオが訪問するという話の後、とうとう皇太子の婚約者候補が決定したことが発表された。

今までとは違う雰囲気のどよめきの中、あちらこちらで小さな悲鳴が上がっている。

「ノーランド辺境伯家令嬢のモニカ嬢とオルランディ侯爵家令嬢スザンナ嬢だ。彼女達は私の婚約者候補であると同時に、ベリサリオ辺境伯家嫡男クリスの婚約者候補でもある。今後、どちらがどちらの婚約者になるかは、皇宮で妃教育をしながら本人達とそれぞれの家の意向を考慮して決定する」

紹介されて広間に入ってきたモニカとスザンナは、一際《ひときわ》輝いて見えた。

モニカのドレスはバッスルスタイルに近い。前と横には膨らみが少なくすっきりと見えて、身長の高いモニカのスタイルの良さがよくわかる。背中側だけに膨らみを持たせ、腰に大きなリボンがついているおかげで、大人びた雰囲気が優しく緩和されていた。

アクアマリン色を基調としたドレスは、モニカの金色の髪を更にゴージャスに見せてくれてるわ。

スザンナは最新流行の横スリットからレースが覗くカメリア色のドレスだ。

ピンク系統のドレスを、こんなにシックに着こなす人はそうはいないわよ。本当にこの子十三歳？

発育がよすぎるし、この大人びた美しさはおかしいだろ。そりゃ男がいろいろちょっかい出してくるわ。

でも内面は普通の十三歳の女の子だから、そういう男が嫌いになっちゃうんだよなあ。

「うそだろ……」

背後で誰かが小さな声で呟いた。モニカかスザンナを好きだったのかな？

あちらで倒れた御令嬢がいるみたいだけど大丈夫か。

皇太子やクリスお兄様の相手が決まるまでは、少しでも可能性のある身分の令嬢達の多くは、もしかしたらと相手を決めずにいたそうだ。

それも今日で終わり。

少女たちの夢が幕を閉じたわけだ。

新年なのにね！

死にそうな顔をしている令嬢や、倒れた令嬢が、少しでも早く立ち直ることを祈りたい。

「また、近衛騎士団長でもあるランプリング公爵がエドキンズ伯爵家令嬢ミーア嬢と、私の側近であるブリス伯爵家子息エルトンがリーガン伯爵家令嬢イレーネ嬢との婚約が決まった」

この皇太子、新年早々絨毯爆撃しているぞ。

もう死屍累々だからやめてあげて。

新年最初のダンスはデビュタントの人達が踊る決まりだけど、今年だけはお披露目ということで、皇太子とクリスお兄様が婚約者候補をエスコートして踊ることになっている。

いつも公の席で見せる近づきがたい表情を一瞬緩め、皇太子がモニカに手を差し出す。はにかんだ笑顔でモニカがその手を取ると、またあちらこちらで小さな悲鳴が聞こえた。

クリスお兄様も負けてはいない。視線を絡めて手を差し出しながら何か言ったんだろう。スザンナは一瞬目を見開いて、すぐに笑顔になった。

惚れさせればいいんだろうと言っていただけはある。クリスお兄様のエスコートは完璧だ。でもスザンナも負けてはいない。どこか面白がっているような笑顔で、踊りながら言葉を交わしている。

音楽が切り替わるところでふた組のカップルが交差し、今度は皇太子がスザンナを、クリスお兄様がモニカをエスコートしてダンスを続けた。

なにこれ、練習したの？

素敵だけど、みんなの注目を一身に浴びて踊らなくちゃいけないって地獄だろ。

「他国の精霊王が集合したって本当なのか？」

話しかけられてふと周囲を見回したら、いつの間にか家族がいなくなってカミルが隣に立っていた。

ファーストダンス

あれ？　うちの家族どこよ。

「きみの家族ならあっちだ」

カミルが顎で示した方向に目を向けると、うちの両親はノーランド辺境伯家やオルランディ侯爵家の人達と歓談中だった。

そりゃ、どちらかの娘さんを嫁にもらうんだからね。お話することはたくさんあるだろう。

でも、クリスお兄様の晴れ舞台よ。注目の的よ。見なくていいの？

感激した顔で娘を見ているモニカやスザンナの父親達とは、だいぶ態度が違うな。

嫁にもらう方はそんなもんか？

アランお兄様は両親よりずっと私の近くにいた。でも私に背を向けてグッドフォロー公爵の方々と話している。

たぶん、パティにダンスを申し込んでいるんだろうな。

「アランはあの子狙いか」

「カミル、言い方」

背後のカミルとキースの会話を聞きながら、私はそっとため息をついた。

アランお兄様は猪突猛進すぎない？

今の曲が終わると次はデビュタントの人達だけが踊る曲が始まり、その次の曲からは、誰でも自由に踊ることが出来る。

未成年の子達にとっては初めてのダンスを踊る機会であり、普段舞踏会は夜会でしか開催されないから、成人するまでは二度とこういう機会は訪れない特別な場だ。

そこで踊った相手が家族じゃなかった場合、ふたりはかなり仲がいいだろうなと思われるだろう。

水面下で縁談がまとまっているカップルだと思われてもおかしくない。

「パティ、大丈夫かしら」

彼女の好きな人がアランお兄様ならいいけど、違うならちゃんと断れるかな。

「嫌がってはいないようだが？」

「そう？」

「どう見ても喜んでいるだろ」

困っているようにも見えたけど、そう言われてみれば照れているだけにも見える。

頬が赤い……かな。照明でよくわからないや。

「カミルに女心がわかるとは思えない」

「悪かったな」

「ベリサリオの御子息に誘われて、嫌がるお嬢さんはいないでしょう」

いつのまにかサロモンやキースも傍に来ていた。

私とはもう散々話しているでしょ。せっかくの機会なんだからよそにいきなさいよ。

でも確かに、グッドフォロー公爵夫妻はアランお兄様を歓迎しているみたいだ。

次男でもいいのか。

え？　てことはもう、アランお兄様とパティのカップル成立？

マジかーーーー。私のお友達、どんどん相手が決まっていってしまうーー‼

「ディア……顔」

「？」

「口を四角く開けるのはやめたほうがいい」

「うっ……そのための扇でしょう。他からは見えていないはず」

くそー。呆れた顔で見下ろすな。

どいつもこいつも、どんどん大きくなりやがって。

女の子と間違えるくらいに可愛かった、あの頃のカミルを返せ。

「ディアはアランとパトリシア嬢が婚約するのは反対なのか？」

「まさか。パティは私の親友よ。アランお兄様と付き合ってくれたら嬉しいわ。……それで、精霊王の話だったかしら？」

「ちゃんと聞いていたのか。近隣諸国の精霊王が６か国も集まったというのは本当なのか？」

「嘘を言うわけないでしょう」

「なら、なんで帝国のやつらは落ち着いていられるんだ。それがどういうことかわかっているのか？　自国の人間と何百年も顔を合わせていない精霊王まで勢揃いしたんだぞ」

帝国国民にとって、ここ何年かで精霊王はとっても身近な存在になっているのよ。

今では何かにつけて、精霊王に感謝の言葉を言うのが当たり前になっている。

豊かな実りに感謝を。

健やかな子供の成長に感謝を。

天気のいい日が続いたって、精霊王に感謝しちゃう。

実際、精霊が増えてから帝国はずっと好景気だからね。

何年も豊作が続いているのに、海峡の向こうへの輸出が増えているおかげで、作物がだぶついていないのが大きいのだ。

生活が楽になるって、人間にとってはわかりやすい御利益だもん。精霊王に感謝もするわ。

それに、精霊王の存在にも妖精姫の存在にも、国民が慣れてしまっているんだろうな。

精霊獣ってなんだ⁈　から始まって、精霊王が現れて、精霊車が街を走るようになって、街中でも精霊を連れて歩いている人がどんどん増えてきた。

そんな国って帝国だけでしょ？

そこに精霊王が集まるって、まあそんなこともあるよねみたいな。

「自分達を差し置いて、帝国に精霊王が現れたと知った各国の反応を考えろよ」

「私が来てってお願いしたわけじゃないもの。そういえばルフタネンの精霊王達は、とても礼儀正しかったわ。モアナみたいに、自由な人達ばかりなのかと思ってた」

「陽気だけど、平和を愛する穏やかな方達ばかりだぞ」

「そのようね。それに比べてベジャイアは……押しが強いというか、自己主張が激しいというか」

「あそこは国民性もそんな感じだ。まず自分の主張を言う。戦闘民族だしな。そうじゃなかったら、ニコデムスにそそのかされて我が国に攻めるなんてしなかっただろうし、内戦状態にもならずに済んだかもしれない」

主張の激しい人同士じゃ、話し合いは難しそうだもんな。

「うちの国に来いと誘われたんじゃないか？」

「え？　よくわかったわね」

「その魔力量と魔力の強さを考えれば当然だろう」

前世の記憶を持ったままの転生者だからっていうのが本当の理由なんだろうけど、そんなに魔力も強いのか。

魔力量に関しては、祝福をされてから容量が増えたなと感じて、後ろ盾になってもらってまた増えて、それでも魔力を使いまくっていたら更に増えた。

誰にも言ってないけど、実は範囲魔法の範囲がえぐいことになっているのよね。

この大広間にいる全員に重力魔法かけて、跪かせることが出来ちゃうわよ。押し潰せるし。

「いずれ各国からうるさくいろいろ言ってくるぞ」

「うえー」

音楽が終わり、広間が慌ただしくなる。

踊り終わって移動する人。このままもう一曲踊る人。次の曲を申し込む男性に囲まれている人もいる。

アランお兄様は、やっぱりパティの手を引いてダンスフロアーの中央に歩いていく。

「決まった相手がいないなら踊らないか？」

「え？」

「一曲踊ればノルマ達成だ」

「……私も踊らなくちゃ駄目なのかしら」

「さあな。でもここにいると、妖精姫と踊りたい男に囲まれるんじゃないか？」

「それはないな」

でも、ここでひとりぽつんと立っているのはみじめよね。

本来なら、十歳の女の子なんだから両親にくっついていればいいんだけど、きっとうちの両親は、私がアランお兄様と踊ると思っているんだろうな。

それよりなにより、他国からのお客様であるカミルをほったらかしってどうなの？

知り合いの女の子なんてほとんどいないし、どの子がフリーかも知らないのよ？

踊る相手はあらかじめ決めておくべきでしょう。

「踏んだらごめんね」

差し出された手をそのままにしては、恥をかかせてしまうわよ。

これは、友好条約を結ぶ隣国との外交よ。

カミルなら昨日踊ったから、私のダンスの腕前はわかっているし、三回くらいなら足を踏まれる覚悟もしているだろう。

「あら？　この曲」

始まったのは、昨日みんなで練習した曲だ。

「踊る必要があるならと、アンディにこの曲をリクエストしておいた」

「すっかり殿下と仲良くなったようね」

「彼は、死んだ二番目の兄に性格が少し似ている。一見、近寄りがたく見えるが懐が広い」

「そうね。彼は素晴らしい人だと思うわ。きっといい皇帝になる」

「……なのに皇妃になるのは嫌なのか」

踊りに集中してカミルの肩ばかり見ていたから、カミルがじっと私を見ていたのに今まで気付いてなかった。

ダンス踊っているんだから、普通は相手を見て会話するよねー。

でも近いんだって。抱き合っているのと同じくらいの距離なのよ。

美形は遠くから眺めるものなのに……。

「彼がいやなんじゃないわよ。王族はみんないや」

「アンディに、きみの条件は聞いた」

「どんな会話してるのさ」

「いてっ」

「あ、ごめん」

だからさ、踊りながら話すなら、頭を使わなくていい会話にしようよ。

「なんで王位継承者は嫌なんだ？」

「それ、あなたが聞く必要ある？」

「あたりまえだ。きみが誰を選ぶかによって世界情勢が変わるんだぞ」

「はあ?!」

世界情勢?!

なんて大袈裟な。

「たった一声でアゼリア帝国の精霊王を動かし、ルフタネンの精霊王を寝床からひっぱりだして戦争を終わらせ、ベジャイアの精霊王を動かして内戦起こしたやつが何を驚いている」

えええええ?!

私はただ、働けって叫んだだけなのに?!

「精霊王は、精霊が被害にあっているのに放置するのかって文句を言ったのはあなたでしょう」

「文句じゃない。伺いを立てただけだ」

「いいえ。あの時精霊王を煽っていたのは、私じゃなくてあなただからね。……って、あ」

「あぶない」

転びそうになった私をカミルはひょいっと持ち上げて、もともとそういうダンスだったように、ふわりと床に着地させてくれた。

ルフタネン風の上着と私のドレスが花のように広がって、きっとドローンで空撮したら綺麗だったと思う。

「踊りながら話すのは無理だな」

「昨日からそう言ってるでしょ」

「じゃあテラスに行こう」

さっくりとダンスをやめて、カミルは私の手を引いて歩きだした。

え？　いいのかこれ。

曲の途中だけど、踊ったことにはなるのかな。

カーテンを開くと、明るい午後の日差しが眩しい。

広間の中と外で別世界みたいよ。

そして寒い！　晴れていたって、庭には雪が積もっているんだから。

カミルは、ルフタネンやベリサリオと同じ感覚で外に出ようって言い出したでしょ。

「そうか、寒いのか」

「馬鹿でしょ」

「おい。いくらなんでも」

「ここに来るまで気付かなかった、私も馬鹿でしょ」

「……結界を張ろう」

「イフリー、寒いよー」

『馬鹿だろ』

『馬鹿だな』

くそー！　精霊獣達にまで言われた！

「カミル、どうしたんだ？」

「ディア様、こちらでお休みですか」

ほらーーー。急にテラスに出たりするから、キースとネリーが慌ててやってきたじゃない。

吐く息が白くて気の毒だわ。

「せっかくの舞踏会だから、気にしないで楽しんできて。ほら、ジェマが来たから大丈夫よ」

ジェマも子爵令嬢なんだけど、もう舞踏会はいつでも出られる年齢なので、ここはお仕事をしてもらいましょう。

「少し話をするだけだ。足を踏まれるだけならいいが、彼女は転ぶから」

「世界情勢なんて話を、ダンスをしながらするのがおかしいって気づけ」

「自分の行動が、帝国だけじゃなくて世界に影響するって自覚しろ」

どんだけーーーーー!!

私はなにもしていないわよ。

行動力がありすぎる帝国の精霊王達がいけないのよ。

まさか精霊王サミットがアーロンの滝で開催されるとは思わないでしょう。

「おふたりとも、あまり大きな声を出すと広間の中に届いてしまいます。温度調整だけでなく防音をしてください」

ニックまで来たのか。

ジェマに連れて来られたのかも。

この姉弟、ベリサリオのために働きすぎだわ。

おかげでふたり揃って、いまだに独身よ。特にジェマはやばいんじゃないだろうか。

「そうね。あちらに座るわ。みんな、周囲の警戒と防音よろしくね」

私の指示に精霊獣達が嬉しそうに動き出す。

広間では、精霊の状態でおとなしくしていないといけなかったのがつまらなかったんだろう。カミルやキースの精霊まで、私の指示に従って動き始めた。

「で？　なんの話だっけ？」

「どうして王位継承者じゃダメなのかって話だ。本当はアンディと婚約するのが一番丸く収まるんだぞ。それが、婚約者候補が他に発表された。きみを誘った精霊王は自国に帰って人間達に話すだろう。今度は各国の王族を納得させなくてはならないぞ」

「なんで？　私が誰と結婚するかは私が決めるのよ。他の国の王族がどう思おうと知ったこっちゃないわ」

「……アンディの苦労を増やすなよ」

だから、なんでカミルが帝国の皇太子の心配をしているのよ。

「私はね、誰かのためだけに生きるなんて出来ないししたくないの。皇妃になったら、家族にだってそうは会えないでしょ？　子供だって次期皇位継承者になってしまって、自由にベリサリオに連れて帰ったりは出来ない。そんなの嫌よ。国のため、皇帝のため、個人的なことは後回しにして公人として生きる？　三日ともたないわ」

「帝国よりベリサリオが大事か」

「うーん。そうなのかも。ベリサリオは生まれ育った場所だもの。愛着があるわ。でも他の領地や皇都は、同じ帝国だけど、そこの領主がちゃんとしなさいよって感覚ね。でも他国と帝国だったら帝国のために動くわよ。シュタルクの精霊獣を育てた女の子の話は知っている？」

「モアナに聞いた」

ジェマが持ってきてくれたティーカップを手に取った。あったかい。

カミルは、なんでそんなことを聞くんだろう。

ルフタネンにはたいした影響があるとは思えないのに、彼は私がカップで手を温める様子を、じっと見つめていた。

「私は彼女の気持ちがよくわかるわ。しきたりにがんじがらめにされたら、ベリサリオにいた頃のような自由な発想なんて出来なくなっちゃう。フェアリー商会が成功したのは、家族の理解があったからよ」

「だろうな」

「殿下もそれをわかっているから、私の好きにさせてくれているの」

「アンディにとっても、きみにとっても、今の距離感がいいわけだ」

「そうよ」

テーブルに頬杖をついて、不服そうな顔で睨まないでくれるかな。

怒られているような気分になるから。

私、カミルを怒らせるようなことしていないよね。

「だったら、帝国の他の男達は何をしているんだ。せっかくの機会なのに、きみの傍に来た男がひとりもいなかったじゃないか」

「あなたがいたせいじゃない？」

「それが問題だろう。他国の男に先を越されて平気なやつしかいないのか」

いやいやいや。私十歳だし、まだそんな慌てる年じゃないし。

たぶん妖精姫と結婚するって、とんでもない決意が必要だと思うのよ。

世界情勢動いちゃうって、カミルが言ったばかりじゃない。

帝国内でも、本人どころか一族揃って注目の的よ。

「それに私の性格を知っているでしょ？　可愛さがまったくないわけだし、子供らしくもない気持ち悪い存在だから」

「はあ？　なんだそれは。誰がそんな馬鹿なこと言っているんだ」

目つき悪いぞー。

眉間にしわを寄せるなー。

「そのうえ私と結婚するってことは、殿下と話す機会も増えて、うちのお兄様達にも認められなくては駄目なのよ。彼らと対等に渡り合える度量がないとね」

「……あの兄貴達はどうにかならないのか。特にクリス」

「私の大好きなお兄様達に何か問題があって？　それに私だって、会話についてこられない旦那さんなんて嫌だもの。私はちゃんと自立するから、相手も自立してくれないとね。私が守らないと暗殺されちゃいそうな人じゃ駄目でしょ。出来れば同じようなことに興味があって、相棒みたいに一緒に人生を歩んでいける人がいいのよね」

「きみと互角の立場の男ってことか？」

「出来れば」

「そんな男いるのか？」

「うちのお兄様達はすごいと思うわよ。殿下だって互角以上でしょ」

「ディアと年齢が釣り合い、アンディやきみの兄貴達並みの男が、この世に何人いると思っているんだ」

うっ……確かに。

身分的には何人もいるけど、中身がおばさんの私にはディアとして年齢が釣り合う子のほとんどは、お子様すぎて会話がつらいことの方が多い。

お兄様とも仲良くしている男の子達は、年齢の割に大人びていて私も話しやすいけど……。

「いたとしても、私の本性を知ったら、みんないいお友達になっちゃうのよね。令嬢扱いしなくて済むし、男友達みたいなんじゃないかな」

「いや、そうじゃないと思うぞ。あいつらがじゃなくて、ディアが相手を友達としか見ていないだけだ」

どさりと背もたれに寄りかかって足を組んで、カミルは目を細めて呆れた顔をしている。

少し離れた位置にいるキースやジェマが、頷いているように見えるのは気のせいかな。

「ダンスの練習をした時にいた男達だって、身分的にも性格的にも、今すぐは無理だとしても本人が努力すれば、充分にきみの相手になれる男達だった」

「だから彼らは」

「友達としか見ていないのは、きみのほうだ。婚約にしても恋愛にしても、理想ばかり並べて現実味がない。俺のことだって、いいお友達だと思っているんだろう？　だから無防備についてきた」

「え？」

「今頃、広間じゃ大騒ぎだぞ」

あ、やばい！

さっき、アランお兄様とパティが踊る時には、影響についてちゃんと考えていたのに、自分の時にはまったく気にしていなかった。

妖精姫がルフタネンの公爵と踊って、途中でふたりしてテラスに出て行ったって、他の人達から見たらどう思われるかを考えてなかったわ。

「うかつだよな。そういうところに付け込む男が、今後いくらでも出てくる」

「カミル、勇気あるわね。お父様とクリスお兄様が怒り狂っているわよ」

「……戻ったら、すぐにクリスをダンスに誘ってくれ。ここで殴り掛かられた場合、国際問題になる」

「だったら誘うな」

「だからさっきから自覚を持てと言っているだろう。今はまだいいが、今年はルフタネンに来るんだろう？　一年なんてあっという間だ。その次の年には、きみだって十二歳だ。ルフタネンを訪問したのだから我が国にも来てくれと、他国の王族がやってくるかもしれない。そいつらは、隙あらば自国に連れて帰ろうとするかもしれないぞ。既成事実を作ればこっちのものだと考えるやつも出てくる」

既成事実⁈

十二歳の女の子に⁈

犯罪だろ、それは！　ぶちのめすわよ！

「犯罪？　他国では十二歳で結婚する令嬢は普通にいるぞ」

「帝国では十五歳までは本人の意思が尊重されるの。無理に婚約を決めたり結婚させちゃ駄目なの！」

「それは帝国ではの話だろう。他国の王族がそんなこと気にするもんか」

「だから王位継承権を持っている男は対象外なの！」

「じゃあ、誰なら対象になるんだよ。いないだろ」

「そんなこと……」

わかってる。前世からそうだった。

同人で描いた物語のような恋に憧れて、現実の男達に目を向けていなかった。

職場で知り合う相手はあくまでも同僚。

男友達は、あくまで友達。

じゃあ誰と恋愛するのよって、お姉ちゃんに呆れられていたわ。

この世界に来てからもそう。

美形は遠くから観賞するもの。でも思い描く恋愛では格好いい人が恋人になっている。

年が近い男の子は子供だから無理。

だけど異性として意識出来る年齢の男性は、たいてい結婚しているし、私を好きになったらロリコンだ。恋愛対象には出来ない。

かといって、高等教育課程の十五歳から十八歳の男の子達と、親しくなるために動いて来なかった。

恋愛はいずれするもので、十五までに誰か探せばいいや。

そうやって後回しにしているうちに、条件のいい男性はどんどん彼女が出来ていく。

前世でもそれで失敗したのに、今回もまた同じことをしようとしている。

「でもまだ十歳なのよ」

「きみのどこが十歳なんだ。年下から選ぶなんてありえないだろう？　だったら相手は年上なんだ。

残り物に福なんてないぞ」

ううう。反論出来ないのが悔しい。

でもじゃあ、どうやったら誰かを好きになれるの？

恋に落ちるって、どんな状況なのよ。

「カミルはどうなのよ。女の子と話したことがないなんて言っている場合じゃないんじゃないの？」

「あのな、なんで俺がきみを連れ出したと思っているんだ」

「……国のためでしょ」

ルフタネンだって妖精姫は欲しいんだ。

どの国の人達もそう。

妖精姫で、皇太子の信頼が厚くて、ベリサリオの娘という記号に魅力を感じている。

私が不細工でも、性格が悪くても、アホでもかまわない。

「もうひとつ条件があったわ」

「まだあるのか」

「重婚は許さない。側室も愛人も駄目」

「なんだ、そんなことか」

そんなことなの?!

この世界では、王族も貴族も第二夫人を持ったり、愛人を作っていたりするものなのよ。

帝国の場合、女帝と結婚した将軍が愛人を持つなんて許されないし、うちのお父様は愛妻家だし、パウエル公爵みたいに亡くなった奥様をずっと愛している人もいるけど、それはむしろ例外よ。跡継ぎが生まれないと困るから、愛人がいる人もたくさんいる。

「ルフタネンは、前王……つまりうちの親父が、何人も妃を持ったせいで争いが起こったんだぞ。それに俺は女の子が苦手だと言っただろう。ひとりで充分。そんな何人もの人生に責任持てるかよ」

話しているうちに、どんどんカミルの言葉遣いが崩れていく。

私のほうも、令嬢らしい言葉遣いじゃなくなっているけれど。

それより、なにより、なんでこんな話になっているのよ。

「ちょっと、いつから私を連れて帰ろうなんて思い始めたの」

今までそんな素振りはなかったよな。

むしろ、私から逃げていたもんな。

「今朝」

「はあ?!」

「精霊王が集まるなんて、どの歴史書にも載っていない異常事態なんだよ。てっきりアンディと結婚して皇妃になると思っていたのに、皇太子婚約者候補が発表されたんだ。この情報は今夜には近隣諸国に広まるぞ」

それは私のせいじゃないもーーん！

精霊王と皇太子のせいだもーーん!!

「他所の国に取られるよりは、ルフタネンで欲しい。ディアなら話がしやすいし、商会の仕事も一緒に出来る。モアナなんて泣いて喜ぶぞ。俺は王位継承権は放棄しているし、全属性精霊獣持ちだ。悪い条件じゃ……」

「クリス様がこちらに来ますよ」

窓からひょいっとサロモンが顔を覗かせた。

「アランは？」

「一緒です」

「なら大丈夫だ……と思いたい」

一気に弱気になってるじゃないか。

だったら、最初から誘うな。

「カミル、なんの話をしているのかな」

「くそ、タイムアウトか」

サロモンを押しのけて、テラスに出てきたクリスお兄様の冷ややかな顔。

せっかく温度調整していたのに、一気に寒くなった気がするわ。

「兄上、落ち着いて。相手は賓客なんですよ」

「アラン、そもそもおまえが」

「クリスお兄様、次のダンスは私と踊ってくださいな」

立ち上がって、クリスお兄様の元に駆け寄る。

「え？　ああ、それはもちろん……」

急にクリスお兄様の表情が緩んだ。ちょろい。

他のことに関しては容赦なく優秀なのに、私には本当に甘い。

うちのお兄様達、マジ天使。

「カミルに聞いたお話で、お兄様に相談したいことも出来ましたの。私、世界のことまでは考えていなかったから」

「世界?」

「精霊王が勢揃いしたせいで、近隣諸国が一気に動き出してやばいって話をしていたんだ」

そういう話もしたね。たしかにね。最初のうちね。

「……ああ、それは僕も気になっていた。特にベジャイアとシュタルクだ」

私の座っていた席に腰を下ろしたアランお兄様が、難しい顔つきで頷いた。

そうか。そんなにやばいか。

「一番気を付けたほうがいいのはシュタルクだ。今日の式典に参加したがっていたのに断ったんだろう?」

「ルフタネンに泣きついた?」

にっこりと微笑むクリスお兄様の笑顔が黒い。

それに笑顔を返すカミルもすごいな。

空気がピリピリしている感じがして、とんでもなく居心地が悪いよ。

「かなりしつこかった。この周辺諸国の中では、一番歴史の古い由緒正しい国だという自負があるのに、最近は帝国に国力で差を広げられている。どうあってもディアを自国に呼びたいんだろう」

「あそこの王都はひどいらしい。王宮の庭の花が全滅したそうだ」

アランお兄様、その情報はどこから仕入れてきたんですか？

そんな話、シュタルク国民にも知らせていないんじゃないの？

「朝の話を聞いたあとで、ディアをシュタルクにやるわけがない。もちろん、ルフタネンにもだ」

「過保護過ぎるのもディアのためにならないと思うが？　それにどうせ俺は明日の夜には国に帰る。俺の存在をやばいと思った帝国の男達のほうを気にしたほうがいいんじゃないか？」

「僕を番犬にしておこうってことか？」

「まさか。クリスが番犬なんて可愛い存在なわけがないだろう」

「兄上は皇都に生活の場を移すから、番犬にはなれないんだよ」

「アラン！」

「まじか……」

こいつら、私の意向を無視して、なんで話を進めているのかしら？

そもそも祝賀の舞踏会をほっぽり出して、兄弟揃ってここにいるのはまずいわよね。特にクリスお兄様は、婚約者候補の傍にいないといけないんじゃないかしら？

ベリサリオの兄妹と一緒に、カミルだけがここにいるのだってまずいでしょ。

「僕がしっかりとディアを守るから大丈夫。だからディア、次のダンスは僕と踊ろう」

「アランお兄様、人を好きになる時ってどういう時なんでしょう」

「え？　急にどうしたの？」

「だってクリスお兄様にわかるわけないし、カミルだって女の子が苦手だと明言しているんですもの。他に聞く相手がここにいないじゃないですか」

試しに周りにいる人達を見回してみたけど、キールもジェマもニックも、そっと視線を逸らしている。

私の周りは、恋愛に疎いやつしかいないんかい！

「ディア、アランはノーランドで初めてパティを見た時に一目惚れしたんだよ」

「兄上！」

うわ、それってまだパティが六歳でアランお兄様が八歳の時じゃないの？

四年越しの初恋か。

いいなあ。せっかく若返ったんだからさ、私だって恋がしたいよ。

十五を過ぎても相手が出来なかったら、政略結婚でも我慢するからさ。

「さすがに舞踏会に戻らないと。ディア、僕と踊ろう」

「いえ、やっぱりクリスお兄様はモニカやスザンナの傍にいてください。きっといろんな人に囲まれて、根掘り葉掘り聞かれているはずです」

「いやでも……」

「お兄様が守らないといけないのは誰ですか？」

私のお友達を泣かせたら許さないんだから。

「……わかった。アラン、あとは頼む」

悲しい顔をして背を向けないの。

そんなとぼとぼ歩かないで、しゃんとせんかい！

結局、アランお兄様と踊った後にクリスお兄様とも踊ってからベリサリオに戻った。

スザンナに、

「情けない顔をしているから、一曲踊ってあげて」

って、言われてしまうクリスお兄様ったらダメダメだわ。

モニカにも、

「クリスのシスコンぶりは昔っからだもの。今更よ」

と、笑われていたし。

家に帰ってからも大変よ。

今度はお父様に、テラスで何を話していたのかと散々聞かれたわ。

「あなた、その前に気にしなくてはいけないことがあるでしょう。カミルはルフタネンからの賓客で、帝国の舞踏会は初めてだったのよ。知り合いのお嬢さんもいないのに、どうしてあらかじめダンスの相手を用意しなかったの？　ディアが一緒に踊らなかったら、大事なお客様に恥をかかせるところだったかもしれないのよ」

さすがお母様。

そうなのよ、そこが重要なのよ。

「確かにそれは考えていなかった」

「皇族に女性がひとりもいないせいだわ。でもそれにしても、女官長や舞踏会の責任者が気にするべきところでしょう」

「今までエーフェニア陛下の周りはバントック派が固めていただろう？　皇太子妃候補のお妃教育を始めるにあたって、全国から新たに人員を集めているんだ。しかし身元確認や身辺調査をしないうちは皇宮にいれるわけにいかない。まだまだ人材不足なんだよ」

皇太子は政治的なことで手一杯だもんな。

皇室に女主人がいないと、こういう時に困るのね。

「それで、カミルとは何を話したんだ？」

「帝国の人間は、六か国もの近隣諸国の精霊王が帝国に姿を現したことを、もっと重く受け止めたほうがいいと言われました」

「は？」

「他国の動きが活発化して、私を無理に誘拐しようとする者も出るかもしれないと」

「そういう話をしていたのか?!」

多少、盛ってはいるけど嘘ではないわよね。

既成事実がどうとか、カミルも連れて帰りたいと言っていたとかは言えないもん。

同志発見

新年祝いとデビュタントのための舞踏会は、つつがなく……おおよそつつがなく終了した。

次はそれぞれの領地での、新年祝賀行事の始まりだ。

領地を持つ貴族は一斉《いっせい》に自領に帰り、それ以外の貴族は皇都で続く行事に参加する。

二日目からが各領地の新年祝いの本番だ。

各領地で祝い方はいろいろだけど、どこもこれから三日間は仕事を休んでお祝いするのよ。

うちでは休みの間出入国が禁止されて使用されない港に、安い入場料さえ払えば、屋台街で無料で飲み食い出来て、全国から商人が集まった市場で買い物出来る催しが開催される。

入場料は街の孤児院に寄付されるの。

飾りつけされた街に一日中陽気な音楽が流れて、飲んで歌って踊って、日頃のストレスを発散して英気を養うわけだ。

ベリサリオ全域から人が集まるから、出会いの機会も多いし、若い子は特に気合が入ってるのよ。

クリスお兄様の優秀さを知らない人間は領地にはいないから、次期領主の成人を祝う領民の顔は明るい。

当分ベリサリオの繁栄は揺るがないと安心してもらえてるんだろうね。

街が賑わっている中、貴族達はむしろ大忙しでお仕事中よ。

この三日間で誰を招いたか、どこに顔を出したかで、貴族内でどれだけ力を持っているか、人脈があるかが丸わかりになってしまうらしい。

高位貴族の領地には、領地を管理している貴族やら城で働いている貴族がたくさんいるでしょ。その貴族の子の中にも成人する子はいるんだから、デビュタントの舞踏会を開いてあげないといけないのよ。だからどこの領地でも二日の夜は舞踏会が開かれるの。

問題は領主の家族に成人した子供がいた時よ。

特に嫡男。

成人祝いは二日から四日までの三日間に行われることが多いの。六日には皇宮で近衛の公開演習があるし、七日から学園の後期が始まるから。

じゃあ、その三日間のどこでパーティーを開催するか、それを決めるのが大変なのよ。

せっかくお祝いしても招待客が来てくれないと困るでしょ。

二日に祝いの席を設けて高位貴族のパーティーとぶつかったりしたら、目を付けられるかもしれないし、誰も来てくれないかもしれない。

だからって身分の高い貴族が四日や五日にパーティーを開催したら、あそこの家は招待客を集める力がないんだと馬鹿にされてしまう。

ったく、めんどうだよね、貴族って。

招待されるほうだって大変よ。

どう頑張ったって二日からの三日間に集中するのは止められないんだから、招待客は何軒もパーティーをはしごしないといけないのよ。同じドレスで何件も行くわけにいかないんで、途中で着替えて顔を出すの。

で、何軒はしごしたかがステータスになるわけだ。

こんなに招待されちゃうのよ。人気で困っちゃうわって。

もちろんうちは二日の昼にお祝いしますわよ。

高位貴族の嫡男で成人したのはクリスお兄様だけなんですもの。

次男以下や娘は祝いもそれなりにすればいいし、デビュタントの舞踏会で一緒に祝って終わりって貴族も多いらしい。

金持ち貴族ばかりじゃないんだから、それで充分だと私は思うわ。

普通の伯爵家以下のおうちでは、仲のいいお友達が集まって、合同でお祝いパーティーやって終わりらしいよ。アットホームで平和でいいよね。

ただベリサリオではそうはいかない。

クリスお兄様の成人祝いは、招待客が思い思いに歓談しながらおいしい食事を楽しめるように、立食形式でラフな雰囲気のパーティーだ。

この時期のパーティーは、顔を出して主催者に挨拶して、飲み物にちょっと口をつければ参加したとみなされるの。何軒もはしごするんだから、何時間もいられないもんね。

でも、今日は他でお祝いしている領地はないのかな。

ベリサリオの高位貴族が全員顔をそろえているだけじゃなくて、みんな、腰を落ち着けて飲み食いしてるんですけど。

城から来客用の別館まで、テラコッタが敷き詰められて白いテーブルセットが置かれた中庭があるので、そこも開放して、海を見ながら食事を楽しめるようになっているのよ。

皇宮は雪景色だったでしょ？

ベリサリオは少しは寒いけど、ショールでもあれば外にいても平気な気温よ。

温度差すごいよ。

そこに引退した辺境伯ふたりと公爵がふたり。海の幸をずらりとテーブルに並べて、酒を飲みながら話し込んでるし、うちの両親と話しているミーアの隣にはパオロまでいるじゃん。自分の領地のお祝いどうしたのよ。普通は妻になるミーアがパオロの領地に先に行くだろう。

パオロだけじゃないわ。

当然と言えば当然だけど、侯爵以上の高位貴族が全員ベリサリオに集合しているよ。

なんだこの顔ぶれ。なにより、がっつり食べている人の多さに驚くわ。

立食パーティーというより、フードコート形式になっている。

その中で両親とクリスお兄様は、挨拶回りでずっと動き回っている。ご苦労様です。

私はほら、存在していることに意義があって、おとなしくしていることがお仕事だから、お友達とお話でもしながら美味しい料理にかぶりついていればいいわけさ。

私としては、お土産用のチョコを無事にお客様たちに配り終えたので、今日の役目は果たした気分なのよ。この日に間に合わせるために、みんなが頑張ってくれたからな。

小さな箱に入った、たった二個のチョコレート。ほとんどナッツだったり、ラム酒やミルクの味がメインになってしまったりしていても、この世界に初めてチョコレートというお菓子が広まる記念すべき第一歩だ。

「黒いのね。なにかしら」

「これ何?! 美味しい!」

その場でお土産を開けるのはあまり褒められた行いではないけど、フェアリー商会のマークが入った小さな袋と綺麗に梱包された箱を見て、我慢出来なかった子供がいたみたい。

その子の反応が周囲に広がり、そっと箱を開けてみた人が何人かいたみたいだ。

反応は上々。明日には噂になっているだろう。

但し、もうカカオはない。

売りに出すのは何か月か後になってしまう。

しょうがないとはわかっているけど、自分で栽培地に乗り込んで直接買い付けて、抱えて帰ってきたいわ。

やっぱりここはもう一度、カミルにカカオを早めに送ってくれとお願いしておかないと。

きょろきょろと周囲を見回しつつ、パーティー会場を移動する。

知り合いがいたら無視するわけにはいかないから、なかなか先に進めない。

『ディア、あいつはあっちにいる』

「さすがジン。ありがと」

『ふふん』

『みんなで探したのに』

『おまえだけずるい』

『うるさいぞおまえ達』

「わかったわかった。みんなありがとうね」

それでもあまり邪魔されずにひとりで行動出来るのは、小型化して顕現した精霊獣達のおかげだ。

イフリーだけでもでかいからね。

知り合いじゃないと怖くて近づけないのさ。

「カミル、このまま帰るんですって？」

外交官の人との話が終わるのを待って話しかけると、振り返った彼は私を見て驚いた顔になった。

「なんだその服は？」

「色違いのサンタコス？」

「サンタ……なんだって？」

「このモフモフの受けがいいもんだから、ドレスにつけてみたの。いいでしょう」

別にクリスマスに思い入れがあるわけじゃないんだよ？

平日だから仕事してたし、ちょっといつもよりお高い総菜をデパ地下で買ったくらいの記憶しかない。その時期って冬コミ前でバタバタしてるしね。

ただ、前世でお手頃値段量販店の服ばかり着ていた私には、ファッションセンスは全くなくてさ、余っている魔獣の毛皮をご利用しようと思っても、どんなデザインにすれば可愛いのかわからないのよ。

裾にモフモフつけて、胸元と髪にポンポンつけることしか思いつかなかったのさ。

「このポンポンも可愛いでしょ？　フェアリー商会で扱うから宣伝のために作ったのよ」

「きみの場合何を着ても可愛いんだから、参考にならないだろう」

「……え？」

こいつ、今何かしれっと言わなかった？

そんな真顔で、ごく当たり前のことのように言われると、反応に困る。

「目立つなと言っただろう。各国が注目しているのに、このタイミングで新しいことを始めるのを、兄貴達は何と言っているんだ？」

「……止めても無駄だろうって」

そして、また叱られている私。

昨日からずっと、叱られっぱなしなんですけど。

「カミル、いつの間にそんなにディアと親しくなったんだい？」

あ、クリスお兄様。もう挨拶回り終わったのかな。

「クリス！　きさま、ディアに甘すぎるだろ。なんで目立つことをさせるんだ」

「ディアが目立たないって、どういう状況？　いるだけで可愛さで目立つんだよ？」

「このシスコン、いっそ感心するな」

「否定出来ないだろう」

「自分の婚約者候補はどうした。彼女達だってディアに負けないくらいの美人だろう」

「とてもよく僕のことを理解してくれているんだ」

「甘いな。そうしてのんびりしていると振られるんだ。皇太子妃になれなくてもクリスとも結婚したくないって、他の男を連れてくるかもしれないぞ」

「そんなことは……」

「逆の立場で考えてみろよ」

クリスお兄様を、きさま呼ばわりしたうえにシスコンと言い切ったやつを初めて見た。

ダグラスも幼馴染だけあって、割とはっきりとお兄様達に意見を言うけど、こんなふうに文句言っているのは見たことがないぞ。

しかも婚約者候補に対する態度についても叱ってくれている。

「いいぞ！　カミル！　もっと言ってやって！」

「え？　ディアはこいつの味方なの？」

「私はモニカとスザンナの味方です」

「ひどいよ、僕の味方に……」

クリスお兄様とカミルの視線が、私の背後に向けられていたので振り返ったら、エルダとブリジット様が身を寄せ合って立っていた。

「ブリジット様？　まあ、ご自身も成人になられたのに、ベリサリオに来てくださったんですか?!」

「うちは今夜、夜会をいたしますの。この時間は平気ですのよ」

きゃぴきゃぴしていた頃の印象が強くて、クリスお兄様は今でも彼女が苦手だと言っていたけれど、赤い髪を結いあげて、サルビアブルーのドレスを着た姿はとても可憐な御令嬢に見える。

「ディア、昨日話していた精霊の本の制作に、ブリジット様も力を貸してくださるそうなの」

「精霊の育て方教本？」

「そうそう。実はブリジット様も本が大好きで、学園でいつも本を貸し借りしていたの」

「私……しばらく、部屋に籠っていることが多かったので……あの」

あああ、私に突撃したせいで謹慎食らっていましたものね。

エルダと交流があったとは知らなかったわ。

「では、あとで私のお部屋で少しお話しませんか？」

「よろしいの？」

「もちろんです。でもその前にご両親に大丈夫か確認してくださいね。ご挨拶しないといけない方もいるかもしれませんし。私はこのあたりにいますので」

「わかりましたわ」

「うちは平気だけど、イレーネにも声をかけてくるわ」

いや待て、エルダ。

彼女は婚約発表したばかりで、挨拶しなけりゃいけない相手がいっぱいいるだろう。

「妖精姫のお気に入りで、本の制作を手伝っているって話が広まるほうがいいに決まっているじゃない」

「そうなの?!」

思わず、背後に呆れた顔で並んでいたクリスお兄様とカミルに聞いてしまった。

つか、その呆れた顔は何さ。私が御令嬢モードで話すたびに引くのはやめてよ。

「そうじゃないかな？　本の制作は瑠璃様の希望でもあるしね」

カミルは無言で首を傾げ、クリスお兄様は苦笑いしながら答えてくれた。

よく考えてみると彼女達やイレーネより、主役のクリスお兄様と隣国からの賓客のカミルが、そこでボケーっと並んで立っていることのほうが問題だわ。

「わかったから、ふたりとも挨拶回りに戻って。ああ、カミルはカカオよろしくね。次に会うのは五月だろうけど、出来れば早めに納品予定を……」

「三月に来るよ」

「え？」

「おい」

「西島の復興のために南方諸国や東の大陸から、いろんな作物や商品を集めた中に、いくつかきみの気に入りそうなものがあるんだ。それを持ってこようと思って」

「素敵！　特に作物！」

思わず前のめりになってしまったわ。

ファッションには疎くても、食べ物にはうるさいわよ。

「ディア、少し離れて」

「でもお兄様、新しい作物ですわよ。何種類でもどんと来いですわ」

「一種類しか持ってこないよ。どうせ気に入ったら、またまとめて輸入したいって言うんだろう?」

「当然です!」

「だから話しながら、ずんずん前に出るのをやめなさい」

クリスお兄様に腕を掴まれて、えーーって振り返ったところで、心配そうにこっちを見ているパティに気づいた。

いつもの癖で、小さく手を振って挨拶したら笑顔になって、でも手を振り返すより先に近づいてきた。

「ディアったら、何をしてるの? カミル様に迫っているように見えるわよ」

「新しい作物をたくさん持ってきてほしいの」

「うん。そういう話だとは思ってた。でも迫っちゃダメ。よくディアのことを知らない人達からしたら、帰るカミル様を引き留めているように見えるわよ」

まじか。

それはまずい。

「三月にまた会えるさ」

カミル! どさくさに紛れて、誤解を生むようなことを言わないで。

「引き留めてないから！」

「新しい作物持って」

「……カカオも」

くそう、笑うな。

どうせ私は色気より食い気よ。

影響力が強すぎる

ブリジット様とエルザと、そして本当にエルトンより私を優先させてしまったイレーネを、大きなテーブルのある居室に案内した。ここを作業スペースにする予定だ。

相も変わらず、私と周囲とでは物事の受け止め方が違うらしい。

精霊王から依頼のあった教本作成は最重要事項で、その教本作成に参加出来るというのは、大変栄誉なことだと思われているみたい。

私は、お友達と絵本を作るぜ!!　ひゃっはー！　くらいにしか考えてなかったわ。

「というわけで、瑠璃の要望でもあるから皇太子殿下や高位貴族の方々も協力してくださるそうなの」

私の説明を、三人ともえらく真剣な表情で聞いていた。

具体的な名前が出たせいで、余計に重要な仕事だと思ってしまったかな。

私はいろいろとマヒしてるなあ。そうだよね。皇太子殿下と精霊王がこんなに身近な人はそうはいないよね。

「それで……何をすればよろしいのかしら」

しばらく沈黙が続いたあと、反応を返してくれたのはブリジット様だ。

「絵本と教本と二種類の本を作ろうと思っているんです。文字の読めない平民の子が、字を覚えるきっかけになるかもしれないし、絵本なら大人達が子供に読んで聞かせることも出来るでしょう？」

教本のほうは文字の読める平民や貴族用ね。

学ぶことに慣れている貴族の子供達なら文字が多くても大丈夫だから、子供から大人まで幅広く使えるように、こっちはより詳しく精霊の育て方をまとめた本にしたい。

「私は絵本を担当する予定です。こんな感じで絵を描こうと思っていますの」

みんなに見せたのは、子供が掌に魔力を集めて精霊に差し出している様子を描いた絵だ。

昨日の今日なので、ラフ絵にささっと色を塗っただけなんだけど、絵本にするにはこんな感じの線と塗り方がいいのかもしれない。

「まあ可愛い！」

「ディアが絵を描くなんて知らなかったわ」

「ディアドラ様は何でも出来ますのね」

社交辞令ありだとしても、悪い反応ではないだろう。三人の顔が少し和やかになったもの。

こういう絵なら、この世界でも受け入れられるのね。

「皆さんには教本をまとめる作業をしていただきたいの。どのような内容にするかはクリスお兄様がまとめてくれるそうなのですけど、お兄様の性格を考えると、論文か報告書のようにまとめてくると思うので、それをわかりやすく読みやすくしてほしいんです」

「確かにクリス様は、難解な文章を書きそうですわね」

「私、理解出来ないかもしれない」

お兄様と同じ教室で学んでいるブリジット様が私の言葉に頷き、エルダが情けないことを言い出した。

「理解不能な文章をクリス様がディアに渡すわけがないでしょう？　むしろ必要なことを箇条書きにした愛想のない文章を渡される気がしますわ」

「ありそう」

「ですわね」

そしてイレーネがなにげに鋭いことを言い出して、他のふたりが納得している。

クリスお兄様のイメージのぶれなさは見事だと感心してしまうわ。

「教本のほうにも挿絵があったほうがわかりやすい箇所もあると思うので、その時はどんな絵が必要か言っていただければ私が描きますわ」

「それではディアの負担が大きいのでは？」

「教本のほうはまだ当分作業出来ないので、先に絵本を作りますから大丈夫です。学園の後期が始まったら、寮で予定の確認をしたり分担を決めたりしましょうか」

大きなテーブルの端に四人で固まって座り、お茶を飲みながらまったりと話をしているうちに最初の緊張はなくなって、ようやくいつもの笑顔も見られるようになってきた。

何をすればいいのかはっきりすると安心するよね。

「部屋に籠っている時に本はたくさん読みましたけど、まさか本を作る側になるとは思っていませんでしたわ。しかも精霊王様に依頼された教本を作るなんて」

頬に手を当ててほっと息を吐くブリジット様は、どこから見ても夢見る乙女という感じだから、恋愛小説をたくさん読んでいると思うんだよね。

でも読み専の人のほうが圧倒的に多いのは当たり前。

この世界にはネットなんかないんだから、自分が書いた小説を誰かに読んでもらうなんて機会はまずありえないんだもん。

「私は……実は小説をいくつか書いたことがあるんですよ」

「え？」

いた。

こんな近くに同志がいた。

「エルダ、本当に？」

「イレーネにはちらっと読んでもらったことがあるのよねー」

ちょっと！

なんで幼馴染の私には見せないで、イレーネには読ませたのよ。

「イレーネもね、実は……」

「エルダ！　内緒だって約束したじゃない」

うはっ、もうひとりいた。

そういえば、リーガン伯爵領は人間より牛のほうが多くて、本を読むか刺繍をするくらいしかやることがないと言っていたっけ。

まあ、たいていの御令嬢はそんなものよ。

商会の仕事をしたり、走り込みをしたり、精霊王に会いに行ったりはしないわよ。

「私も書きたいなと思ったことがあって」

「ディアも?!」

「でも、話の流れだけ書き出して挫折したの」

「ディアでも挫折することあるのね」

エルダは私を完璧超人とでも思っているの？

漫画を描けても小説は書けないわよ。

「ねえエルダ、私にも読ませて」

「その書き出した話の流れっていうのを見せてくれるのなら」

「それでいいの？　あとで持ってくるわ。……ねえ、いろんな方の本が読みたいと思わない？」

「読んでいるわよ」

「そうじゃなくて」

世間に出回っている小説って、純文学に近い内容だったり、騎士が活躍する話がメインでその中にちらっと恋愛が出てくるものだったり、あるいはどろっどろの昼メロのような小説が多いのよ。

そういうのが読みたい時もあるのよ？

でもいつも全力で盛り上げるぞーーー!!　ってやられると、むしろ引くじゃない。

それにそういう小説って、十代向けじゃないのよね。

私が欲しいのはそういうのではないの。

日常の中で普通に出会って、ちょっとキュンとするような場面があって、読み終わった時にほっと幸せな気持ちになれるとか、たまには悲恋物もいいけど、学園で出会って片思いして、でももう相手には婚約者が決まっていたなんて話がいいわけよ。

「同じように小説を書いている信用のおける御令嬢はいるかしら」

「信用のおける？」

「だって、高位貴族の御令嬢が小説を書くって、よく思わない方も多いのではなくて？」

この世界にも女流作家はいる。でもたいていは下位貴族の御令嬢で、圧倒的に独身の人が多い。

御令嬢が専門職に就いたり、作家になったり、画家や音楽家になった場合、パトロンになろうとする人はいても結婚しようとする人はとても少ないの。

「恋愛小説を書いているなんて知られたら、そういう経験があるんじゃないかとか、そういうことをしたいんじゃないかとか、くだらないことを言ってくる殿方がいるでしょう？」

「したいわよ！」

「エルダ、落ち着いて」

最近、エルダのことがわからなくなってきたわ。子供の頃はおとなしい儚げな女の子だったのに。

イレーネはエルトンとの婚約が決まって、いい意味で大人びた気がする。

「たしかにそうね。あまり知られたくはないわ」

「大丈夫よ、イレーネ。私達の会話は四人にしか聞こえないようにしてあるから」

テーブルの向こう側では、執事のジェマとメイドのシンシアが、ブリジット様のメイドとお話している。

イレーネもエルダも誰も連れて来なかったので、彼女達三人しかいないの。

エルダはいいとして、イレーネはそれでいいのか！

「気にしすぎかもしれないけど、エルトンに迷惑はかけられないから」

「もちろんよ。私だって、妖精姫が絵を描いたり、小説を書こうとしたことがあるなんて知られたくはないもの。絵本の絵を描いたのが私だっていうのは、うちの家族とあなた達だけの秘密にしていただきたいわ」

「私も誰にも言いませんわ。小説も読ませていただきたいから、私も書こうかしら」

「共犯ですわね」

「はい」

四人で顔を見合わせて頷きあう。

ひとまずこれで仲間が三人に増えたわ。

「実は私の知り合いにも、絵を描ける子がいて……」

せっかくの機会ですもの。

この世界で漫画風のイラストが受け入れられるか確認したい。

「こういう絵を描くんですけど、どう思います？」

テーブルの上に置いたのは、少し前に描いた皇太子とクリスお兄様のイラストだ。

少女漫画よりは実物に近くして肖像画風にした。でも髪の表現や服の描き方は、前世で描いていた漫画のままよ。

「まあ、殿下とクリス様ですわね！」

「素敵！」

「これ、売っていませんの？」

おおう……反応が良すぎて驚いた。

そうか、この世界にブロマイドはないもんな。

皇太子やクリスお兄様の絵姿は、それだけで大人気になるのか。

これで商売出来るな。しないけど。

「一枚しかないので売りませんよ。作者に許可を得ないと転写の魔法も駄目です」

「誰？　私の知っている人よね？　ディアの行動範囲は城内か学園か……」

「エルダ、誰が描いたか教えないと約束したから描いてもらえたの。だから作者を特定しようとしないで」

ばれないように、絵本とこっちの絵では作風を大きく変えたのよ。

ジャンルを変えてサークル名も変えたのに、作風でばれるようなものよ。

「たのめば小説の挿絵を描いてくれるそうなの。せっかく書いた小説だもの。本の形にして挿絵を入れて、そして信用出来る少数で交換し合うのはどう？」

「私のお友達にも絵の上手い方がいるわ。話したら描いてくれるんじゃないかしら」

「最初からみんなの名前は出さないで、まずは話だけしてみてね」

「ええ、その辺は気を付けるわ」

イレーネと私が会話している間、エルダとブリジット様は先程の絵をまだ眺めていた。

そんなに気に入ったの？

「やっぱり皇太子殿下とクリスが並んでいるのって素敵ね。見ているだけで胸が高鳴るというか」

「まあ、エルダ様も？　実は私もなんです」

おーーい、そこのふたり。そっちの沼はまずいから戻ってこーい！

なんでそっちに行った！　この世界に、貴腐人が生まれるきっかけを私が作るのは嫌だ。

「でも昨日、カミルとクリスが並んでいるのも素敵だったわ。クリスは白い服だったでしょ？　カミルの黒と対照的で……」

「駄目よ。クリス様は殿下の隣がいいのよ」

「おふたりはなんの話をなさっているのかしら？」

「え？」

「あ？」

その絵は没収。危ないから門外不出にするわ。

「おふたりとも、小説を書くにあたって絶対に実在する人物を登場させないでくださいね」

「ディアの敬語が怖い」

「エルダ、特にあなたはよく聞いて。皇太子や皇帝という登場人物も禁止。王太子や王子、国王にしてよ。どんなに注意していても、間違えて本を落としてしまったり、誰かに黙って見られてしまう危険はあるでしょう？　その時に実在の人物の名前が書かれていたらどうなると思う？」

「殿下に報告されたりしたら……不敬罪になるかも」

イレーネ。それはこわい。怖すぎる。そこまでは考えていなかった。

「えええ?!」

「そこまではどうかと思うけど、本の内容によっては実際にあった話だと勘違いする人もいるでしょう。恋愛話だったら、暴露本かと誤解されたり、作者が恋愛の相手かもと思われてしまうかもしれないわ」

「私、やっぱり小説を書くのはやめますわ」

「ブリジット様？」

「そんなことになったら、今度こそ家を追い出されてしまいますもの」

いったいどんな話を書こうと思っていたのよ。

ＢＬか？　ボーイズラブなのか？

「落ち着いて。誰が書いたかわからないようにすれば大丈夫ですわ。それにしばらくは教本をまとめる仕事があるんですもの。本を書く余裕はないと思いますわよ」

「そうね。でももう本当に家族に迷惑はかけたくないんです。私のせいで兄や姉の縁談が壊れるところだったんですもの。お母様とベリサリオ辺境伯夫妻の……その、学生時代のこともありましたでしょ？　姉は嫁ぎ先がグッドフォロー公爵家でしたから影響はないだろうと言われていましたけど、兄の婚姻が白紙に戻るのではないかって心配で」

うっわー、まじか。そんなことになっていたのか。

確かにやばいことをやったかもしれないけど、子供のやったことじゃない。婚姻を取りやめるなんて話が出るほどの大事になるなんて思ってもいなかったわ。

「ベリサリオ辺境伯とコルケット辺境伯を怒らせたのよ。チャンドラー侯爵家には近付きたくないと思う人がいてもおかしくはないわよ。あの頃は私もまだディアとそれほど親しくなくて、どんな方かわからなくて、少し怖かったもの」

ああ……UMAだと思われていた頃だっけ。

イレーネと話をしたのはもっと後だったから、いろんな噂が流れてきて警戒していたのか。

「あの……」

遠慮がちな小声でエルダが口を開いた。

「ブリジット様は……その、婚約は……」

「決まっていませんわ。私は問題を起こした当人ですもの」

な、なんですと？

侯爵家の御令嬢なのに、成人したのに婚約者なし？

もうお母様とチャンドラー侯爵夫人が和解したことは知れ渡っているのに⁈

私か。妖精姫の怒りを買う危険があると思われたのか！

「ディアドラ様、そんな困った顔をしないでくださいな。私の場合、自業自得なんですから。それに昨日、ディアドラ様と御挨拶出来たので、あの後ダンスの申し出をたくさんいただきましたのよ。婚約について聞いてくる方もいたそうですの」

「じゃあ、たくさんの縁談が舞い込んできますわよ」

四年前、ブリジット様は皇太子と親しくなるきっかけが欲しかったのよね。でももう殿下の婚約者候補は決定して、彼女は選ばれなかった。

あの一件がなければ、彼女も候補にはいっていたのかしら。

……の割には、気にしている素振りはないのよね。皇太子とクリスお兄様のカップリングに萌えているみたいだし。

女心はわからん。

「あの後、実は学園が始まってすぐに、クリス様と殿下にお声をかけていただきましたの。クリス様は呆れた雰囲気でしたけど、笑いながら『何をしてるの。しょうがないなあ』って。おかげで、噂ほどにベリサリオは怒っていないみたいだと同級生は思ってくれて、学園で居心地の悪い思いをすることはなかったんです」

さすがですわ、クリスお兄様。

冷たく見られがちだけど、実は優しくて思いやりのある人なのよ。

「殿下には、よく妖精姫に突撃する勇気があったなって感心されてしまって」

「え？」

「黙って立っているだけでも、不思議なすごみがあるだろうって。怖いもの知らずすぎると叱られましたわ」

せっかくのいいお話が、台無しだぜ。

あの頃の私はまだ六歳よ。すごみって何さ。

私がＵＭＡ扱いされた原因の中に、皇太子の言動が含まれているんじゃないの？

ハイリスクハイリターン

「声なんてかけたかなあ」

家族で顔を揃えた時にブリジット様に聞いた話をしたところ、クリスお兄様は興味なさそうな様子で天井を見上げながら呟いた。

窓から庭を見下ろせば、忙しげに片づけをしている人達の様子が見られる。まだパーティーは終わったばかりだ。

「あの時は幕引きの仕方を探っていたからね。あまりチャンドラー侯爵家の立場が悪くなるのは避けたくて、声をかけたんじゃないのかい？」

ゆったりとソファーに腰を下ろしたお父様には、少しだけ疲れが見える。隣にいるお母様も同じだ。昨日からずっと、社交の場に顔を出しているからだろう。今日もこれから、両親とクリスお兄様は夜会に出かけなくちゃいけない。

「ああ、そうだったかも。あまりベリサリオ対チャンドラーのイメージを持たれたくなかったんだ。たいした問題じゃないと思わせたほうが、ディアのイメージに傷がつかないだろ？」

は？　私のため？

政治的駆け引きのため？

すべて計算通りってこと⁇

ブリジット様の話に感動して、クリスお兄様は優しい人なんだと感動した私って……。

でも待って。クリスお兄様ツンデレ説はない？

ないか。そうか。妹を騒動に巻き込んだ相手に、優しさや思いやりで声をかける人じゃないか。

「彼女はもう大丈夫だよ。婚約だってすぐに決まるよ。そんなことよりディアは自分の心配をしないと駄目だ」

両親と向かい合う席に、私を中心に右にクリスお兄様が、左にアランお兄様が腰を下ろしている。

アランお兄様は体ごと私のほうを向いて、私の手を握って軽く上下に揺らした。

「そんなことって……」

「きみは人の心配をしている場合じゃないんだよ」

うっ……カミルにも言われたばかりだ。

「他国の精霊王が集結したせいで、ディアの立場はさらに重要になっちゃったんだ。早めに婚約者を決めてしまわないと、国際問題になる可能性も……」

「まだ早いよ。いくらなんでも、ディアはまだ十歳なんだよ」

「もうすぐ十一だよ、兄上。今年はルフタネンに行ったり、チョコを本格的に売り出したりと予定が詰まっているでしょ。あっという間に十二になってしまう」

「十二になったって、まだ三年あるだろう」

「父上の言うとおりだ。アランは自分が成人して家を出る前に、ディアの婚約を決めようとしているだけだろう」

家を出る？

「僕は次男だからね、成人して近衛騎士団に入団したら、皇都に住むことになるだろう？　いつまでもベリサリオのタウンハウスにはいられないから、自分の屋敷を持つことになるんだ」

「十五で?!」

「しばらくはタウンハウスに住めばいいだろう？　皇都で生活してみないと、どこにどんな家が欲しいかわからないだろうし、独身の間は寮もあるはずだ」

お父様はそう言うけれど、騎士団に入って皇太子の護衛になったら、ベリサリオにはなかなか帰って来られなくなるんじゃないの？　そうしたら会える機会はずっと少なくなってしまう。

アランお兄様が成人するまで、あと三年？　そんなすぐに?!

「会いに行きます。アランお兄様がパティと婚約するなら、お茶会を皇都で開けばいいじゃないですか。お友達が何人も、今年から皇都に引っ越すんですもの。私も今までより皇都に行く回数を増やします」

「パティとのことは、まだ何も決まってないからね。相手は公爵令嬢なんだ。ひとまず、騎士団に行って反応を見ないと」

「わかっています。アランお兄様は近衛騎士団にいないと困る人材だと思わせるのでしょう」

例の毒殺事件の時に、アランお兄様はパティが毒の入ったお茶を飲むのを止めて、デリック様の治療もいち早くしたそうなの。それを聞いたグッドフォロー公爵は、アランお兄様をその頃から注目していたんですって。

その時にエルドレッド第二皇子を守った功績があるから、男爵になるのは間違いないのよ。

更に、精霊と協力した戦い方を騎士団で披露すれば、囲い込みたくて子爵にだってなれるかもしれない。

だって貴族が足りなくて、伯爵家の次男や三男でも男爵になっている人がいるのよ。

妖精姫の兄で琥珀のお気に入りのアランお兄様は、帝国にとっては重要人物なんだもん。もっと待遇がよくなってもおかしくないよ。

「いずれは伯爵にまでなってもらいたいと思っているからね」

「え？　伯爵？」

お父様がさらっと言い切ったけど、それはさすがに欲張りすぎじゃない？

でもお母様もクリスお兄様も、当然だという顔をしているのね。

「もしかして、アランお兄様が成人したらクリスお兄様がベリサリオに引っ込むというのは」

「さすがディア。ちゃんとわかっているね。父上も僕も領地に引っ込んでしまったら、中央はどうしてもアランを手放すわけにいかなくなるだろう？」

帝国のために山ほど功績を積み上げているのに金も権力も欲しがらないベリサリオは、中央の貴族にとっては理解出来ない存在だ。

辺境伯達は立場が同じだからわかっているし、日頃のお付き合いのある公爵達も今はベリサリオが敵に回るとは思っていない。

でも将来は？

精霊王を後ろ盾にした妖精姫のいる最高位の貴族よ。絶対に敵に回してはいけない相手だ。

せめて中央にいるアランお兄様だけでも取り込まなくてはやばいと、爵位くらいはぽんと差し出すだろう。

アランお兄様は領地はいらないって突っぱねるだろうし、商会の利益でお金も必要ない。

皇族が差し出せるものは爵位しかないんだよね。

そして爵位をもらって、近衛騎士団で要職に就いたアランお兄様は、中央で集めた情報をベリサリオに送ってくるつもりだ。

こわいこわい。

うちの家族がこわい。

どこまで計算して駆け引きをしているんだろう。

これが貴族か。

凡人の私には、腹の底でそんな計算をしながら生きるなんて無理無理無理。

「だからディアもエルトンに話す内容は気を付けてね」

「え？」

「彼は殿下の側近だよ？　爵位をもらって独立したら、ベリサリオからは離れると思ったほうがいい」

アランお兄様が、ベリサリオの最後の良心だと思っていた時期が私にもありました。

クリスお兄様が絶大な信頼を寄せている弟が、真面目で優しいだけの男の子のはずがなかった。

「イレーネがディアの味方だから、ベリサリオともめるようなことはしないだろう。やつがうちともめたら、実家も巻き込むことになる」

「でもそう仕向けたいやつらは必ずいるよ」

「確かに。ベリサリオの最近の躍進ぶりを妬む者は多いだろうね」

「だからその前にディアに婚約者が決まっていると安心出来るんだ」

話が戻ってまいりました。

いつものことだけど、うちの兄達の会話がさ、十五と十二の会話だっていうのがさ、おかしいよ！

私が同級生を恋愛対象として見られなくなる理由の大きな一因が、これだと思うのよ。

「でも……まだ早いよ」

「兄上、わかっているよね。ディアの結婚相手になる男は、今の帝国ではそう簡単には決められないって。のんびりしていて十五になった時に候補さえいなかったら、恥ずかしい思いをするのはディアなんだよ」

ぐさっ！

ブリジット様の心配をしたばかりだから、身につまされる感じがするわ。

「そんなのなんとでも」

「ならないよ。十五になっても妖精姫に相手がいないとなったら、諸外国から縁談の話が山ほど来るだろう。その断り方ひとつだって気を付けないと、ディアは男を選り好みしている我儘姫だなんて噂になり兼ねない。ディアの存在を邪魔だと思っている貴族だってたくさんいるはずなんだ。ただでさえ、怖がられているんだから」

ぐさっ！　ぐさぐさっ!!

アランお兄様、お父様やクリスお兄様を説得したいのはわかりますが、もう少しこうマイルドな言い回しにしてもらえないでしょうか。

私、怖がられているの？　選り好みするも何も、誰からも指名されていないんですけど。

あ、自分で自分にダメージ入れてしまった。

「兄上が結婚して子供が出来たら、ディアは城に居辛くなるだろう。そしたらディアはどうする？」

「……瑠璃のとこへ」

「だ、駄目だ。せめていつでも会いに行けるところに嫁いでくれ」

突然お父様がテーブルに手を突いて腰を浮かせて、話に割り込んできた。

「あなた」

「近場がいい。そうだクリス、カーライル侯爵家はどうだ？」

「そうですね。隣だから行き来しやすいですし、ダグラスなら僕達とも気心が知れている」

「やめてください！」

なんでそんな話になっているの？

いくら相手がいないからって、権力を使って押し付けるなんて駄目よ。

クリスお兄様もお父様も、ただ私を傍に置いておきたいってだけでしょ？　自分のことしか考えていないじゃない。

私の気持ちは？

ダグラスの気持ちは？

「ダグラスに私を押し付けるなんて駄目です。そんなことで幸せになれるわけないじゃないですか。私はお父様やお兄様の人形ですか？」

「そ、そんなことは思っていないよ。ディアの幸せが一番だよ」

「ごめん、ディア。つい勢いで言ってしまっただけなんだ」

「あなたたちふたりは、少しディア離れしなさい！」

腕を組んで立ってふんと横を向いた私と、さすがに怒ってしまったお母様に、お父様とクリスお兄様は平謝り。

「でも、やつは嫌がらないと……」

「なんか言いまして？　クリスお兄様」

「いや、何も言ってないよ」

「なによりも優先させるのはディアの気持ちよ。ディアが好きな人と幸せになるのを応援するのが父親と兄の仕事でしょう。ディア、このふたりが馬鹿なことをしようとしたら、ふたりで旅に出ましょう。遠くの島国や、大陸の東にはいろんな国があるのよ」

「素敵ですわお母様。一度行けば、次からは転移魔法で移動出来るんですもの。是非いろんな場所に行ってみたいわ」

そうよ。結婚なんてしたい時にすればいいのよ。

私はまず、誰かに恋をしたいの。

今までは他人事のように思っていたけど、もっと真剣に男の子達と向き合うわよ。

そしたら、いいなと思う子だっているかもしれない。

「やめてくれ。きみとディアが一度にいなくなってしまったら、私はどうしたらいいんだ」

「だったら、あまりディアを困らせないで。オーガスト、よく考えて。ディアが旅に出てしまって無事かどうかもわからなくなってしまう未来と、孫を連れて家族で遊びに来てくれる未来。どっちがいいの？」

「孫!!」

なんだ、そのパワーワード。

孫が出来るのなんて、最速でも八年は先だぞ。

だいたい私はまだ十歳なのに、もう孫の話？

「十年もしたら領地はクリスに譲って、私達のほうから孫に会いに行くことだって出来るでしょう。ディアの子供よ。男の子でも女の子でもきっと可愛いわ」

「素晴らしい。確かにその通りだ。ディアには幸せな結婚をしてもらわないと」

お父様、ちょろすぎ問題。

領主としては優秀なのよ。

皇宮の切れ者と言われるパウエル公爵にだって、一目置かれているの。

でも、家族のことになると……。

「父上がこんなにあっさりと裏切るとは。アランだって、パティと婚約出来そうだと思った途端、ディアの結婚相手を決めようとするし」

「兄上。ディアとパティが会う時に、ふたりして小さく手を振りあっているのを見たことあるよね？」

「あるよ」

「和むよね」

「まあ……可愛いよね。確かに癒される」

「そのふたりが自分の妹と婚約者って、最高じゃない？　きっと、ふたりはずっと友達で、結婚しても遊びに来て、ああやって手を振りあったりするんだよ」

「モニカやスザンナだって友達だから。結婚しても遊びに来るよね！」

なんの話よ。

アランお兄様、考えることが親父臭くない？

クリスお兄様も、なんでそんなことで癒されるのよ。

「ディアがずっと幸せで笑顔でいられるようにするのは、残念ながら僕達じゃ駄目なんだよ。兄上だってわかっているくせに」

「でもまだ十歳……」

「クリス。よく考えてごらん」

すっかり孫というワードに陥落されたお父様まで、クリスお兄様の説得に回ったぞ。

当人の私は、ほったらかしだぞ。

「今から行動しても、そう簡単にディアの相手は決まらない。もう帝国だけの話じゃなくなっているからね。婚約者が出来たって、十八まではベリサリオにいるんだ」

「確かに……行き遅れはかわいそうですね」

なんで私、こんなにディスられているのかしら。

十歳にして、行き遅れの心配をされているってひどくない？

確かに、今のところそういう浮いた話はゼロですけどね！

「ディア、そういうことなら真面目に現状を話そうか」

クリスお兄様の真顔が怖い。

「我が国では、ベリサリオ以外の辺境伯と侯爵は同格の扱いになっているのは知っているね。でも、実情は違う。オルランディ侯爵はコルケット辺境伯の傘下に入り、ヨハネス侯爵は夫人の実家のノーランド辺境伯に頭が上がらない。なぜだと思う？」

「それは……発言力も財力も辺境伯のほうが上だからではないですか？」

「どうして上になったのかな？」

「負けて帝国に属したとはいえ民族の中心の立場の辺境伯は、自分達の民族を守らなくてはいけませんもの。今では精霊王との連絡役でもありますし」

「うん、そうだね。それに比べるとほとんどの侯爵家が望むのは現状維持なんだ。もうこれ以上爵位が上がるわけでもなく、領地だって充分に持っている。だから辺境伯にくっついて庇護してもらったほうが楽なんだよ」

それもまた、自分の領地の民を守る手段のひとつだよね。

「家の格からしたら、ディアの結婚相手に相応しいのは侯爵家以上だよね？」

「そう……でしょうか」

「もう公爵家には、相手の決まっていない年の釣り合う男は、デリックくらいしかいない」

「あの方は当分結婚しないでしょう。可愛い女の子はみんな好きなんですから」

二股したり、浮気はしないらしいよ。女の子を泣かせるようなことをするのは、主義に反するんだって。

でも恋人とは長続きしないし、すぐに次の恋人を作るんだよ。結婚相手としては嫌でしょう。

「辺境伯家はディアの代では縁組しない取り決めがある。そうなると侯爵家との縁談が望ましいんだけど」

「クリスお兄様のおっしゃりたいことがわかってきましたわ」

現状維持を望む侯爵家にとって、妖精姫は劇薬過ぎるんだ。

私と婚約すれば、相手だけでなくその一族が一気に時の人になってしまう。帝国どころか近隣諸国からも注目の的だ。皇族も重鎮達も、そっとしておいてはくれないだろう。

政治の中心に引っ張り出され、役職を与えられ、近隣の王族とも付き合わなくてはいけなくなる。

「そうなると侯爵以上との縁談は無理だということですわね」

「無理ではないさ。ただむずかしい」

お父様にも言われて、ずんと気持ちが沈んでいく。

気付いてはいたんだよね。

昨日までと今日と、周囲の私への態度が微妙に違うこと。

「私、怖がられていますよね。精霊王が集結したと聞いて、ますます妖精姫はやばいと思われたのでしょうか」

「どちらかというと、昨日の舞踏会のディアの態度が立派すぎたんではないかな。成人した御令嬢より大人っぽくしっかりして見えていたからね」

あ、やば。

十歳になったからもういいかなって思っていたのもあって、すっかり子供の振りをするのを忘れていた。

「あなたは緊張すると表情が乏しくなるのよ。人形のように整った顔の少女が、綺麗な笑顔を張り付けて、隙のない動作で大人と互角に会話したら……ちょっと怖いわよね」

お母様にまで言われるのだから、かなり目立っていたんだろう。

それで今日のパーティーに来ていた同級生達も、遠慮がちな様子になっていたのね。

「ディアってさ、歩く時に頭と肩が全く揺れないし、腰の位置も一定のまま、スーって移動するんだよね。武闘家みたいな雰囲気があるよ」

アランお兄様は感心した様子だけど、それって女の子としてはどうなの？

私は前世のモデルの歩き方をイメージして、ウォーキングしていたつもりだったのよ。

なんでホラーになっちゃうのよ。

「タイミングも悪かったね。いろいろと重なりすぎた。モールディング侯爵家は家族全員屋敷で謹慎中だが、近く降格になり、領地が大幅に削られるのは知っているかい？」

「パウエル公爵の派閥が解散したのは聞いておりますけど、その後のことは何も知りませんわ」

確か、他所でもやらかしていないか調べるって言っていたよね。

パウエル公爵とお父様で、徹底的に調べるようなことを言っていたはず。

「パウエル公爵がモールディング侯爵家を見限ったという噂はすぐに広まって、今まで泣き寝入りしていた者達がいっせいに被害を届け出たんだ。パウエル派の貴族からも金をむしり取っていたようだし、もう味方はいない。場合によっては爵位剥奪もあり得る騒ぎになっている」

そういう流れになっても自業自得よね。

お父様の説明を聞く限り、私とは関係ないと思うのだけど。

「謹慎になる前にバーニーが、学園で散々きみは怖い。あの子はおかしい。人間じゃないと騒いでたんだ」

「ああ……」

「首根っこ引っ捕まえて、それ以上ディアを貶めるなら家ごと潰すぞって脅したら静かになったんだけど、本当に潰れちゃいそうだね」

てへって顔をしないでください、クリスお兄様。

目立っていたのはお父様とクリスお兄様じゃないの？

そもそもモールディング侯爵家がやらかしていただけだし！

「そのあとすぐに年末年始の休みになって、妖精姫を怒らせるとやばいという噂が帰宅した学生の口から貴族全体に広まってしまったところに、昨日の舞踏会だ。モールディング侯爵家は謹慎で欠席。侯爵家が妖精姫を敵に回したせいで潰されると話題になっている」

「待って、アランお兄様。妖精姫がじゃないでしょ？　ベリサリオを敵に回したらですよね」

「それだと噂としてインパクトが薄いんじゃないかな？　年末年始は社交シーズン真っただ中で、みんな話題が欲しいんだよ。妖精姫の話題は、いろんな意味で便利なんだ」

精霊王の後ろ盾を持つ十歳の不気味な美少女は、子供らしさがまったくなくて、怒らせると侯爵家でも潰してしまうらしい。

真冬の怪談ですかね。

これがベリサリオがって主語に変わると、単なる政権争いのよくある話で盛り上がりに欠けるのか。

ネタ？　私は美味しいネタ？

「ヨハネス侯爵家のことに関しては、私の責任も大きいわね。皇宮の廊下で、私の目の前でノーランド辺境伯夫人を巻き込んで、話を有耶無耶にしようとしたから、ついカチンときてしまって」

「でも、きみが何か言ったわけではないんだろう？　ノーランド辺境伯夫人がヨハネス侯爵夫人に怒って、きみに謝らないなら縁を切ると言い出したんだ」

「それでも第三者から見たら、ノーランドはベリサリオを取って実の娘を切り捨てたという話になるのよ。昨日の舞踏会でもノーランド辺境伯家は誰一人としてヨハネス侯爵家に挨拶しなかったそうよ」

「もしかして皇太子殿下との茶会をドタキャンした話が広がっていたり？」

「あの手紙を読んだ人なら知って当然でしょう？　娘を婚約者候補にしたくないと書いてあったんですもの。不敬罪になってもおかしくないのよ」

それに関しては、私も同じだから。

カーラはむしろ皇太子が好きだっただけに気の毒すぎる。

「私もディアの友達に手紙を書くとなったら、どんな書き方をすればいいか正直わからないから、ナディアに頼むと思う。それか、夫人とナディアで話をして、どうすれば一番問題なく候補から外れられるかを考えればよかったんだ」

「そうね。あの文面はひどすぎたわ。ディアがまだ十歳だったからよかったけど、あと何年か年上だったら侯爵とディアはどんな関係なのかと疑問が出たわよ。僕達のためにきみは動いてくれるよねって、香水の香りを付けた便箋に書いてくる？」

ははは……。

ヨハネス侯爵とは挨拶しかしたことがないからどんな人だかよくわからないけど、若い女性に人気がありそうな男性ではあったよね。

大人同士の仲のいい友達だったら、何もなくてもそういう思わせぶりなやり取りを楽しんだりするのかな。

あの時はタイミングも悪かったのよね。

瑠璃と琥珀が顔を出さなければ、あの場でクリスお兄様が手紙を読んで返事をしたはず。でも精霊王達をほうっておくわけにはいかなくて、かといって侯爵からの手紙もそのままには出来なくて、クリスお兄様はお父様に渡して対応してもらおうと判断したんだ。

おかげで皇宮で一緒に仕事をしていた公爵や辺境伯達全員が、手紙の内容を知ってしまった。

「妖精姫を怒らせて、立て続けに二軒も侯爵家が追い込まれたところに、近隣諸国の精霊王集結騒動だ。ディアに関わるのはハイリスクハイリターンだと誰もが思ってしまったんだよ」

クリスお兄様の説明はよくわかった。

つまり私の結婚は、とんでもなく難しい状況になってしまったのね。

「国内で相手を見つけるのは無理なんでしょうか」

「そんなことはない。ディアが相手を気に入って、相手の領地に全面的に力を貸すとわかれば、喜んで縁組しようという貴族は多いはずだ」

「相手の男も本当にディアを好きになったら、自分の家族を説得して結婚しようとするかもしれないだろう？」

お兄様方は簡単に言うけれど、近隣諸国が縁談に難癖をつけてくるのは確実だ。

それに、

「精霊王が王族に関わる気がなさそうなシュタルク王国としては、私の存在は邪魔なんじゃないですか？　精霊王が何を話したか国民に知られたらまずいですよね」

「ペンデルスと手を組む危険はあるね」

つまり、私と結婚したら暗殺の危険もあるってこと？

「ディア、カミルとはどんな話をしたの？　ふたりでテラスに行ったでしょ？　今日も話をしていたじゃない」

「それは……」

「ディアの身が危険になったり、他国に嫁ぐ話になるなら、ルフタネンに来てもらいたいって話だよね」

「クリスお兄様！」

「まあ、素敵。カミルはディアと結婚する意志があるってことね」

「そんな話にはなりましたけど、ほとんど叱られていただけです」

「あなたを？　叱る？　あらあら」

あらあらってそんな嬉しそうに。目を輝かせて口元が緩んでますわよ、お母様。

「じゃあ安心じゃない。帝国に骨のある男がいなかった場合、カミルくんがもらってくれるんでしょう？」

「カミル?!　あいつ、いつの間に!!」

「あなたは黙ってて。ディア、素敵な人はこちらから行動しないと、他の女の子に取られちゃうのよ。自分の幸せは自分の手で捕まえないと」

それはそうだけど、カミルはそこまで本気で考えているのかな。叱られた印象が強くて、とても結婚の話をした雰囲気じゃなかったよ。

それに今まで、カミルをそういう対象として見ていな……駄目だ。反省したばかりなのに。

そういう対象として見て、どう感じるのか。ちゃんと考えないといけない。

「カーラのことは心配しないで。ノーランド辺境伯家では彼女のことをちゃんと考えているのよ」

「ヨハネス侯爵家が、正式に詫びと和解の申し出をすれば済む話だからね。娘が大事なら、侯爵もいつまでもこのままにはしないだろう」

「そうですね」

そうだといいな。

以前のように、笑顔でカーラに話しかけられるように早くなってほしい。

近衛騎士団公開演習

次の日からもほぼ毎日、私達家族はそれぞれに招待を受けた社交の場に顔を出した。

私はお母様と一緒に、何カ所かのお茶会に顔を出すだけで済んだけど、クリスお兄様と両親は夜会もあるから忙しそうだった。

そうして今日は六日。近衛騎士団の公開演習のある日だ。

皇都は久しぶりに晴れて、積もった雪が日の光を反射してキラキラと輝いている。

部屋の奥まで明るく温かい太陽の日差しが届いてぽかぽかと温かかったので、つい窓を少し開けて、外の寒さに慌てて閉めた。どんなに晴れていても、皇都とベリサリオの気温の差は大きかった。

「暖かい上着を着た方がいいよ。演練場は屋内だけど床は地面で、壁のない場所もある。広いから魔道具を使ってもかなり寒い」

「私の周りだけ暖かければいいんです。きっとイフリーが頑張ってくれます」

アランお兄様は演練に特別参加するので、動きやすい身軽な服装をしている。クリスお兄様と私は見学だけなので、しっかりと着込ませてもらおう。

たぶん冬の体育館みたいな寒さなんでしょ。足先から冷えていくんだよね。

「くれぐれもおとなしく。アランより目立たないでね」

「見学しているだけで、どう目立てと」

「ふたりともいるだけで目立つんだから、普通にしてくれていたらいいよ。歓声あげたり名前呼んだりしないでくれれば」

これって振りかな？

やれってことかな？

うちの城より更に広大な皇宮内は馬車で移動するので、私は窓から外をずっと見ていた。まだ片手で数えられる程しか皇宮に訪れたことがない私には、初めて見る景色ばかりだ。

要塞としての役目も果たす辺境伯領の城とは違って、皇宮は優美で華麗な装飾を施された建築物だ。

馬車が通る場所は雪かきがされていて、左右に腰高までの雪の壁が出来ている。

コルケット辺境伯領だと、一階部分は雪で埋まってしまう地域もあるらしいけど、皇都はそこまでは雪は降らない。

白く色づいた庭の木々と、表面が凍ってその下で水が流れている小川。冬でも咲く花に飾られた庭園もある。庭を見回してみたけど、雪だるまはひとつもなかった。

近衛騎士団の演練場は、思っていたとおり体育館風の建物だ。サッカーの試合くらいは出来る広さがある。

柱はないし、天井がかなり高いので耐震性は大丈夫だろうかとつい心配してしまうけど、生まれてから今まで、一度も地震に遭遇したことがないんだよね。

演練場と訓練場の違いは、部外者に見せる設備があるかどうかみたいだ。

演練場は、建物の東側に競技場の客席のように椅子が並んでいて、許可さえ取れば普段も見学自由だし、今日のように公式演習を定期的に開催している。

ベンチではなくて椅子よ。

ドレスを着ている御婦人方も大勢いるので、オペラでも観るのかよって感じの椅子が並んでいるの。

訓練場のほうは関係者以外立ち入り禁止。

より実践に近い訓練はそちらでやっているそうだ。

「ああ、素敵ですわ。ご覧になった？　今の剣捌き」

「皆さん鍛えていて逞しいわ」

「きゃあ、こちらを見たわよ」

観客席の最前列にパオロが席を用意してくれているので、そちらに向かってクリスお兄様と歩いている時、少し離れた位置に女性が固まっているのに気付いた。

十人以上いるかな？

椅子に座らずに観客席と訓練する場所を区切っている柵の前に並んで、かぶりつきで騎士団の訓練風景を見ている。

「……やっぱりディアも成人までに婚約者を決めないと駄目だな」

彼女達は成人しても嫁ぎ先の決まっていない御令嬢達なんだって。

確かに演練場に派手なドレス姿で来て、あんな大きな声で歓声を上げるのはどうかと思うけど、彼女達が必死になるのも仕方ないと思う。

地位や金がある家でもなく、コネがあったり顔が広かったりするわけでもない家の御令嬢は、自力でそれなりの相手を見つけないと、家のために父親より年上の権力のある男の妾にされたり、金のある商人の家に嫁がされたりすることもあるのよ。

「誤解しないでくれよ。なにも彼女達を馬鹿にしているんじゃない。騎士のほうも、任務と訓練に明け暮れて独身寮に寝泊まりしている生活では、女性と接点がなくて結婚相手を探せない。だから騎士達にとっても公開演習は大切な出会いの機会なんだ」

なんだ。迷惑じゃないのね。むしろ嬉しいんだ。

「だけど妖精姫があの中に混ざってちゃまずいだろう」

「ですよねー！」

最近、家族全員が私の相手探しに積極的になりつつあるのはありがたいけど、私が売れ残ると心配されているのが悲しいわ。

そもそも全属性の精霊獣を持っている男が少なすぎるんだよ。

精霊王が後ろ盾の妖精姫が、精霊を育てていない男と結婚するわけにはいかないでしょ。

「おや」

クリスお兄様が後方を見て笑顔になったので私も振り返ったら、パティが声をかけていいか迷っていたようで、ほっとした様子で近づいてきた。

「誘ってくださってありがとう。こんないい席だったのね」

「いい席なの？」

「あそこ、目の前でこちらを向いて演練が行われるんだよ」

うわ。真正面だ。

「それに隣は皇族用の特別席よ」

「へ？」

あー、なんでこんなところに壁があるのかと思ったら、この向こうが特別席なのね。

背伸びして覗いてみたら、私達がいる場所より階段三段分高くなっていて、背もたれの高い立派な椅子が二脚並んでいた。その周りに並んでいるのが側近用の椅子かな。

「ディアもあそこがよかった？」

「勘弁してください」

「ディア、ビディもあちらに来ているの。呼んでもいいかしら」

「ビディ？」

「ブリジットのことよ」

へえ、ブリジットを短縮するとビディになるのね。ブリたんかと思ってたわ。

「もちろんよ」

パティとブリジット様も、お姉様がパティのお兄様に嫁いだから接点が増えて、話してみたらすぐに仲良くなれたという私と似たパターンだったそうだ。

パティの侍女がブリジット様の元に行き、彼女の侍女に話しかける。その侍女がブリジット様に声をかけて、やっと会話が始まる。

話を聞いたブリジット様がこちらを見たので、パティと並んで笑顔で小さく手を振ったんだけど、彼女はまだ私にもパティにもちょっと遠慮があるみたいで、どう反応していいか迷ってしまっているみたいだ。

「ごきげんよう。私までこちらに来てよろしいのかしら」

ブリジット様は向こうで歓声を上げている御令嬢達とは違って、ふくらみの少ない紺色のドレスに水色のコートを羽織っていた。成人したので赤い髪を結いあげ、サファイアのイヤリングが耳元で揺れている。

パティも色は可愛いピンクだけど、飾りの少ない控えめなドレスにガーネット色のコートを着ている。ふたりとも領地が中央にあるだけあって、このくらいの寒さは慣れている感じだ。

私なんて、いつものモフモフのついたコートをきっちりと前を閉めて着込んで、帽子もしっかりと被っているのに。

重ね着コーデなんて、この寒い中で気にしてられないわ。コートの前を開けて着るおしゃれなんて、寒さの前ではどうでもいいわよ。

「席は多めに用意されているから、遠慮しないでいいよ」

クリスお兄様も笑顔だし、声も優しい。

おめでとう。ブリたんは私の友達として認知されたよ。

これでベリサリオにいつ来ても、みんなに歓迎されること間違いなしだ。

「そうですわ。ブリジット様もアランお兄様の勇姿を見てくださいな」

「ありがとうございます。ではそうさせていただきますわ。……あの、あちらに兄が来ているのですけど、御挨拶してもよろしいかしら。まだディアドラ様にお会いしたことがないそうなの」

「お兄様？」

「ああ、ディアはアルフレッド様に会ったことがなかったのか」

「先日の舞踏会も参加出来ませんでしたから、仕方ありませんわ。法務省は、今はかなり忙しいようで、皇宮にずっと泊まっているんですの」

あ！　そうか。転移魔法での入出国について、急いで法律をまとめなくちゃいけないって話してたわ。

うわ、ご苦労様です。その忙しさ、カミルのせいだ。

「お初にお目にかかります」

丁寧に挨拶してくれたブリジット様のお兄様は、今年学園を卒業する十八歳。正式に法務省に勤め始めたばかりなのに、忙しさで妹のデビュタントに参加出来なかったのね。

あれ、デリック様も法務省に行く予定じゃなかった？

パウエル公爵派の中心にいたチャンドラー侯爵家が、グッドフォロー公爵家にだいぶ寄って行ったことになるわね。

パウエル公爵ももう何年かで息子に爵位を譲るだろうから、それをカバーするためにチャンドラー侯爵家が地固めしているってとこかしら。

皇太子が即位するまで、中央はまだまだ勢力の変化が起こっているみたいだ。

「初めまして。お目にかかれて光栄ですわ」

「みなさんが、こちらで一緒に演練を見学しようと誘ってくださいましたのよ」

「そうか」

温和な表情で頷いていても、アルフレッド様の私を見る目は疑心暗鬼って言葉がぴったり。

妹がパシリにでもされると思っているのかしら。

「先日、ベリサリオにいらした時にお話しさせていただきましたの」

「ディアドラ様はとても話しやすくて、年下とは思えないくらい大人びていらっしゃるのよ。私、こんなに気が合うとは思ってもみませんでしたわ」

「そう言っていただけると嬉しいです。パティはブリジット様をビディと呼んでいるでしょう？私も呼んでもよろしいかしら。私のことはディアと呼んでくださいな。お友達はみんな、そう呼んでいるんです」

「よろしいんですか？　嬉しい！」

ブリたんが喜んでくれるのなら、私も嬉しいわ。

アルフレッド様に信用されるには時間が必要だろうけど、教本制作をしているうちにわかってくれるだろう。

「皇族の登場だぞ」

クリスお兄様の言葉に、その場にいた全員の視線が入り口に集まった。

派手で暖かそうなマントを羽織った皇族兄弟は、小型化した精霊獣と側近達と護衛の近衛騎士を数人引き連れて、周囲の注目を一身に浴びながらこちらに近づいてくる。

騒いでいた御令嬢達も身だしなみを整え、一行が通るのを見つめている。

他の人はみんな精霊型にしているから私もそうしていたんだけど、精霊獣を顕現させていてもよかったのかな。

それとも皇族だけいいのかな？

「ほう、ベリサリオが公開演習に顔を出すのは初めてではないか？　ああ、今日はアランが隊での精霊の活用法を教えるんだったか」

私達の前で皇太子殿下が足を止めた。

男性は胸元に手を当て、女性はカーテシーでお出迎えだ。

「クリス、おまえは向こうに一緒に来い」

「え？」

皇族用の席に来いって誘われるって光栄なことのはずなのに、クリスお兄様が露骨に嫌そうな声をあげたので、思わず顔をあげて注目してしまった。

「なんだその態度は」

「こっちで女の子達と観ているほうが楽しそうなんですが……」

えええ?!　クリスお兄様もそんなこと言うの?!

女の子なんてめんどくさいって雰囲気を漂わせていたのに。

妹だから気付かなかっただけなのかな。

思わずその場の全員が、皇太子一行と私達とを見比べた。

皇族兄弟の周りは見事に野郎ばかりだ。

側近も執事も全員男。護衛の近衛なんて長身でごついから圧迫感がすごい。

それが兄弟ふたり分だよ。むさいなんてもんじゃない。

それに比べると、こっちはクリスお兄様の側近とブラッド以外は全員女ばかりだ。

それぞれの家の制服を着たパティとブリたんの侍女がふたりずつ。ジェマも今日は侍女の制服を着ている。

アルフレッド様は側近も護衛も入り口近くに待たせているから、こちらは女性の数が圧倒的に多い。

皇族兄弟も彼らのお供もそれに気付いて苦笑い。

デリック様はこっちに来ようとしてギルとエルトンに、両側からがしっと腕を掴まれていた。

「いいから来い」

「う……わかりました」

皇太子に命じられたら従うしかない。

クリスお兄様も嫌そうだったけど、側近のライと執事のカヴィルも肩を落としている。

あれ？　そうなるとこの場に残る男性はブラッドだけじゃない？　それはそれで居心地悪いんじゃ……。

「アルフレッドは……」

「私はすぐに仕事に戻りますので」

「そうか。法務省は忙しいんだったな。デリックを連れて行っていいぞ」

「ええ?!」

「助かります」

デリック様、がんばれ。

婚約者候補を発表したばかりなのに、皇太子が女の子を侍らせて近衛騎士団の演練を見学していたなんて醜聞はまずいから、さすがにパティやブリたんにはお声はかからない。

妖精姫なら問題ないかもしれないけど、私が嫌がるのはわかっているので何も言わず、視線だけはちらっとこちらに向けてから特別席に移動していった。

まさかと思うけど、皇太子まで私が何かやらかすと思っていないわよね。

皇太子がベリサリオに顔を出した時に会う分には何も感じないけど、こういう場で、皇族らしい態度で、側近や護衛をぞろぞろ連れている皇太子に接するのは、けっこう疲れる。

彼らが壁の向こうに行って、ほっと体の力を抜いたのは私だけじゃない。

その場の空気が、少し緩んで、みんなで顔を見合わせてしまった。

アルフレッド様はすぐにデリック様を引き連れて仕事に戻り、パオロが皇族への挨拶を終えて演練場に姿を現すと、近衛騎士団の騎士達が、それぞれの訓練を中断して集合し、さっと整列していっせいに右手を胸に当て踵を打ち鳴らして直立した。

紺色に白と黒のラインの入った軍服姿は、体格のいい彼らをいつもの三割増しには格好よく見せている。その彼らが一糸乱れぬ姿で動くさまは壮観だ。

こういう場で国の最高権力者として挨拶しないといけないんだから、皇太子は大変だ。

私は気楽に見物していればいいだけなので、真面目な顔で話は聞きつつも、視線だけ動かしてアランお兄様を探した。

まだ部外者だから、お兄様は前列の一番端に少し離れてひとりで立っていた。

揃いの制服姿の男達の中に、ひとりだけ軽装の男の子がいるのだから目立ちまくっている。

皇太子もアランお兄様が参加するのは聞いていたらしい。

「今日はアランから、ベリサリオ式の精霊獣の軍での活用方法を学ぶんだったな」

名指しで言われて、全員の視線がアランお兄様に注がれる。

「アラン、こちらへ」

パオロに呼ばれ、集団の中央に駆け寄るアランお兄様を見る騎士達の視線は様々だ。

ベリサリオだからと特別扱いされていると不満に思う者もいるだろう。反対に、有力貴族の関係者が近衛騎士団にはいることを喜んでいる者もいるはずだ。

どちらにしても、まだ成人していない子供から学ばなければいけないというのは、あまり歓迎出来る状況ではないだろう。

「ベリサリオの軍は精霊獣の属性によって部隊を分けていると聞く。今日はそういう話を聞けるのかな？」

「いいえ、殿下。私は軍に所属したことがありませんから、そういう話はわかりません。本日は、個人での精霊と協力した戦いの仕方について、私が普段やっていることをお話する予定です」

「ほお」

「精霊獣育成は訓練をしながら出来るので、その方法も話す予定です」

まずは見てもらうのが早いだろうと、アランお兄様から皆が少しだけ距離を取り、後ろが見やすいようにと前列の人が腰を下ろした。

何が始まるのだろうと、観客席にいる人達も身を乗り出して見ている。

「私は全属性の精霊獣を持っていて、ぴちょ……水の精霊以外は剣精です」

「ピチョ？」

パオロ、そこは聞き流してあげようよ。

「妹が勝手に名前を付けたんですよ」

「ああ……」

目立つなって言ったくせに、私を話題に出さないでよ。

水の精霊がぴちょんで土の精霊がガンちゃん。風の精霊がビューちゃんで火の精霊がボウボウ。ふざけて呼んでいたら、覚えちゃったのよ。反省はしているわ。

でも私は知っている。

実はアランお兄様だって、私がつけた名前で精霊達を呼んでいたことを。

パオロがちらっとこっちを見てから、気の毒そうな顔でアランお兄様の肩を叩いた。

いっせいに注目されたのでどうしようかと思ったけど、すぐにアランお兄様が話を続けたので、みんなの視線はお兄様に向けられた。

「私は戦闘訓練をする時に、土の剣精で防御力をあげます」

アランお兄様の手元が黄色い光に包まれ、その光が全身に広がっていく。

「次に風の剣精を手と足に纏い、移動速度と反射速度をあげます」

今度は手と足が緑色の光に包まれた。

「こうするとだいぶ早く動けますよね」

軽く地面を蹴って二十センチほど体を浮かせ、さっと横に移動したり、後方に移動したりするアランお兄様の動きを追って、みんなの顔が同じ方向に動く。

その顔にはもう、子供だと侮る色も不機嫌そうな表情もない。

みんな唖然としている。

「待て、アラン。ひとつずつやろう」

空気を読んだのかパオロがアランお兄様に、いったんやめるように指示を出した。

「まず聞きたい。ベリサリオの軍隊では、皆が今のように訓練しているのか？」

「それは……無理でしょう」

「我々には出来ませんよ」

アランお兄様が答えるより早く、副官のふたりが言葉を挟んだ。

やっているとか、やれと言われてもそりゃ困るだろう。

「先程の、防御力を上げるために全身に光を纏わせるのは、出来るのはほんの一握りです。手と腕だけや、体の一部は出来る者もいるのですが、全身は難しいみたいです」

「なるほど」

「手だけなら、近衛にも出来る者はいるな」

「でも浮いて移動するのは一属性でも精霊がいれば出来るので、誰でもやっていますよ。私のようにそのまま移動したり、椅子に座ってその椅子を移動させたり、荷物も一緒に浮かせて移動したり」

「……誰でも？」

「女子供も？」

「彼は子供だろ」

「精霊車を動かせるんですから、自分を浮かせて移動するのなんて簡単じゃないですか」

騎士達が顔色を変えていても、アランお兄様はいつものポーカーフェイスだ。

この人達、何を当たり前のことを聞いているんだろうという顔をしている。

「皇宮は馬車で移動しますけど、馬糞を片付けるのが大変でしょう？　ベリサリオでは馬車を使用出来る道を限定したので、城が綺麗になりましたよ」

ファンタジーの世界で問題になりそうなのに話題にならないことのひとつが、馬糞公害だよね。

お馬さんは、ちょっとトイレに行ってくるって馬車から離れて指定の場所には行ってくれない。だから街には馬糞掃除を仕事にしている人がいるし、街道は気を付けて歩かないと馬糞がそこかしこに落ちていたりする。

でも精霊車なら、そんな心配はないぜ。

「子供達も遊びながらやり方を覚えています。浮きながら移動するためには、体を支える筋肉が必要ですし、体重移動をちゃんとしないとひっくり返りますから、体も鍛えられるんです」

子供もしていると聞いてしまっては、出来ないとは言えない。

騎士達はどうするんだこれって顔をしているけど、やれば出来るよ。

体を鍛えている近衛騎士団の人達なら、割と簡単に出来るって。大丈夫大丈夫。私も出来るんだから。

「あの、次もやりますか？　次のはベリサリオでも私しか出来ないので、やめましょうか？」

皇太子に観てもらうための訓練の前に、この空気はやばいのではないかと私も思う。

近衛騎士団の優秀さをアピールするための公開演習だもん。

でもパオロは、騎士達に危機感を持たせたかったらしい。

剣の腕や体力を鍛えるのには積極的でも、魔力量を増やすとか魔力を強める訓練を進んでやる騎士は少ない。精霊も一属性でもいればそれでいいだろうと、精霊を探しに行かなくなってしまう人もいる。特にベテラン陣がね。

今までそれで戦ってきたんだから、何も精霊に頼らなくてもって思ってしまうみたいだ。

「いやこの際だ。見せてもらおう」

「そうですね。知っておいた方がいいと思います」

パオロと副官に言われ、アランお兄様は更に一歩みんなから離れた。

「これは、やっている間ずっと魔力を消費するので短時間しか出来ません。警護などで武器を持ち込めない場所に行く時や不意を突かれた時に役に立つと思います」

右手を少し前に出し、小声で火の剣精の名を呼ぶと、待ってましたとばかりに手が赤く輝く。

すぐに輝きは強まりながら地面に向かって細長く広がり、すっと光が消えた時には、アランお兄様の手には炎を纏った剣が握られていた。

「剣?! いつの間に?」

「何年も前、妖精姫が初めて皇宮に来た時に、ベリサリオの次男が炎の剣を作り出したという噂は聞いていたが……」

「ああ、属性を付与した剣を見間違えたのだろうと思っていた」

騎士達も見学席も大騒ぎだ。

ちらっと横を見たら、皇太子までが身を乗り出していた。

「幼かった頃、訓練場以外では木刀すら持たせてもらえなかったので、木の枝を振り回しながら、これが剣になったらなーと愚痴っていたんです。そしたら精霊が剣にしてくれたんですよ」

長い棒やら木の枝を何度も剣にして稽古しているうちに、何もなくても剣を作れるようになったんだって。

「これは……すごいな」

「剣に属性を付与出来るようになれば、いずれは誰もが出来るんじゃないでしょうか」

「出来ないだろう。簡単に言うな」

「魔力量の多い者ばかりではないんだぞ。炎の精霊を持っていない者もいるんだ」

「出来ないと思ってしまったら出来ませんよ。まして口に出して言ってしまったら、精霊が自分は出来ないんだと思ってしまいます」

炎の剣を消し、すべての精霊獣を小型化して顕現させながらアランお兄様が言った。

「騎士団は訓練をしながら魔力量をあげられ、精霊との対話も出来る職業なんです。平民の多いベリサリオと違い、近衛騎士団は全員貴族なんですから、もっと精霊を増やせるはずです」

「そうは言うが私はもう四十だ。今からでは精霊獣には出来ないだろう」

パオロが若い分、副官にはベテランを起用しているようで、もうひとりの副官は三十代半ばくらいだ。

彼らは中央に精霊がいなかった時期以前に精霊を得ていたようで、ふたりとも二属性の精霊を精霊獣にしている。もうそれで充分だと思っていたんだろう。

「精霊獣にしなくても精霊は魔法を使えます。魔力を少しずつ増やしながら、精霊を少しずつ育成すればいいんです。これは、ベリサリオの隊長さんが話していたことなんですけど、年をとると体力が落ちますよね。若い頃のようには戦えなくなる。でもその頃に精霊が精霊獣になってくれたら、精霊獣にならなくてもいろんなことを覚えてくれたら、引退を引き延ばせたり、怪我をしないで長く戦えたり出来るんじゃないかって。引退してからも、精霊がたくさん傍にいてくれたほうが楽しいって」

「なるほど」

「それはそうだな」

いやいや。

私が言うのもなんですけど、十二の坊やが偉そうなことを言うなと怒る人がいてもいいんじゃないですかね？

ベリサリオの次男を怒るのはやばくても、もっと不満そうな顔をしてもいいと思うんだけど、炎の剣を目の前で作り出されたせいで、みんな、アランお兄様は普通じゃない、おかしい、目をつけられたらやばいとでも思ったのかな。

中には目をキラキラさせて話を聞いている人もいる。

体を浮かせたり、剣を作り出したり、男の子は好きだよね。やれるならやりたいって思うよね。

ベリサリオでも子供達が夢中になってたもん。

「炎の剣精がいないと剣は作れないのか？」

「私がさっきやったことは、どの属性の剣精でも出来ます。身体強化も土は防御力を上げ、風は素早さを上げ、水は少しでも傷ついたらすぐに治癒されるようになります。炎は攻撃力が上がるので、剣に付与したほうがいいですけど」

「なるほど。つまり自分の持っている精霊によって、いろいろ試したほうがいいのだな」

パオロって普段は優しい話しやすい人だけど、伊達に近衛騎士団長をやっていないね。

すぐにでも自分でもやりたいのか、前のめりに質問している。副官のふたりのほうは、まだ少し呆然としているようだ。

「精霊も大事です。剣精は範囲魔法が使えません」

「ベリサリオでは精霊と剣精のバランスや持っている精霊の属性で部隊分けをしているそうだな」

「そう聞いてはいますけど、具体的にどうやっているかは知りませんよ」

「ふーん」

「本当に」

「まあいい。少しずつ訓練に取り入れたほうがいいだろう。一度では皆も覚えられないだろうから
さっそく……」

「違います」

「え？」

「覚えるのは精霊です。魔法も身体強化も、やるのは精霊です。家族や仲間内で誰かの精霊が新しい魔法を覚えたら、他の精霊もその魔法をいつの間にか使えるようになっていたことはありませんか。精霊達は、目の前で新しいことをしている精霊を見ると、そんなことも出来るのかと自分も使えるように学ぶみたいなんです」

「精霊が学ぶ…か。つまりアランがやるのを精霊に見せればいいんだな」

「……まあそうですけど」

自分が覚えなくてもいいのだと知った途端、みんなの顔付きが明るくなった。

「精霊が覚えてやってくれるのか？」

「やば。対話していないと協力してくれないんじゃないか」

「うちのピーちゃんは賢いぞー」

「そんな楽でいいのか？　まじで？　だったら俺も浮いて移動したいな」

「静かにしろ！」

さすが騎士団長。一瞬で場が静まり返った。

「よし。さっきのやつを一通り精霊達に見せてくれ」

「あの、パオロ。いや、騎士団長、バランスのとり方は人間が覚えないと駄目ですよ」

「それは体で覚えればいいのだろう？　それより今は精霊に見てもらうのが先だ」

「はあ、わかりました。じゃあ、私の周りに精霊獣を集めてください。精霊の段階の人はあまり離れられないでしょうから、その辺に座ってもらって……」

騎士団の演練ってこういうのだっけ？

アランお兄様の周りに、種類も大きさも様々な精霊獣がぐるりと並んでいるんですけど。

もっとこう行進したり、剣や槍を使って模擬戦をしたりするのかと思っていたのに、精霊獣の臨時教室みたいになっているよ。

「あそこにいるの皇太子殿下の精霊獣じゃない？」

聞きながら隣にいるパティを見たら、胸の前で祈るように手を組んで、頬を少し赤らめてアランお兄様を見つめていた。

私の声なんて聞いちゃいないいな。

そっか。パティはアランお兄様が好きか。両想いか。

いずれは私とパティは姉妹になるのか。

うん。悪くないかも。

「かわいい……」

「実は子供好きなのではないかしら」

「きっとそうですわ」

女性陣から楽しそうな声が聞こえるのは、目の前で繰り広げられている微笑ましい訓練のせいだ。

アランお兄様が教えているのは、真剣な表情で話を聞いている精霊獣達だ。

その少し上空には、何十という数の精霊が淡く光りながらふわふわと浮いている。

それを取り囲んでいる騎士達は、自分の精霊獣や精霊がちゃんと学んでいるか心配していて、父兄参観に参加した父親のような顔になっている。

帝国は今日も平和だな。

ここにいる精霊獣や精霊が、アランお兄様の教えをマスターしたらだいぶ軍事力上がるから、やっていることは平和なことじゃないんだけどね。

「んふっ」

今、変な声がしたぞ。

可愛い精霊獣と近衛騎士を見て悶えている奴がいるぞ。

やっぱり、ビディよりブリたんのほうが似合ってるな。

三月になりました

今回は公開演習が本来の目的なので、精霊獣教室は十分くらいしか行われなかった。

それでも自分達に教えてくれているんだということがわかると、精霊達は大興奮。今回は人間側も練習の必要な浮いて移動する方法を教えたので、早速それぞれの主の元に戻り実践を始めた。

普段から体を鍛えている騎士達は体幹がしっかりしているからか、ちょっと練習をするだけでもコツを覚える人がちらほらと見受けられた。それ以外の人も、そつなくクリスお兄様がベリサリオからセ〇ウェイもどきのフライを五台ほど持ってこさせたので、浮いて移動する体験は出来そうだ。

人間は地面を移動する生物だから、足の下に何もないというのは精神的にも体のバランス的にもむずかしいし、恐怖もある。でも板が一枚あるだけで全然違うんだよね。

「これはいい。荷台付きも欲しいな」

「欲しいです！」

皇族兄弟まで欲しがりだしたぞ。

エルドレッド皇子なんて、目を輝かせてぴしっと手をあげている。

「ベリサリオは今、生産が追い付かない状況なんですよ。中央にも作れる工房はあるでしょう。あの五台は置いていきますから、参考にして作ってください」

「いいのか？　せっかくの商売の機会だぞ」

「これ以上ベリサリオだけ儲けるのはまずいでしょう。それにこれは軍事機密になるんじゃないですか？　近衛の運用のために、いろいろと工夫して見栄えのいい物を揃えたほうがいいですよ」

「確かに」

「ベリサリオ軍より格好いい物を揃えましょう」

そこで対抗意識を燃やすんかい。

これから帝国軍は遠征の時、徒歩で移動する部隊はなくなって、精霊車とフライで移動するようになるのかな。

川があろうと、道が悪かろうと問題ないしね。

歩くより早いし、馬がいない分、エサなどの荷物が減る。

それに、魔力を貯めておくカートリッジの需要が高まる。

あらいやだ。結局ベリサリオは儲かってしまいますわ。

その後、三十分遅れで普段通りの演練が行われた。

アランお兄様が生意気なガキだと嫌われずに、近衛騎士団の方々に受け入れられて一安心よ。

むしろ気に入られすぎて、定期的にアランお兄様に近衛の訓練に参加してほしいと要請が来てしまった。

週に二回、皇宮で演練に参加ですって。

今のうちから取り込んでおいて、成人したら騎士団の一員にしてしまおうという魂胆が見え見えですよ。

最初からアランお兄様も、近衛での立場をよくするためにデモンストレーションしたんだから、期待した結果が出たってことなんだけど、まさかすぐに訓練に参加することになるとは思っていなかったようだ。

後期の学園は、前期よりも受けなくていい講義が多かったから、クリスお兄様もアランお兄様も、皇宮と寮の往復で忙しそうだったわよ。

その間、私のほうは魔道具の講師のカルダー先生と、カートリッジ型魔力貯蓄機開発にいそしんでいた。

彼は優秀な研究者だったけど、自由に好きな研究をしてもいいよと言われると、何をするか迷ってしまうタイプだったみたいで、学園の講師になったおかげで時間にもお金にも余裕があったのに、研究する気力が低下していたそうだ。

私のほうは前世の記憶とウィキくんのおかげで、完成させたい形はあるんだけどそこに辿り着く方法がわからない。

カルダー先生をフェアリー商会に引き抜けたのはラッキーだわ。

こういうものを作りたいと目標が設定された途端、先生はあらゆる手法を使い、それは嬉しそうに実験を開始した。

目的に向かうためのアイデアならいくらでも出てくるみたいなのに、完成形の製品のアイデアが湧かないというのが不思議だ。

後期の学園が終了次第、ベリサリオに引っ越してくることになったので、フェアリー商会近くに実験室と必要な人員、道具を用意中よ。

授業にあまり出ないということは教室にあまり顔を出さないということで、相変わらずクラスメイトの顔と名前が一致しない。

でもいいの。後期になったら御機嫌を取って気に入られようって子が増えて、クラスにいるのが苦痛だったから。

舞踏会や年末年始の社交の場で、みんな自分の家が帝国貴族の中でどのあたりのランクにいるか、嫌でも自覚させられたんだと思う。

もう、私に突っかかってくる男子も、ライバル視して睨んでくる女子もいないの。みんな、嫌われたらやばいから、怯えた目をして礼儀正しく接してきている。

それに、伯爵家以上の子のほとんどが家庭教師に勉強を習っているから、授業に出ない子は多いのよ。学園の存在意義って勉学より、社交界の予行練習の意味合いのほうがやっぱり大きいと思うのね。後期の教室は、半分くらいしか生徒が出席していないんじゃないだろうか。

でも無駄ではないと思うのよ。中には授業を受けるのが好きな子もいるし、生涯の友と学園で出会うことも多い。寮生活だけでも新鮮だし、冬の間だけの貴重な体験の出来る機会であることは間違いないわ。

学園ではカーラともお話したよ。

夫人が謝罪すると言ってくれれば、ノーランド辺境伯家がすぐにベリサリオとの橋渡しをしてくれるはずなのに、夫人は兄である新しい辺境伯までが自分よりベリサリオの肩を持つのが許せず、すっかり意固地になってしまって、領地に引っ込んでしまったそうだ。

だからカーラは皇都のタウンハウスで生活することにしたんだって。

皇都に引っ越す子が多いな。

お友達のほとんどが引っ越し組だよ。

でも私は、ベリサリオに残るぞ。

瑠璃がいるのもベリサリオだし、フェアリー商会の仕事もしたいからね。

学園が終了して三月になり宣言通りにカミルが顔を出した時、ベリサリオの城には私とお母様しかいなかった。

お父様とクリスお兄様は仕事の引き継ぎで、アランお兄様は近衛の演練参加のために皇都に出かけているからだ。

「クリスとアランがふたり揃っていない?!」

「そんな驚くこと?」

今はもうイースディル商会とフェアリー商会はお得意様同士だし、カミルは商会長であり公爵として商談に来ているので、カカオを持ってきた時のような厳しい警備はない。

むしろ、ソファーに座ったカミルとキースの背後に、カミルの警護のボブと商会の担当者であるヨヘムが立っている。

私のほうは背後にレックスとブラッドが立っているだけよ。

「そりゃあ驚くだろう。じゃあ今日は、ディアひとりだけなのか？」

「まさか。お母様がもうすぐ来るわ」

「……なんだ」

ボブとヨヘムはお母様が来ると聞いて、すぐに髪や服の乱れを整え始めた。

人妻でも美人だもんね。意識するよね。

カミルとキースは年齢的に親子みたいなものだから、全く普段通りだな。

「あの後、学園の後期があったんだよな。どうだった？」

「どうって？」

「舞踏会で顔見せしただろ。他国の精霊王まで顔を見に来る妖精姫なんだぞ。近づいてくる男がいただろう」

「うーーーん」

天井を見上げながら首を傾げる。

前から友達だった男の子とは、一緒にお昼を食べたり茶会で会ったりしたけど、他の子ねえ。

教本制作と魔道具制作に夢中だったしなあ。

「ディアが鈍いのか、帝国の男達がアホなのか」

「本人がよくわかっていなくても、親が口説いて来いと言うでしょうにね」

おい、聞こえてるぞ。

「じゃあ、ベジャイアやシュタルクの反応は？」

「特に何も？」

「まじか」

「いくらなんでも、この短期間で何かしては来ないでしょう」

年末年始にずっと城に滞在していて何回も顔を合わせていたせいで、ふたりともすっかりさばけた接し方をしてくるけど、いちおう仕事の打ち合わせじゃないんですかね。

いいけどさ。話しやすくて。

「まだ内乱の後始末が片付いていないのか？」

「牽制しあって動けなくなっているとか」

「東の同盟諸国も動き出しそうなのに……」

とうとう私を無視してふたりで話し始めたぞ。

なら私のほうは、そういう対象としてきちんと考えるって決めたんだから、ゆっくりとカミルを観察させてもらいましょう。

初対面で可愛い女の子だって思ったくらいだから整った顔はしているんだけど、今のカミルを見て女の子と間違えるなんてありえない。目つきが鋭くなってしまったし、背も伸びた。

健康的に日に焼けていて、室内で見ると瞳は真っ黒に見える。外だと濃い茶色なんだよね。

きっと大人になるにつれて、もっと格好よくなっていくんだろう。

でも私は知っているぞ。

恋愛なんていずれは冷める。

結婚したら、旦那は家族だ。年を取れば外見は衰える。

うちの両親みたいに、いつまでもいちゃいちゃしている夫婦なんてそうはいないでしょ。あれを基準にしちゃ駄目よ、

見た目なんかより、一緒にいて楽しい人、話しやすい人がいい。

「ディア?」

「え?」

「どうかした?」

あ、考えに没頭しすぎたかな。

「もうお話は終わったの?」

「ああ、ごめん。こちらの話は終わったよ。それでディアはルフタネンについてどれくらい知っているのかな?」

「歴史や経済の話?」

「いや、そういう堅い話じゃなくて、五月にルフタネンに来るだろう。その時の参考にしたくてね。食べ物とか服装とか観光とかの話」

おお、そうよね。観光も少しはしたいし、おいしい物も食べたい!

「一通りは知っているわ。帝国の料理とは、香辛料が違うんでしょう?」

「そうだね。食べられない物や嫌いな物はある?」

「あんまり辛いのは苦手だわ」

ぶわって汗が出ちゃうのよ。鼻水だって出そうになるよ。

「へえ。意外だな、子供用にしたほうがいいのかな」

「辛いのが全くダメなんじゃないわよ。普段、私だけ甘くなんて作ってもらってないし」

そこ！　ふたり揃ってにやにやするな！

言いたいことがあるなら言え！

「子供って言われることに抵抗あるんだ」

「な……べつに」

あるさ。

中身は三十過ぎなのに、十三……十四？　カミルって誕生日いつよ。

ともかく、そんな年下の男の子に子供扱いされるってどうなのさ。

「そういうところは年相応なのか。まだ十歳だもんな」

「ルフタネンに行く時には十一です」

「そうかそうか」

「なに大人ぶっているのよ。たいして変わらないでしょう」

むっとして答えていたら、扉が開く音がした。

そこからのカミルとキースの変わり身の早さが見事よ。

私は扉に背を向けていたから見えないけど、お母様がやってきたんだろう。

ふたりはすっと立ち上がり、お母様が近付いて来るのを出迎えた。

「遅くなってごめんなさいね。カミルもキースも変わりない？」

「おひさしぶりです。ふたりとも元気でやっています」

「よかった。忙しいと聞いていたので気になっていたのよ。さあ、座ってお話しましょう。ずいぶんと楽しそうな声が聞こえていたじゃない？」

お母様が来たら部屋の空気が変わった気がする。

今日はドレス姿ではなくて、春らしいシフォンプリーツの足首まで隠れるロングスカートに、ウエストを絞った襟の大きな上着を着ている。お仕事用の動きやすい服装ね。

裾にいくほど濃い色になっていくアクアマリンのスカートには小さな花の刺繍が入っているし、上着だってあまりカチッとしたデザインではなくてエレガントだ。

私もね、同じようなスカートをはいてるんですよ。ウエスト丈の上着も着てるの。

十一歳って日本人で想像しないでよ。欧米人で考えてね。中学生と間違えるくらいの体型と雰囲気よ。少女のくせに色っぽかったりするじゃない。透明感があってさ。

おかしいな。銀色の髪に紫の瞳の、自分でいうのもなんだけど美少女よ。透明感じゃなくて存在感があるって言われるのはなんでだろう。

エレガントとか繊細なとか言われたいのに、隙がないとかキレがある動きをするねって言われるのは、運動しすぎ？

「ルフタネンに来た時にこちらの食事が合わないといけないと思いまして、苦手な食べ物を教えてもらっていたんです。夫人はどうですか？」

「せっかくルフタネンに行くんですもの。皆さんと同じ料理をいただきたいわ。味の違いに驚くのも旅行の楽しさよ」

なるほど。そう言えばいいのか。

馬鹿正直に答えてしまったよ。

「ディアは？　なんて答えたの？」

「あまり辛いのは苦手だと答えました。そうしたら、カミルが私用に特別メニューを考えてくれるそうです」

ふふん、ハードルを上げてやったぜ。

お子様扱いしたお返しだ。

「まあ、そんな我儘を言っては駄目でしょう。カミル、気にしないでいいのよ」

「いえ、大丈夫です」

にっこりと綺麗な笑顔を向けられてしまった。

なにさ、その余裕の笑顔は。

あの胡散臭い笑顔はどうした。

「あまり甘やかしては駄目よ。それでは、商売のお話をしましょうか。今日は何を持ってきてくれたの？」

「はい。ルフタネンでは西島復興のために南方諸国や東方の島国を訪れて、我が国でも栽培出来る新しい作物を探しています。これから帝国やベジャイアは自国で生産出来る作物は輸入する必要が全くないですから」

精霊と共存している限り、干ばつや飢饉の心配はないからね。

むしろ今は量より質に移行して、より美味しい作物を育てて差別化を図ろうって動きが出ている。

「そうして見つけた作物で料理を作ってきました」

キースがよっこらせっと鞄から取り出したのは、以前も見たことがある温度調節の出来る魔道具の箱だ。空間魔法が使えるから、どう見ても鞄より箱がデカい。

箱の中から出てきたのは、取っ手が二個付いた平べったい鉄の鍋だ。フライパンに近いかもしれない。

蓋が閉まっているので中が見えないけど、東方の島国と聞けばいやおうなしに期待は高まる。

この鍋は、前世でも見たことあるもん。

「魚介類を使用した炊き込み飯です」

ネーミングに言いたいことはいろいろあるけど、まあいいや。

それより、蓋を開けると同時に漂ってきた美味しそうな香りと、ほわっと立ち上る湯気の効果は抜群。

パエリアですよ。

スペイン語で言うとパエージャ。

米だよ。コメ！

サフランは使っていないようで、黄色い色はしていない。

スペインでも地方によって具材も味付けも違っているそうで、サフランを使わない店で食べた経験もあったから、それは全く違和感がない。

ただ頭付きの海老や貝殻付きのムール貝は乗っていなかったのは、少し残念だった。

全部食べやすく調理済みで大きな具材がない分、見た感じは地味ではある。

でもそんなことはどうでもいい。

味だって、正直どうでもいい。

米を置いて行ってくれるのであれば。

「どうぞ。味見してください」

キースが取り分けてくれた皿を両手で持ち、まずは匂いを嗅いでみる。

毒味の代わりに精霊が鍋と皿の上を何周かして、興味をなくしたみたいに私の頭上に戻っていった。

スプーンに掬ってみた米は、細長い形状からしてタイ米に近いのかな？

ぱさぱさしているのかなと食べてみたら、意外なことにもっちりとしていた。

「おいしーーーーい！」

感動補正やら思い出補正が入っているかもしれない。

でもルフタネンも島国。新鮮な魚介類がふんだんに捕れるお国柄よ。

魚介類の旨味と、ぷりぷりのイカ。あまり細かくほぐさずにドンと乗せられていたカニ。貝だって三種類は入っているよ。美味くないはずがない。

「まあ美味しい。この肉の塊は、ルフタネンのソーセージのような味ね」

「はい。腸詰めにしないで中身だけにしてみました」

「香辛料が効いていて、いいアクセントになっているわ。美味しいわね、ディア」

お母様も気に入ったみたいね。

でも……。

「確かに美味しいですわ。このまま店に出せるくらい。でも私は」

「リーゾが欲しいんだろ？」

「この穀物はリーゾって言うの？」

「たぶんそう言うと思って、少し持ってきてある。あげるよ」

「さすが！」

こちらでは、たぶん白米を主食にするのは受け入れにくいと思うの。

前世でも洋食のコース料理では、パンをひとつかふたつ、いろんな料理を食べている間に少しずつ食べるじゃない。いくつもパンを食べたら、料理が最後まで食べきれなくなっちゃう。

こちらの貴族の料理も、コースで一品ずつ料理が運ばれてくるタイプで、そういう時に食べるパンは、フランスパンみたいに外側が硬めの物が多いの。パンは皿に残っている美味しいソースを味わうための物だから。

他にはカナッペのように、サクサクしたパンの上に具を乗せて、それを並べて見た目も楽しめるようにする食べ方が主流なの。

舞踏会の前や、忙しい時に簡単につまめる食事として喜ばれている。

平民の場合は、だいぶ事情が違う。

肉をがっつりと挟むサンドイッチやペンネのような食べ物も普通に食べられている。

忙しい仕事の合間に、簡単にがっつりと腹にたまる物を食べるためね。

「お母様、これは画期的ですよ。特に平民に喜ばれると思います」

「リーゾは、調味料を入れないとどんな味がするのかしら？」

「ほとんど味はしません。長く噛んでいると微かに甘味があります」

「それも持ってくればよかったですね」

プレゼンするならそれも持ってくるべきだったかと、カミルは残念そうに言うけど。

「いいの。ここから先は私が料理人と研究するから」

ライスバーガーみたいに焼いて固めて、肉を挟んで屋台で売り出したら絶対に売れる！

フェアリー商会で出したいのはオムライスよ！

トマトが名物の領地が隣にあるじゃない。

鶏肉と玉ねぎと半熟卵！　そしてトマトケチャップ！　思い描いただけで涎が出そう。

「ディア、戻って来なさい。あなたは何か思いつくとのめり込むけど、やりかけの物を忘れちゃ駄目よ。教本は進んでいるの？」

「もちろんですわ、お母様。クリスお兄様が必要な内容はすべて書き出してくれたので、エルダとビディを中心に作業を進めていています。他のお友達も手伝ってくれているので、私のすることがあまりないんです」

パティも手伝ってくれるでしょ？

ベリサリオだけに任せてはまずいと思ったのか、ジュードやダグラスまで来ているのよ。

それにブリたんの弟のノエルや現コルケット辺境伯の御令嬢のアルマまで来てくれているの。

「来ているんじゃないか……」

カミルが何かぼそっと言ったけど、よく聞こえなかった。

「うふふ。お友達がたくさん来てくれて賑やかでいいわね」

「なので私はリーゾで料理を考えます」

「一緒に作業しなさいな」

「あの……まだもう一品あるんです」

キースが遠慮がちに差し出したのは、小さなガラスの器にはいった白いムースみたいなものだった。

牛乳寒天みたいな見た目ね。

上にぱらぱらと乗っているのはあれだ。某チェーン店のドーナツ屋で、チョコのドーナツの上にこんなのがかかっているのがあった。ココナッツだっけ？

「どうぞ」

器はひんやりと冷たい。

スプーンで掬って食べるのね。

杏仁豆腐みたいな味かな。

「んーーーーーー！」

口の中でとろけて消えたムースの味は予想よりすっと濃厚な初めての味だ。

上にかかっているのはやっぱりココナッツだった。私としては、薄く削ったホワイトチョコレートを乗せたい。きっと美味しいはず。

「ディア、スプーンをいつまでも咥えないで」

「でもお母様、これは卑怯です。女の子を虜にする味です」

「クカという南方諸国にしかない果物を使っています」

私の反応が面白かったのか、カミルは口元を手で隠しながら説明してくれた。

笑っているんだろ。わかってるぞ。

でもこのクカのムースの前では、そんなことでは怒る気にもならないわ。

「これは……確かに美味しいわね」

そんなに美味しいのと言いながら一口食べたお母様は、器を目の高さまで持ち上げてしげしげと観察している。

「フェアリー商会で扱えそうですか？」

「うーーん。やめたほうがいいんじゃないかしら」

「あら、気に入っていたのに？」

意外そうな顔で見つめる三人を見回してから、椅子に座りなおして背筋を伸ばした。

「確かに二品共とても美味しかったわ。すぐにフェアリー商会の店のメニューに出来るでしょう。

でもカミルは、こんな風にルフタネンがせっかく手に入れた商品を切り売りしてしまっていいの？」

「……というと？」

「今、帝国とルフタネンは友好関係を結んでいて、同盟も締結するのよね。転移魔法を使える人が増えたし、豪華船での船旅だって喜ぶ人がいるはずよ。これから帝国からルフタネンに観光に訪れる人は増えていくと思うの。その時に、フェアリー商会で散々食べた料理は、ルフタネンの料理だとしても、新鮮さがなくて喜ばれなくなってしまうわよ」

「そうね。カミルは南島や西島の産業の話をよくするけど、北島はどうなの？」

「あ……」

私とお母様の顔を見比べて、カミルも背筋を伸ばして座り直した。

「北島は帝国との貿易と、それをルフタネン全土に送る運送業で利益を上げています。うちの領地は港がありますし、帝国の物を求めてルフタネン全土から人が集まってくるんです」

「そこにフェアリー商会の支店も出来るから話題にはなるでしょうね。でも今後はもっと観光業に力を入れたほうがいいのではなくて？　帝国のね、ヨハネス侯爵領では海沿いの施設をルフタネン風にすることで、避暑地として成功しているの。でもどうせなら本当にルフタネンに旅行したいと思う貴族はたくさんいるはずよ」

お母様の言葉は説得力があるね。

私が説明しないで済むのはありがたい。

「ルフタネンの建築物は、テラスやバルコニーが広くて部屋との区切りがないんですって？」

「はい。いちおう雨が吹き込む日にははめ込み型の壁で仕切りますが、それ以外の日は昼も夜も窓などで仕切ったりはしません。床に敷物を敷いてクッションを並べて、外の景色を眺めながら宴会をするのがルフタネン方式です」

「異国情緒豊かで素敵だわ。ルフタネンの美しい色合いの織物も素晴らしいし、帝国では珍しい黒髪のルフタネン人も魅力的だと思うのよ。そして、こういう美味しい料理。きっと訪れた人達はまた行きたいと思うでしょう」

うんうん。お母様の言う通り。

それにしても、このクカの実は最高だわ。

濃厚なのに後味がさっぱり。紅茶にもよく合う。

「ディア、あなた、食べてばかりじゃない」

「ごちそうさまでした」

「だいぶ気に入ったみたいだね」

「ええ、とっても。お金のある貴族なら、これを食べるためだけにルフタネンに行くんじゃないかしら」

「きみも?」

「行くわよ。転移魔法が使えるんですもの」

「あなた、順調に餌付けされているわね」

餌付け?

あれか。胃袋を掴むってやつか。

それは普通、転生したヒロインが新しい料理法を紹介してやるやつじゃない？

私がされているの？　そんなことはないわよ。

「そうか。食べ物で釣ればいいのか」

「違うから」

「うふふ」

お母様、うふふじゃありませんわ。

すっかりカミルを気に入ってません？

「ルフタネンも妖精姫は欲しいのかしら。ディアの相手に立候補するつもり？」

「妖精姫が必要かと言われると、そんなには……」

「あら」

「ルフタネンは精霊王といい関係を築いていますから。でも他国に取られてもいいとは思いません。特に海峡の向こうは駄目だ。ディアのためには本当は帝国内で相手が見つかるといいと思っていたんですけど、いまだに行動を起こさない帝国の男はどうなっているんですか」

あんたは私の保護者か。

「実は立候補している人がいるのよって言ったら、あなたは降りるの？」

「………」

「ええ?!　そんな人いるの?!」

「……ディア」

あ、例えばの話ね。失礼しました。

もう慣れたはずなのに、みんなの残念そうな視線が痛い。

「降り……ないです」

「へ？」

「降りないよ」

それって、お母様に立候補するって明言したことになるよ。

求婚しているって取られかねないよ。

「あなたは、どうしてディアがいいの？」

「何を話せばいいか悩まないで話せる女の子はディアだけなんです」

待て。

私が普通の女の子と違うみたいじゃないか。

「一緒にいて楽しいって大事だと思うんですよ。彼女となら、たいていのことは笑って乗り越えられそうだし、商会の仕事もそれ以外もどんどん新しいことが出来て、ルフタネンと帝国の橋渡しも出来る」

うそ。さっき、私が考えていたことと同じようなこと言っている。

そんな風に考えていたの？

「変なことばかりしてるんで、見ていて飽きないですし」

おい、こら。台無しだよ。

「そう。じゃあ五月のルフタネン訪問の時にしっかりとアピールしないと駄目ね。この子は鈍いし疎いし、色気より食い気よ」

「お母様？」

「餌付け成功させればいいんですね」

私を何だと思っているんだー！

「でも本当にディアを連れて行っていいのかしら。この子がいると何か起きそうな気がするのよね」

やめてください、お母様。

それ、フラグ立ててます。

妖精姫の兄貴達

―カミル視点―

ディアとは今まで何回も接する機会があったが、あまり会話をしたことがなかった。

女の子にどう接すればいいのかわからないのと、帝国の大貴族であり取引相手でもある彼女に、失礼になってはいけないと距離を取ろうとしていたせいだ。

でもディアは全然令嬢らしくない子だったので、結果的にすべて無駄になった。

ベリサリオの城に滞在中、何度か話をしているうちに気付いたのは、彼女があまりにもちぐはぐな反応を見せることだった。

十歳とは思えない知識と判断力があるくせに、誰でも知っているような常識を知らなかったり忘れている。

家族や友人を守ろうとする意識が強く、緻密な計画を立てるくせに、自分のことになると無防備だ。

人生経験豊かな大人のような顔をして黙っていることがあるのに、恋愛には疎くて、年相応の子供っぽい反応をするときもある。

それに、令嬢として振る舞っている彼女はとても窮屈そうだった。

その気持ちは俺にはよくわかる。

城の敷地とはいえ小さな別宅で育てられ、側近も護衛も侍女も平民だった俺には、貴族らしくするというのはかなり面倒だ。

でもベリサリオ辺境伯の御令嬢として生まれ、城からほとんど出たことがなく、必要な教育を受けてきたディアにとって、平民のような言葉遣いや態度は接する機会のないものではないのか？

「で？　ディアと何を話したんだ？」

昼の舞踏会が終わりようやく解放されたのに、すぐにアンディに呼び出されたから、どうせその話だとは思っていたさ。

「その質問、何回聞かれただろう」

「いいから答えろ。妖精姫を連れ出したんだ。聞かれるのはわかっていただろう」

帝国の皇太子に最初に夕食に招かれた時には、馬鹿でかいテーブルの端と端に座り、何人もの給仕に囲まれて冷え切った食事をするものだと思っていたのに、実際は、互いに手を伸ばせば届きそうな大きさのテーブルに、出来立ての料理が並べられた。

毒の有無は精霊獣に調べさせて、自分の身の安全は自分で確保して、好きなものを好きなだけ食べろと言われて、あまりにも意外で笑ってしまった。

あらかじめ俺の生い立ちは調べつくして、こういう接し方がいいと考えたのか、アンディの性格からして普段からこうなのか。

五歳の頃から両親と距離を置いて、ひとりで食事をすることが多かったと聞いたから、彼にとってもこれが楽なのかもしれない。

「近隣諸国の精霊王が勢揃いしたというのに、帝国は特に何とも思っていないやつが多いみたいだから大丈夫なのかという話だ」

「舞踏会で慌てても仕方ない」

「ディアの自分の置かれている立場への危機感のなさはやばい」

「……ベジャイアとタブークの精霊王が、ディアを誘っていたのを聞いたのか？」

「タブーク？」

「ペンデルスを見限った精霊王達が北方の人間と協力して、新しく国を興したんだそうだ」

その話を聞いたペンデルスはどう出る？

いい加減、精霊と共存しないことには、砂漠の緑地化は無理だと悟っているだろう。

それでも王を中心とした貴族達は、いまさら自分達が間違っていたと認めるわけにはいかないはずだ。認めてしまったら、王族と貴族達の責任問題になる。

国民は国を捨てるか、あるいは貴族を襲って収拾がつかなくなるかもしれない。

「ディアはどちらの国にも行かないそうだ」

「それでも次は人間が誘いに来る。ペンデルスにとっては、ディアの存在は邪魔でしかないはずだ。拉致しようとするかもしれないぞ」

「ディアを拉致？　自殺行為だな」

面白そうに彼が笑うのは、ディアには精霊王という後ろ盾がいるからだろう。

でも、彼女を拉致する犯人が、明確な敵とは限らない。

ベリサリオは辺境伯ということもあって、下働きの者であっても、かなり厳しく身元を調べているると聞く。特に子供達に接する者達は、メイドや執事だけでなく、その家族まで城内で生活させているようだ。

家族を人質に取られて、あるいは理不尽な借金を背負わされて、誘拐に手を貸してしまう危険があるからだ。

「ディアは友人を守ろうという意識が強い。彼らの身に何かあるなら、進んで自分から拉致されに行くかもしれないぞ」

「たとえそうであっても、彼女の魔力と精霊獣の強さなら、その国の王宮ごと潰して帰ってくるだろう」

「きみならな。だけど彼女は両親に愛されて平和なベリサリオで育った女の子だ。戦う力があるのと実際に戦うのは違う。アンディはディアが人を殺せると思っているのか？　自分の大事な精霊獣に人殺しをさせられると思うか？」

「……なるほど」

「そんなことになるくらいなら、ルフタネンも手をこまねいてはいない」

アンディはフォークを持った手で頬杖をついて、じーっと俺の顔を注目した。

ルフタネン人には、瞳が濃い茶色か黒しかいない。金色の瞳の人間なんて初めて見た。

ディアの紫の瞳も彼女以外では見たことがないが、あの色はとても綺麗な色だと思う。それに比べるとアンディの瞳の色は、人形のように作りものめいて、自分とは違う世界を見ているのではないかと思わせられる色だ。

「一つ聞かせてほしい」

「なんだ？」

「ルフタネンが妖精姫を欲しいと思っているのか、おまえがディアを欲しいと思っているのか、どっちだ？」

俺が？　ディアを？

そうか、そうだよな。

ルフタネンに連れ帰るのに、俺なら条件に当てはまるという話をしたんだ。

俺は、ディアの結婚相手に立候補したっていうことだ。

……やばい。

他国に渡すわけにはいかないという気持ちが強くて、結婚を申し込んでいるんだという意識が抜け落ちていた。

結婚？　俺が？　ディアと？

「なぜ答えない」

「……どちらもだ」

「嘘つけ」

「どちらもだ」

他の女の子と違って、彼女なら話しやすいし話していて楽しい。

商品開発だって新しい事業だって、一緒にやれば両国の懸け橋になれる。

「ならおまえは、ちゃんとディアの幸せを考えているんだろうな」

「え？」

「帝国の、ディアの周りの男達が行動に移せないのは、それだけディアのことを真剣に考えているからだとは思わないのか？」

「だとしても、あんたやベリサリオの家族、それにディアと対等に渡り合えるやつが何人いる？ その中で全属性精霊獣を育てていて、更に商会の仕事についてわかっている奴は何人だ？」

「あいつの条件の厳しさは何とかならないのか」

おい、皇太子。

ぐさぐさとフォークで肉に穴をあけるな。行儀が悪いし、俺の精霊獣達が臨戦態勢になるだろうが。

「どうしてあんたは手を引いたんだ？　皇宮が窮屈だと言っても、今ならいくらでも変えられるだろう？」

「せっかく精霊王達の信頼を勝ち取ったのに、無駄にする気はない。それに俺は皇帝になる身だ。まずは国のことを最優先。次に自分のことを優先させる。その次は跡継ぎで妃の幸せはそのあとだ」

「そういうことに順番はつけないほうがいいぞ。仕事以外の時間に家族のことを考えてもいいはずだ」

「……まあな。妻の幸せを考えられないやつが、国を治められるかとディアは言い切っていたな」

皇太子婚約者候補は彼女の友人らしいから、そりゃ泣かせたら大変なことになるだろうな。

「他人事のように考えていられるのも今のうちだぞ。ベリサリオ辺境伯と夫人は恋愛結婚だ。ディアの考える夫婦像の見本は両親だろう。それにあそこは家族全員仲がいい。あの中に入っていくだけでも一苦労だぞ」

「だから帝国の男どもが尻込みするんだろ」

「それな」

しかも皇太子自ら、こうして話題に振ってくる。

精霊王達だって、ディアが沈んだ顔をちょっとしただけで顔を出してくるだろう。

そうやって周囲が、彼女の結婚を遠ざけているんじゃないか。

「あいつは基本的にベリサリオのことしか考えていない。領地経営に手を貸した相手は、同じ民族の隣の伯爵領だ。他の領地には全く興味がない。他国と帝国では帝国を守ろうとしても、それも帝国への愛国心というより、知り合いの貴族達の手助けをしたいという発想だ。あれは妃には、全く向いてないんだ」

「なるほど」

王太子を失脚させて俺を王にしようなんてしやがったら、ルフタネンを滅ぼしてやるなんて宣言した俺としては、ディアの考え方を理解出来るけど、皇太子としてはそれでは困るわけだ。

「そう考えると、おまえは悪くないな……」

妖精姫がこれ以上力を持つ前に、帝国と距離を取らせようって思ったか？

いや、そんな考えをするような男じゃないな。

「なんだその顔は？　せっかく友人になった隣国の公爵と、今後もいい関係を築きたいと思っているのに」

口端をあげてにっと笑う腹黒い顔で、何を言っているんだか。

一癖も二癖もある公爵や辺境伯に、この男なら皇帝にふさわしいと太鼓判を押され、普段から彼らに囲まれて皇太子として公務をこなしている男だ。

さばけた態度も、気さくなやり取りも、そのまま信じるほどには貴族のやり方を知らないわけじやないぞ。

「ディアには兄になってほしいと言われているからな」

「は？」

「あの子を幸せにしてくれる相手じゃないと、兄としては許せないな」

ただでさえくそ面倒な兄貴がふたりもいるのに、更に兄貴を増やしているのか。

そうして家族のように親しくなった相手は、守りたいと思うんだろ？　友人だって幸せになってほしくて動いてしまうくせに。どんどんそういう相手を増やして、がんじがらめになっていく。

他国にそれをやられたら……。

そうか、それをわかっているからのアンディの態度か。

そうなる未来が回避出来ないなら、その中でもましな相手を探したいんだ。

本当にこの分だと、帝国内には、ディアの相手になれそうな男はいないのかもしれない。

いやでも、ダンスのレッスンに来ていた男達はどうなんだ？　友人としてディアを見ているのか？　あんな可愛い女の子を？


翌日のベリサリオの式典は、昨日よりはずっとラフな立食形式のパーティーだった。

皇都と比べて温暖なベリサリオなので、テラスも開放して、客が思い思いに楽しんでいる。

転送陣を出たところで配られた土産の箱には、男性用、女性と子供用で種類の違うチョコが入っているそうだ。男性用にはラム酒を使用しているという。

甘いチョコに酒が合うのか。

兄上にと土産をもらっているので、ぜひ感想を聞きたいところだ。

「カミル、このまま帰るんですって？」

今日のディアは、若葉のような淡い緑の濃淡のドレス姿だ。シンプルで装飾のないドレスだけど、裾と襟元にはもふもふとした白い毛皮がついている。ドレスに魔獣の毛皮？

「なんだその服は？」

「色違いのサンタコス？」

「サンタ……なんだって？」

「このモフモフの受けがいいもんだから、ドレスにつけてみたの。いいでしょう」

ディアは満面の笑顔で、その場でくるりと回ってみせた。

服の裾が大きく膨らみ、胸元を飾っていた毛糸で作った丸い球が揺れる。横の髪も耳の上で結わえて、小さな毛糸の球をつけているので、それもディアの動きに合わせてぴょんぴょんと跳ねている。

「このポンポンも可愛いでしょ？　フェアリー商会で扱うから宣伝のために作ったのよ」

「きみの場合何を着ても可愛いんだから、参考にならないだろう」

「……え？」

「目立つなと言っただろう。各国が注目しているのに、このタイミングで新しいことを始めるのを、兄貴達は何と言っているんだ？」

「……止めても無駄だろうって」

おい！　どうしてそこで甘くするんだ。

俺にガン飛ばす暇があったら、こいつを押さえておけよ。

「カミル、いつの間にそんなにディアと親しくなったんだい？」

ほーら、さっそくシスコン兄貴がやってきた。

「クリス！　きさま、ディアに甘すぎるだろ。なんで目立つことをさせるんだ」

「ディアが目立たないって、どういう状況？　いるだけで可愛さで目立つんだよ？」

「このシスコン、いっそ感心するな」

「否定出来ないだろう」

思わずクリスと同時に振り返り、ディアの姿を足元から頭の先まで見てしまった。

確かに可愛いけど、この場には他にだって可愛い子がたくさんいるだろう。

「自分の婚約者候補はどうした。彼女達だってディアに負けないくらいの美人だろう」

「とてもよく僕のことを理解してくれているんだ」

「甘いな。そうしてのんびりしていると振られるんだ。皇太子妃になれなくてもクリスとも結婚したくないって、他の男を連れてくるかもしれないぞ」

ヨヘムやファースがそういう話をしていた。

女は、ついこの間まで普通に接していたのに、ある日、急にもう無理だって言いだすんだって。

「そんなことは……」

「逆の立場で考えてみろよ」

「いいぞ！　カミル！　もっと言ってやって！」

そもそもディアの行動が問題だって話だっただろうが。

大丈夫なのか、この兄妹。

アラン！　遠くで他人の振りをしてないで、こっちに来い！

安らげる場所

―モニカ視点―

書き下ろし
番外編

初めて皇太子殿下にお会いしたのは、私が四歳の春だった。

エーフェニア様が主催したお茶会の席でご挨拶した殿下は、ノーランドの子供に負けないくらい背が高くて、強いまなざしの印象的な方だった。

まだ子供だったので記憶があやふやだけど、おそらく殿下の婚約者を選ぶために開催された集まりだったのではないかしら。

招待されたのは中央の貴族の御令嬢ばかりで、カーラもスザンナもいなかった。

祖父がグッドフォロー公爵閣下と親しいおかげで、私はパティと一緒に茶会に出ることが出来たという経緯だったと後で聞いたわ。

赤い髪の女の子達ばかりの中で金髪の私は居心地が悪くて、ずっとパティの近くにいた記憶がある。他の子はこちらを見てこそこそ話をするんですもの。

殿下はその時八歳だったので、女の子の中には十歳くらいの子もいたのだけど、その子は歳の割には小さくて私とあまり体格が変わらなかった。

どんなに梳《と》かしてもふわりと広がってしまう金髪と、他の子より高い背丈。悪目立ちしていたと思うわ。

家族や領地の貴族は私を可愛いと褒めてくれるけど、私より可愛い子はこんなにたくさんいるんだと気付いて、早く帰りたかった。

そんな中で皇太子殿下にご挨拶した時、殿下は私の髪を褒めてくださったの。

「冬の日差しみたいな色だね。綺麗な色だ」

その時は嬉しくて舞い上がって、家に帰ってしばらくしてから、なんで冬なんだろうって不思議になってきた。

春の日差しや夏の日差しならイメージが湧きやすいのに、なんで冬なのかしら。

ずっと聞きたくて、でももう忘れていらっしゃるだろうと思って、今でも聞けないまま。

殿下は素敵な人だと、もうその時から憧れていた。

でも自分が婚約者候補になるなんて、全く期待していなかったわ。

だって、私が選ばれるわけがないでしょう？

私は自分が特別だなんて思っていないの。

高位貴族の令嬢として恵まれた環境の中で育てられてきたのだから、それに見合う結果は出してきたつもりだけど、特に秀でた才能があるわけじゃないし、男性を虜にするほど美しくもない。

自分を卑下するつもりはないし努力だって惜しまないけど、突然色っぽくなったり骨格が変わったりはしないもの。

それに私は、家族におっとりしているとよく言われるの。

兄のジュードにも反応がのろいとよく言われていたわ。

母は女性はおっとりしているほうがいいって言うけれど、皇妃になるのに話がしやすいとか、一緒にいると和むっていうのは必要な要素じゃないわよね。

特にディアと出会ってからは、彼女が嫌だと言っても、いずれは皇太子殿下の婚約者は彼女がなるものだと思っていた。

あの子は特別な女の子だから。

でも殿下に会うたびに、いつも陰りがある強いまなざしがとても気になるのは変えられなかった。今にして思えば、もうあの頃には殿下は命を狙われていて、エーフェニア様のことも信頼していなかったのよね。

十歳にもならない子供が、母親を信じられないってどれだけつらいことだったのかしら。

いつもギルやエルトンが傍にいるようになって、精霊獣が守ってくれるようになってからも、殿下はいつも油断なく周囲に気を配っていた印象があって、他の子供達とあまりにも違っていて、気になって仕方なかった。

そんな想いがいつの間にか気付いたら恋に変わっていたの。

いずれ殿下に婚約者が出来れば、自然に諦められるだろうと思っていたのに、まさか私が選ばれてしまうなんて。

でも、期待なんてしないわ。どうせ選ばれるのはスザンナだもの。

美しくて男の子に人気があって、聡明なスザンナ。自慢のお友達のひとりよ。

それに比べたら私は、背の高さと髪の色で目立つだけ。

自分の顔は好きだけど、ディアやパティ、スザンナと比べたらどこにでもいる平凡な顔だわ。

それでも祖父母や領地の貴族達は、私が選ばれると思っているの。

選ばれなかったら、どれだけがっかりさせてしまうかしれない。

だからディアの提案は嬉しかった。ありがたかった。

何日かぶりに、ようやく呼吸が楽に出来るようになった気さえしたわ。

あの日、彼女がとんでもない話をするまでは。

「でしたら、女性側に選んでもらってもいいんじゃないでしょうか」

「今は選ばれることがゴールに見えているかもしれないけど、本当に大変なのはその先じゃない？」

婚約者候補になった私とスザンナと、皇太子殿下がベリサリオの学生寮に招待された日、ディアは立て続けにいろんな提案をして私達を驚かせ、場をかき混ぜるだけかき混ぜて、さっそうと退出してしまった。

残された四人は、台風にもみくちゃにされてなんとか生還した人みたいに、暫《しばら》く呆然としていたわ。

ディアの提案のせいで、私の頭の中はぐちゃぐちゃよ。

確かに私は、家族や領地の貴族をがっかりさせたくなくて、殿下に選ばれなくてもベリサリオに嫁げるならそれでいいと安心して、その後の生活のことは考えていなかった。

皇太子殿下の意思がすべてで、私達はその決定に従うものだと思っていたわ。

それが当然ですもの。

でもディアは女性側が選んでもいいんじゃないかなんて言い出したでしょ？

だったら、クリスが選んでもいいってことよね？

殿下とクリスでスザンナの取り合いになってしまうわ。

「まずは食事をして、その後ふたりずつ話をしようか」

ベリサリオの料理は海の幸が多くて毎回とても美味しいのだけど、今回ばかりは味がよくわからない。

そうよ、どうして気付かなかったの？

ベリサリオに嫁ぐってことは、あの美形家族と暮らすってことなのよ？

いずれは絶世の美女になると言われているディアが義妹で、ナディア様が義母になるのよ？

なにより、女の私よりずっと綺麗な男の人の隣に、今後ずっと立たなくてはいけないのよ。

家同士の関係や貴族令嬢としての役目を考えれば、そんなくだらないことで文句を言うなと言われるのは充分に承知しているの。

でも、ベリサリオの男性は鍛えても細身な方が多くて、クリスもすらっと優美な立ち姿なの。こうして近くで見ても非の打ちどころのない美しさなのよ。

その横に骨太なノーランドの体系の私が並ぶって、つらい。つらすぎる。

どうしよう。どうしたらいいんだろう。

今更、やっぱり無理ですとは死んでも言えない。

頭の回転が速くて、先の先まで見ていそうなクリスからしたら、私は大きくてのろまで話しても面白みのない子供だわ。

じゃあ皇太子殿下なら平気なのかと言われると、それはそれで全く自信はないのだけど、小さい頃からずっと見つめ続けてきたから……。

「モニカ……モニカ？」

「え？　あ」

ふと気付いたら、クリスとスザンナは別のテーブルに移動して、皇太子殿下が隣の席に座っていた。

「ぼんやりしていたみたいだが、大丈夫か？」

「は、はい！」

顔を覗き込まれて慌てて身を退いた。

大丈夫。どんな会話をしていたのかはちゃんと聞いていたわ。

ただ動揺して、頭の中がグルグルしていただけ。

「ならいい。ずいぶん考え込んでいたようだな」

「ディアが、突然いろいろと提案したので」

「まったくあいつは、いつも勢いがありすぎる」

会話をしながら、出来るだけ音をたてないように椅子ごと横に移動した。

殿下とこんな近くで話すのは初めてで緊張してしまう。

「なぜ逃げる」

「に、逃げていません。でも、少し近すぎませんか？」

「ふたりで話をするんだ。表情がわかるほうがいいだろう」

移動した分、殿下が椅子を寄せてきて、むしろさっきより近くなってしまった。

私の髪の色と同じ金色の瞳は、以前は陰りを帯びて暗く沈んでいたのに、今は明るく輝いている。

お忙しいと聞いているけど、新しい生活に慣れて仕事が順調なのかもしれない。

「ノーランド辺境伯とは会う機会が多いせいか、きみとも何度も顔を合わせているのに、ゆっくり話すのは初めてだな」

「そうですわね。いつもご挨拶だけのことが多かったですので」

「だが、俺は結構きみのことは詳しいぞ」

「え？」

「小さい頃から、パティがなにかときみのことを話題にしていたからな」

パティが？

殿下と初めて会えたのもパティのおかげだし、彼女とは仲良しだけど、なんで私の話を殿下に？

「ひとつしか年は違わないが、落ち着いていてやさしくて、一緒にいると安らげる雰囲気があって、家臣達にも愛されていると大絶賛していた」

「そ、そんなことを？　パティってば褒めすぎです」

もしかして、私が殿下を好きだと知って応援してくれていたのかしら？

でもそんなに褒められたら、実際とのギャップでがっかりされてしまいそう。

「安らげる雰囲気か。声や話し方のせいかな。確かに穏やかな印象があるな」

「そう……でしょうか。でもそれは、皇妃に求められる資質ではないですよね」

「……なぜそんな話になる？」

声が少し低くなった気がする。

気に障ることを言ってしまったのかしら。

「なぜって、これは殿下の婚約者を決めるための集まりではないですか」

「それはそうだな。皇妃になりたくないというのなら」

「いえ、そんなことはありません！」

あ、強く否定しすぎてしまったかも。

「そうか。クリスと結婚したいというわけではないんだな？」

「クリス？」

「ふっ」

え？　なんでそこで笑うの？

こんな近くにいるというだけで、緊張でいっぱいいっぱいで、おかしなことを言ってしまった？

殿下の顔が近すぎて頭が回らないので、もう少しわかりやすく話していただけないでしょうか
……なんて言えない。

話についてこられない馬鹿な子だと思われてしまうわ。

「今の顔は駄目だ。わかりやすい表情をしてしまうのは、皇妃がどうという話の前に貴族令嬢としても駄目だろう」

「あ……」

両手で自分の頬に触れてため息をついてしまう。

指先が冷たくて、ほてった頬に気持ちいい。

少し落ち着かなくちゃ。何を舞い上がっているの。

「申し訳ありません」

「クリスが苦手か？」

「いいえ。そんなことはありませんわ。ただ……」

「ただ？」

「私より美しい方なので……」

「は？」

私のさっきの表情が駄目なら、殿下の今の表情も駄目だと思うわ。

あまりに意外なことを言われたって顔をしているもの。

「そうか。綺麗な男が嫌がられることもあるのか」

「嫌だなんてそんな……」

「でも大丈夫だ。心配はいらない」

「え？　なぜ？」

「あまり時間がない。そろそろ相手を交代しないとな」

今のはどういう意味？

……ということより、ほとんど何も話せてないわ。

「モニカ？」

「はい。あの、すみません。緊張して話せなくて」

「気にするな。今後は何度でも話す機会がある」

こんな近くで、殿下に優しく微笑んでもらえる機会がくるなんて、ちょっと前まで考えもしなかった。

今夜は感激で眠れないかもしれない。

◇

学園シーズンが終わって春が来て、皇宮に通うのも慣れてきた。

殿下やクリスと会う機会も増えて、何度もふたりだけでお話するようになって、もっと殿下に惹かれていく私がいる。

クリスとの会話も楽しいのよ？

互いの領地の産業の話に精霊王の話、ディアの話と話題は尽きなくて、得る物のある時間をすごせるのだけど、家に帰るとどっと疲れてしまうの。たぶん気を張っているのね。

彼はなんでもよく知っていて、話のテンポも速くて、ついて行くのに集中しなくてはいけない。

私生活でもずっとあの調子でいるの？　疲れないのかしら。

殿下と一緒の時は、もっとゆっくりと時間が流れる気がする。

だんだん互いに慣れてきて、ふとお互いに黙ってしまっても、その沈黙も心地いい感じなの。

今日は殿下とテラスでお茶の約束をしている。

テラスから見える庭には色とりどりの春の花がたくさん咲いていると聞いたので、無地のオフホワイトのドレスを選んで、髪はいつも通り後ろで三つ編みにした。

ノーランドで食べた揚げたパンが食べたいと前回話していたので、今日はいろいろと食べ物を持ってきて、ずらりとテーブルに並べた。

お茶会というよりは、これから食事をするみたいになってしまった。お菓子をもっと増やせばよかった。

「おお、これだこれ」

でも殿下はとても喜んでくださったみたい。

「ちょっと重いものが多すぎましたね」

「昼を食べていないからちょうどいい」

「昼を食べていないのですか？」

「ん？　忙しいとめんどうでな」

「そんなの駄目です」

侍女と皿を並べていた体勢から身を起こして、腰に手を当てた。

「ちゃんと休憩を取らないと、集中力が持たなくて効率が下がりますよ？　食事と睡眠はしっかりとってください。野菜は食べていますか？」

「乳母みたいなことを言うんだな」

「あ……すみません、つい」

私ってば、偉そうなことを言ってしまった。

「いや、可愛い子に叱られるのは悪くない」

「は？」

「変な意味ではないぞ。モニカの叱り方は優しいしな」

褒められているのかしら？

ご両親と幼少の頃に疎遠になって、ずっと皇太子として独りで過ごしてきて、仕事については相談に乗ってくれる人がたくさんいるのに、私生活を気にしてくれる人がいないのかも。

「にんじんはお好きですか？」

「………食べるぞ」

嫌いなのね。

「この煮込みを食べてみてください。味が濃厚なので、にんじんも美味しく食べられます」

「おお、この肉は柔らかいな」

「にんじん」

「……あ、なるほど。野菜がみんなソースの味だから、これなら食べられる」

好き嫌いが多いの？

これだけ体格はいいのだから大丈夫なんでしょうけど、もっと健康に気を使ってほしいわ。

「まあ落ち着いて座れ。にんじんが苦手なくらい、そんな心配されるようなことか？」

「他の野菜は食べられるのですか？」

「あーー、まあ、出されれば食べる」

並べられた料理を端から食べていく様子は、ずいぶん空腹だったように見えるのに。

成人したといってもまだ十五歳。体が成長している時期なのに、誰かしっかりと殿下に食事をさせてくれる人はいないの？

「お昼は食べないことが多いんですか？」

「まだその話か。食べる時のほうが多いから心配するな」

「そうなんですね。それならよかったです。いつも食べないのなら、執務室に食事を持って行こうかと思ってしまいました」

「……きみが持ってくるのか？」

「皇宮にいる時だけですけど」

「それはいいな。バーソロミューもいるんだ。顔を出せば喜ぶぞ。早速明日持ってきてくれ」

持っていくのはいいのだけど、執務室って何人いるのかしら。

殿下にだけ持っていくのでは駄目よね。

お爺様も最近皇都に住んでいるから、ノーランドの料理が食べたいと思うし、五人分くらい持っていけばいいわね。

◇

翌日、侍女ふたりの手を借りて料理を持ち約束通り執務室に向かう途中、殿下が女性と話をしている場面に遭遇してしまった。

執務室のすぐ近くだから、ここを通るしかないのに相手の女性が泣いているからこれ以上近付きにくい。

「どうして、どうして私では駄目なんですか？」

「それが理解出来ない時点で駄目だ」

殿下の冷ややかな声と表情に、私まで身がすくんでしまう。

女性の父親らしき人がすぐそばに立っているけど、やはり殿下の冷たい視線を受けて焦っているようで、さっきからずっとしきりに額の汗をぬぐっていた。

「でも、私はずっと殿下のことが！」

彼女も私と同じ。ずっと殿下が好きだったのね。

もしかしたら振り向いてもらえるかもしれないと夢見ていた女性は、何人もいると思う。

私が候補に選ばれたのはノーランドに生まれたからと、ディアと友人だったから。

ひとりの女性としての魅力では、泣いている彼女に勝てないわ。

「だから？　俺の婚約者を決めるのに、おまえの気持ちは関係ない。伯爵、いい加減にこの娘を連れて帰れ。おまえが甘やかすから勘違いするんだ」

それでもこうして話を聞いて対応してあげるなんて、殿下は優しすぎる。

少しでも話が出来るならと、押しかける子が出るかもしれない。

近衛騎士も心配そうだわ。

「行きましょう」

意を決して、彼女の存在に気付かない顔をして、すたすたと廊下を進んでいく。

私に気付いた途端、殿下の表情がいつもの優しい顔に変わった。

「モニカ、本当に持ってきてくれたのか」

ずるい。

そんなはっきりと表情も声も優しくされたら、特別扱いされたみたいでドキドキしてしまう。

泣いている彼女には申し訳ないけど、やっぱり嬉しい。

「この人がノーランドの？　うそ……普通に可愛いじゃない。大女だって……」

「なんだと」

殿下はまた冷ややかな表情になってしまったけど、今のは私を褒めてくれていたのでは？

実際私は背が伸びるのが早くて、小さい時は他の女の子達と頭ひとつ身長が違っていたから、たぶんそのまま背が伸びていると思われたのね。

でも最近はもうあまり身長が伸びなくて、徐々に他の子との差が少なくなっているの。

「殿下、私は気にしていませんわ。可愛いって言ってくれたんですよ？」

「そこだけ抜き出すな。他の部分が失礼すぎるだろう。ノーランド辺境伯令嬢であると同時に、いずれは皇妃かベリサリオ辺境伯夫人のどちらかになる女性に対する態度か」

ここでディアなら、にっこり笑顔だけで周囲を黙らせられるんでしょうね。

彼女に可愛さで勝てる女性なんていないし、威圧感というか、存在感で勝てる人はもっといないわ。

「このふたりを玄関まで連れて行け。伯爵、彼女を二度と俺の前に連れてくるな」

「そ、そんな」

「精霊獣を一属性も育てていないくせに、自分が選ばれるかもしれないと思うだけでもおかしい」

え？　そうなの？

じゃあここにいるのは近衛騎士の精霊獣なのね。

彼女の精霊は肩にいる風の精霊だけ？

「皇族は中央の代表として琥珀様にお会いする機会が多い。精霊獣のいない皇妃などありえない。そう周囲にも伝えておけ」

泣いていた彼女は私を見て、全属性の精霊がふわふわと殿下の精霊と戯れるように飛んでいるのに気付いて、さっと視線を下げた。

私の噂ってどうなっているのかしら。

精霊の代わりに魔獣を育てている大女とか思われていたりするのかしら。

「なぜ彼女は精霊が一属性しかいないのですか？」

不思議に思っていたので聞いてみたら、彼女も彼女の父親も近衛騎士や殿下まで驚いた顔で私を注目した。

「な、なに？　馬鹿にして……」

「あなたの魔力量なら三属性は育てられるはずですわ」

ディアにいろいろと教わっているから、私も少しは精霊には詳しいのよ。

「……え？」

「中央は地方に比べて手つかずの自然が少ない。何年も精霊がいない時期があった後、皆がそこに押し寄せることになったため、貴族の当主や嫡男、近衛騎士などが優先されるようになっているんだ」

「まあ」

殿下の答えに驚いてしまった。

「では子供達はどうしているのですか？　他所では三歳くらいから精霊と接するのは当たり前になっています。そうして小さい頃から魔力を増やしている子供と、精霊に触れて来なかった子供とで次世代でも差がついてしまいますわ」

「そうだな。いくつか計画はあるからいずれ改善されるだろう」

中央の貴族が一度に減りすぎたため、今は各部署に信頼出来る人材を育てている途中で、殿下やブレインの人達が全体を見なくてはいけなくて、それで忙しいと聞いているわ。

精霊の問題まで抱えたら、いつの話になるの？

「森がないなら作りましょう。ノーランドには売る程苗木があるので、すぐに取り寄せますわ」

「それはいいアイデアだ。向こうで食事をしながら話そう」

殿下は笑いを堪えるような顔で言いながら、私の腰に手を添えた。

腰に。手を。

「え？　あの」

「どうかしたか？」

「い、いえ」

婚約者候補の私と仲がいいとアピールしたいのかしら。

でも殿下の手が……。

「きゃ」

ぐっと力が加わって引き寄せられてよろめいたのに、腰に当てていた腕一本で支えられてしまった。

私みたいに大きいと守りたいという気持ちにもならないし、自分より強そうだと男の子に言われたこともあるのに、殿下は片手で支えられるの？

「行くぞ」

「ええ、はい。でも、精霊、女の子も見つけられるように祖父達にも相談してみますね」

「なぜあの子に優しくするんだ」

驚いた顔でこちらを見ている伯爵親子に声をかけたら、隣から少し不満そうな声がした。

◇

お妃教育の合間、スザンナとは話をする機会はたくさんある。

私達が休憩する時に使えるように用意された部屋には、ゆったりとしたソファーセットが置かれていてとても居心地がよくて、時間が空いた時にはいつもここでおしゃべりしている。

これまでもディアを中心にお友達が集まって、順番にお泊り会を開いたりお茶会をしていたけど、スザンナとふたりだけでこんなにいろいろお話したことはなかった。

スザンナは同じ年のイレーネやエルダと話す機会が多くて、私はパティやカーラと元々親しかったこともあって年下の子と一緒にいることが多かったの。

「大女って、いったいどんな噂になっているの？」

先日の話をしたらスザンナは呆れ返っていた。

そうよね。殿下に泣き落としが通じるとでも思っていたのかしらね。

「その噂のせいかしら。モニカは今まで嫌味を言われたり、わざわざ顔を見に追い抜いて来たり、待ち構えたりされたことはないのでしょう？」

「そんなことをされているの⁉」

「最近は減ったし、私の顔を見てこそこそ話をしながら立ち去るだけだから、特に問題はなかったわ」

スザンナに魅力では勝てないと諦めたんじゃないかしら。

それにしても中央の特権意識って本当に強いのね。

建国当初から帝国の中心だったのだから、自分達は生粋の帝国人だと思いたくなるのもわかるわよ？　でもそれだけにしがみついても……。

「まあいいわ。私が注目されることで未来の皇妃様を守れるのなら、頑張るわよ」

「……？」

「そんなきょとんとした顔で首を傾げないで。殿下にお弁当を届けているんでしょう？　順調に関係を築いているのではないの？」

「え？　何を言っているの？　選ばれるのはスザンナでしょう？」

「ええ?!　あなた、殿下を好きなのよね？」

私が好きかどうかは重要ではないわ。問題は殿下の気持ちよ。

周囲もみんな、スザンナが選ばれると思っているじゃない。

「私は、最初から選ばれるのはあなただと思っていたわよ。辺境伯同士の縁談はやめようという約束もあったでしょ？」

「あれは、コルケット辺境伯家には同じ年代の子供がいないからよ」

「それだけじゃないわ。精霊王様と直接話の出来るノーランドとベリサリオが縁組するのは、殿下としても避けたいわよ」

「違うわ。逆よ」

ノーランドは他の辺境伯家とは違う。

魔獣の素材も鉱山の宝石も、中央の貴族達がお得意様なの。

それにベリサリオに荷物を運ぶには中央を通らなくてはいけないのよ。

ベリサリオと違ってノーランドは帝国から外れるなんてありえないし、お爺様もお父様も皇太子殿下を高く評価しているわ。

「だからそんなことは気にしていないはずよ」

「うーーん。モニカって意外と頑固よね。それとも殿下の態度がはっきりしないのかしら」

肘掛けにもたれかかったスザンナは、まだ十三歳とは思えない大人っぽい雰囲気で、女の私でも見惚れてしまう。

殿下だって、きっとこういう女性が好きよ。

「私は予定されている時間以外に殿下とお会いしたことはないわよ？」

「それは……私もクリスとは会わないわ」

「私はクリスとは、よく偶然会うの」

「どういうことなの？」

「だから、もう殿下もクリスも相手を決めているんじゃないかしら？　モニカは最初から殿下がよかったでしょう？」

「あなたは？」

「私は……ベリサリオで暮らすのもいいかなって」

頬を染めてはにかんだ様子で答えるスザンナは、すっかり恋する女性の顔をしていた。

クリスが好きなんだわ。

「殿下に、もっとちゃんと態度で示すように言わなくては駄目ね。モニカは自分に自信がなさ過ぎよ。イレーネといいあなたといい、私の周りの女の子はどうして自己評価が低いの？」

「……ディアと比べてしまうと」

「あの子はもう人間の括りに入れては駄目よ」

クリスと結婚したらディアは義妹になるのに、そんなこと言い切っていいのかしら。

◇

二日後、お妃教育が終わり、中庭を眺めながらのんびりと回廊を歩いていて、少し離れたガゼボにクリスとスザンナがいるのを見かけた。

仲良さそうに微笑み合う姿は美男美女でとてもお似合いだわ。

テーブルに何か紙を広げて、熱心に話し合っているみたい。

「あいつらは勉強熱心だな」

「で、殿下?!」

まずいんじゃない？　スザンナがクリスとあんなに仲良さそうだと、殿下としては面白くないのでは?!

でもこちらに近付いてくる殿下は楽し気な笑顔だ。

ちらっとガゼボの方を見た時も、あまり興味がなさそうな様子だった。

「俺は休みの時間にはまったりしたい。ただでさえ忙しいからな。公私はきっちり区別したい」

「それは立場の違いが大きいのではないですか？　補佐をする立場のクリスと全責任を負わなくてはいけない皇太子殿下とでは、責任の重みが違います」

「クリスもいずれはベリサリオ当主だぞ？」

「ですから、休みの時間にベリサリオの話をしたいのでしょう」

「なるほどな」

もうそろそろ秋の気配がする中庭で、暖かな午後の日差しの中、見つめ合いながら笑うクリスとスザンナは物語のワンシーンのよう。

誰も邪魔出来ない雰囲気だわ。

「ふたりが気になるか」

てっきり殿下もふたりを見ていると思っていたのに、振り返ったらじっと私を見つめていた。

「あ……ええ。私はクリスとああして話していると帰ってから疲れてしまう時があるので、スザンナはすごいなって」

「皇妃教育でただでさえ疲れるのだから、それも仕方ないだろう。モニカは疲れた時にはどうしているんだ」

「そうですね。ひとりでぼーーっとします。ずっと雲を見ていたり、星を見上げたり」

「星？」

「そうです。最近星を見上げましたか？」

「いや……」

忙しいとただ前だけを向いて足早に目的地に向かってしまうし、疲れている時や悩んでいる時は俯いてしまう。

でも空を見上げると、意外と気分が変わるものよ。

落ち込んでいる時こそ、空を見上げるといいと子供の頃にお婆様に教わったの。

「今は星を見るのにいい時期ですよ？　冬の方が綺麗に見えるんですけど寒くて。でも厚着して草原に寝転がって空を見上げていると、時が経つのを忘れてしまいます」

「草原には行けないな」

「テラスでいいんです。暖かい飲み物を持って空を見上げてみてくださいな」

「よし。今夜一緒に星を見よう」

「え」

今夜？　一緒に？

もしかして誘ってほしくて話題にしたと思われたのかしら。

「今日は皇宮に宿泊するんだよな」

「はい。そうですけど……」

「決まりだな。詳細は後で連絡する」

え？　あの？

ガゼボに視線を向けたり、殿下の背中を追いかけようとしかけたり、おたおたするばかりの私を落ち着かせてくれたのは、ノーランドからついて来てくれている侍女達だった。

「暖かい軽食をご用意しましょう」

「ドレスを取って来なくては」

「そうですわね。早速お部屋に戻って準備をしましょう」

「大丈夫ですわ。まだ時間はたっぷりあります」

楽し気に、でもてきぱきと動きながら話す彼女達は、全く普段と変わらない。

私もこのくらいでいちいち慌てていては駄目よ。

「ドレスは普段着のシンプルなものがいいわ。暖かいお茶があれば軽食もいらない」

殿下はお忙しくてお疲れで、空いた時間はまったりと過ごしたいとおっしゃっていたのだから、ただ静かにぼーっと星を眺められるほうがいいはず。

「ソファーをテラスに運んで、ふわふわの魔獣の毛皮をかけましょう。暖かくて手触りもよくて、ゆったり出来るはずよ」

「素敵ですわ。部屋が決まり次第そうしましょう」

「では毛皮を運んできます」

テラスの広い客間があるのでそこで星を見ると、居室に戻るとすぐに連絡が来た。

時間があると言っても、ドレスや毛皮を運ぶために侍女達は大忙しよ。

ほんの数分で終わる予定だとしても、皇太子殿下に会うのに失礼は許されないから、私は侍女総出で磨かれた。

湯浴みをして、薄く化粧をして、髪も整えなくちゃ。

「髪はどのようにしましょう。いくつか髪留めも持ってきていますよ」

「……いいえ。今日は下ろしたままでいいわ」

せっかくの機会だもの。

今夜聞いてみようかしら。

どうして私の髪は冬の日差しの色なのか。

「そうですわね。普段はお休みになられるお時間ですし、お嬢様の髪はお美しいのですから」

「おろしたままでお会いするのは初めてではないですか？　殿下も驚きますよ」

侍女達が手入れしてくれているから、そんなひどい状態ではないとはわかっているの。

でも中央では赤髪の人と結婚して、赤髪の子供を産むのが忠誠のあかしだと考える人もいるの。

そういう人達にとって、いつまでも自分の民族にこだわる辺境伯家は異端者なのよ。

「でも私は、ノーランドの金色の髪に誇りを持っているの」

「当然です。黄金色の髪なんですもの。繁栄の色なんですよ」

黄金の色。繁栄の色。日差しの色。

全部、殿下の瞳の色のことでもあるわ。

私の髪の色より明るく輝く殿下の瞳の色の方が、日の光のように強く優しい。帝国を反映に導く色よ。

でもだからこそ重責に耐えて忙しくしていらっしゃる殿下に、少しでも安らげる時間を作ってさしあげたい。

夜になるともう風が冷たくて、ショールを肩まで引き上げながらテラスに出る。

先にテラスにいらして欄干にもたれて空を見上げていらした殿下は、私の到着に気付いて振り返り、目を見開いた。

「髪を後ろで結わかずにおろしているのは、かなりひさしぶりに見た気がするぞ」

「ええ……あの、この時間ですし……」

「なぜいつも結わいてしまうんだ？　そんなに綺麗な髪なのに勿体ない。成人したら嫌でも結い上げなくてはいけないのに」

「中央では目立つので」

「……目立つのを嫌がる女性もいたのか。ディアもスザンナも銀色の髪が目立つのに、まったく気にしていないように見えるのだが」

「彼女達は綺麗ですから」

ソファーに近付こうとして歩き出してすぐ、殿下が手を伸ばして進路を塞いでしまった。

「きみだって綺麗だ。彼女達に負けていないだろう」

「ええっ?!」

「本気で驚いているな……」

ため息をついて呟いて、でも私の手を取ってエスコートしてくださる。

ソファーに並んで腰を下ろして、やはり近すぎる気がして横にずれたいのだけど、殿下がほぼ中央に座っていらっしゃるので、これ以上スペースがない。

ちょっと動いただけで腰や足が触れてしまいそうで緊張してしまう。

「星をご覧になっていらしたんですか?」

「その敬語はもういい加減にやめてくれ。ふたりだけの時は敬語はいらない」

「う……はい」

殿下が背もたれに肘をかけてこちらに体ごと向いたので、更に距離が近くなってしまった。

「今までもこの間のように中央の貴族に失礼なことを言われたことがあるのか? ノーランドの女性は確かに背が高いが、モニカはそうでもないぞ。早い時期に背が伸びたから目立っただけだ。あと五年もしたら、他の子も成長して変わらなくなる」

「そうでしょうか」

「そうじゃなくても長身で何が悪い。俺よりずっと低いし、夫婦揃って背が高い方が見栄えがいいはずだ」

夫婦？　夫婦って今おっしゃった？

「髪はむしろ長所だろう」

「あの……殿下はもうお忘れかも」

「敬語」

「あ、えっと、初対面の時のことを……忘れてますよね？」

「まあいい。少しずつ慣れてもらおう。初対面なら覚えているぞ。中央の子供達の中で、きみだけ目立っていたからな」

「私の髪を、冬の日差しのようだとおっしゃったんです。なんで冬なのかと疑問で」

「よく覚えているな」

どさりと背もたれに背を預けたので、殿下との距離が開いた。

ほっと息がつけるようになったのに、少し物足りない。

「五歳から九歳まで、命を狙われていたのは知っているな」

「はい」

「ギルやエルトンが側近になるまで精霊のいる人間が味方にいなくて、自分の部屋に籠る日が多くなっていたんだ。庭に出るなんて論外だった。冬は日差しが部屋の奥まで届くだろう？」

「はい」

「ずっとうすら寒い部屋にいても、日差しが差し込む場所だけは暖かい色に染まっていて、その光の中は他の場所より暖かかった。モニカの髪を見た時、その日差しの色を思い出したんだ」

ひどい。そんな小さな子供が命を狙われていたのに、両親は助けてくれないなんて。

広い部屋で独りぼっちで、日差しの差し込む場所に座って、どんなことを想っていたのかしら。

「皇帝は孤独なんだそうだ。時には冷酷な決断をしなくてはいけないし、戴冠式が済めば気を抜けない日々が待っているんだろう。俺はまだ若すぎるからな。皇妃も同じだ。外交で社交で、女優のように様々な顔を演じ分けなくてはいけない。だからこそ、夫婦ふたりだけの時は普段見せない本当の顔を見せられる、安らげる関係を築ける相手がいい」

「……殿下」

「アンディーだ」

「そんな一度にいろいろは」

「ははは。そうだな。ゆっくり慣れてもらおう」

殿下が声をあげて笑う姿を初めてみたかもしれない。

いつもより年相応な雰囲気になるのね。

「モニカ。俺はきみを選ぶ。かまわないか？」

皇妃として、どのような姿が理想なのかはまだわからない。

それでもふたりだけの時には、冬の日差しのように殿下の安らげる場所になれるのかしら。

「私でいいのですか？」

「きみがいいと言っているつもりだったんだがな」

「すみません。ドキドキしてしまって、あの、嬉しいんですけど、どう言えばいいか」

「そのまま嬉しいでいいだろう。こまったな。俺はきみの安らげる場所になっていなそうだ」

「そんなことないです。あ……そんなことないわ」

殿下に大笑いされてしまって、たぶん今顔が真っ赤で、ちっともロマンチックでも物語のシーンのようでもないけど、クリスとスザンナがお似合いに見えたように、私も殿下とお似合いだと言われるように。

そしてなにより、殿下の安らげる場所を作っていこう。

あとがき

とうとうこのシリーズも四巻目になりました。

この本を手に取ってくださった皆さん、ありがとうございます。

小説家デビューして一年目の私ですが、小説自体はかなり前から書いていました。ほとんどが同人というやつで、ときどきはオリジナルも書いていたんです。

同人にも上手い人はたくさんいます。

登場人物の心の変化が鮮やかに書かれていたり、行間というか、文章から感じる空気が情緒的で繊細だったり、色っぽい文章だったり。

私もそういう文章に憧れて、同じように書いてみようとしたこともあるんです。無理でしたけど。

考えすぎてしまって文章自体が書けなくなってしまいました。向き不向きってありますよね。

私は自分の書く文章を愛想のない文章だと思っています。いい方向に捕らえてくれる方は、クールとか簡潔で読みやすいと言ってくれますが、恋愛モノを書くには不向きかもしれません。だったら読みやすく、少し笑えて、読み終わった時に楽しい気分になれる小説を書こうと決めました。

この文体にも私の性格にも、それが一番合っていると思っています。

愛想のない文章で書くホラーやサスペンスも面白いかもしれませんが、シリアスな雰囲気を長く続けるのはしんどいんですよ。

好きな小説を楽しく書いて、ネットにあげて、それを読んだ人がおもしろかった。楽しかったと反応をくれて、双方が幸せな気分になれるってなんていい関係だろうと思うんです。

それは書籍になっても同じです。

落ち込むような感想をいただくことだって何度もありますけど、こうして四巻まで本が出版できるほどに読んでくださる方がいるので、仕事が終わって疲れて帰って来て、あるいは帰りの電車の中で、読みやすくてちょっと笑えて、読み終わった時に楽しかったと思ってもらえる小説をこれからも書いていけたらいいなと思います。

この小説が書店に並ぶ頃、街はクリスマス一色になっていることでしょう。今年はコロナのせいで、クリスマスと年末年始を家で過ごす人が多いことでしょう。

いつもより長い休みの方もいるみたいですし、この本を読んで、楽しい時間だったと思っていただけたら嬉しいです。

コミカライズ 第一話試し読み

漫画：はな

原作：風間レイ

キャラクター原案：藤小豆

今度こそまっとうに生きて
家族に娘らしいことをして
恋愛がしたい
普通でいいの
もう一度人生をやれるんだから
私は恋がしてみたいんだ！
——のはずなのに……
ドくっ…

――迎えに来ただけだが？
精霊王様
まさかこのままディアを精霊の国に連れて行ってしまおうなんて思っていませんせん？
おまえは家族と別れて精霊の国に来る気があるのか？

どうして
こうなった!?
続きは
COMIC
CORONA
TOcomics
にてお楽しみ下さい!

隣国の精霊王から
暗殺者退治の依頼が――
私に任せなさい！
2021年春、
COMIC コロナ CORONA TOcomics にて
コミカライズ 連載開始予定！
漫画：はな
春発売！

ってこれ、デートじゃない!?
公爵のエスコートで、いざ、初の異国へ！
転生令嬢は精霊に愛されて最強です……だけど普通に恋したい！
5
The Reincarnated Count's daughter is the strongest as she is loved by spirits, though she is only wishing for regular romance!
風間レイ
イラスト：藤小豆
2021年

南国で楽しい夏休み！
のはずが……
にいにに
初春発売決定

緊急事態の
第4巻!!
むううぅ……
婚約者《ふぃあんちぇ》え!?
IV
白豚貴族ですが前世の記憶が生えたのでひよこな弟育てます
やしろ
illust. keepout
2021年

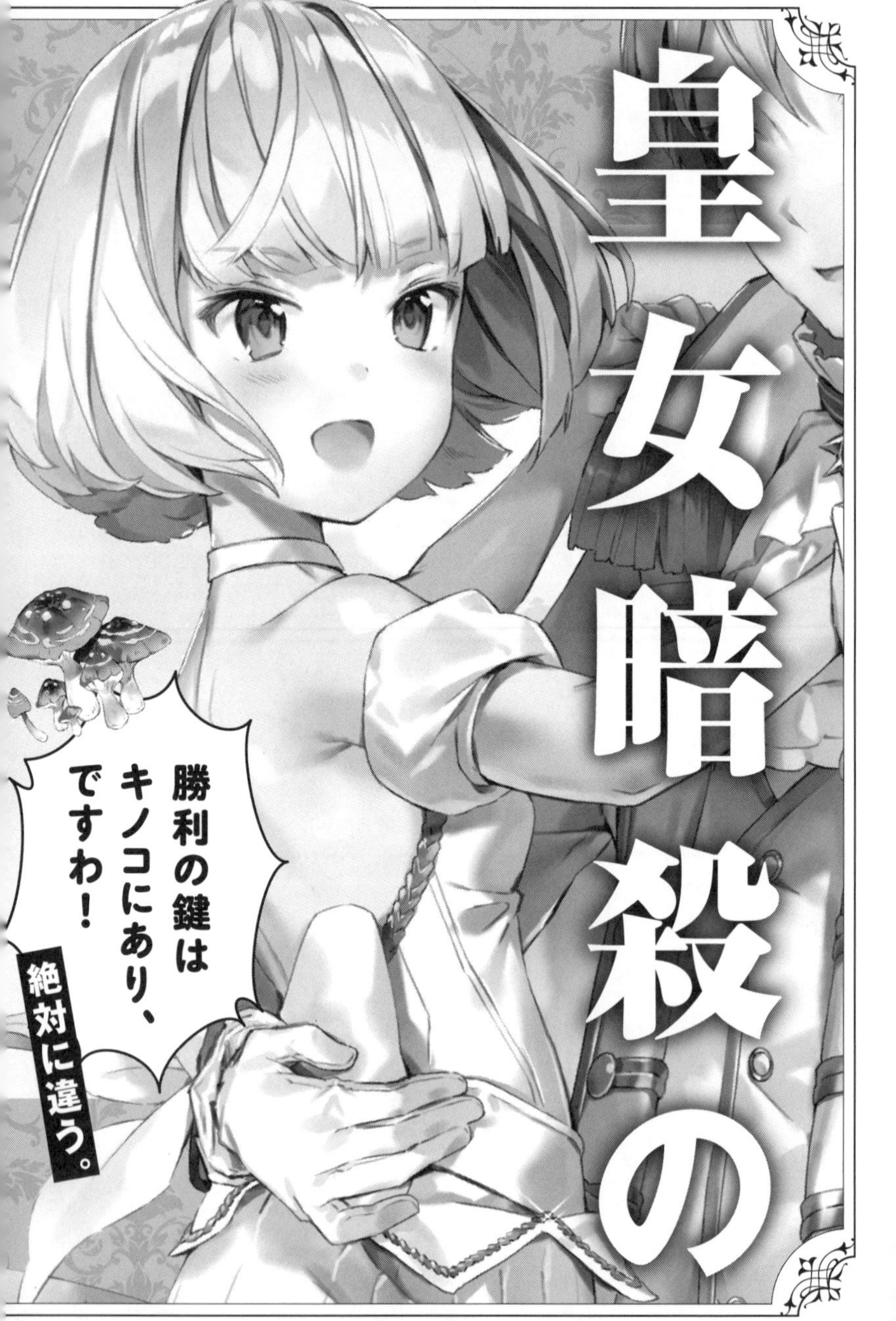

皇女暗殺の
勝利の鍵はキノコにあり、ですわ！
絶対に違う。

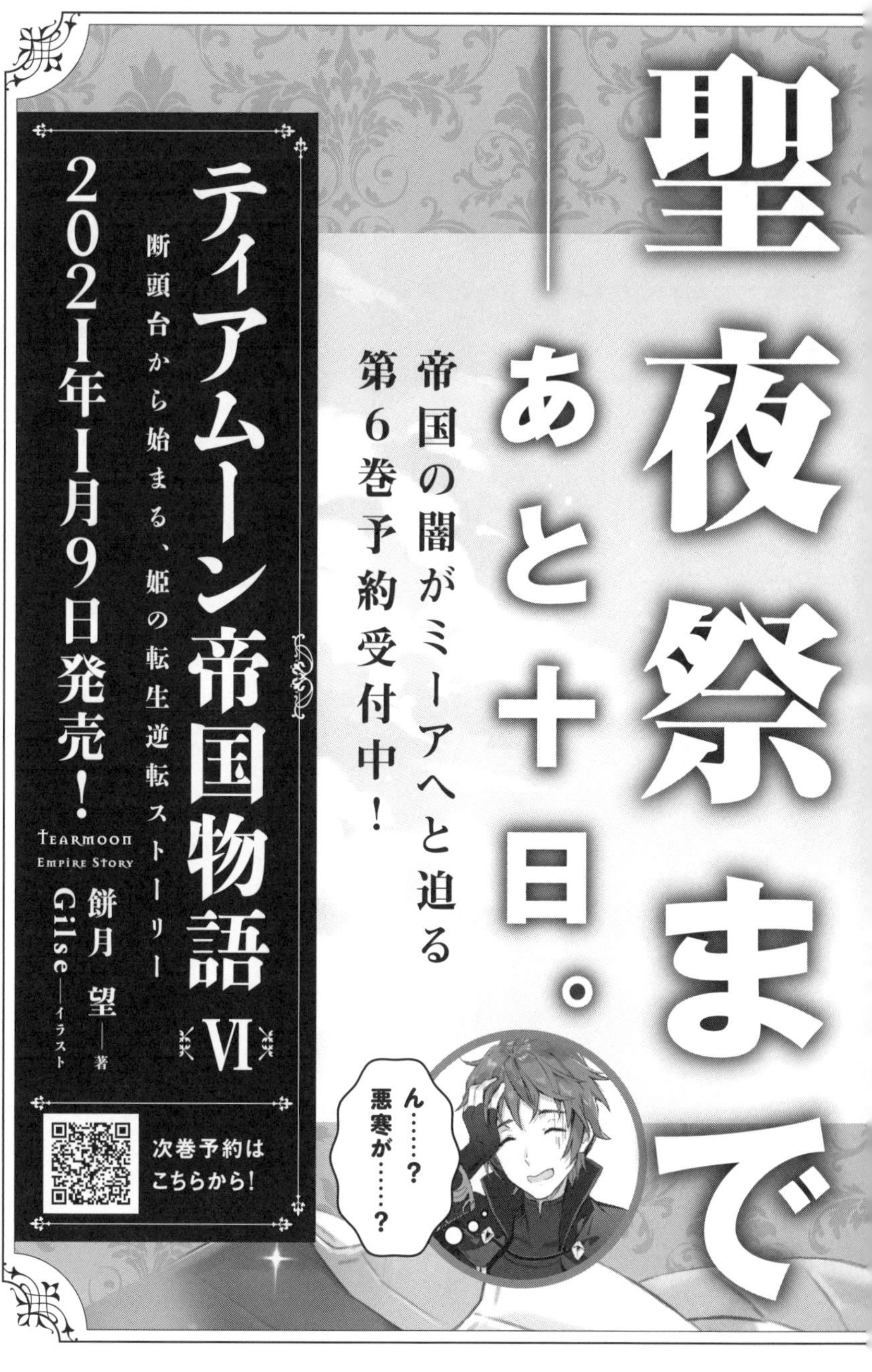
聖夜祭まで
あと十日。
帝国の闇がミーアへと迫る
第6巻予約受付中！
ん……？
悪寒が……？
ティアムーン帝国物語VI
断頭台から始まる、姫の転生逆転ストーリー
2021年1月9日発売！
Tearmoon Empire Story
餅月 望——著
Gilse——イラスト
次巻予約はこちらから！

女神様の本……
一体どんなのだろう?
読んでみたいな。
「祠巡り」
貴族院に浮かぶ「巨大な魔法陣」
真のツェントになるのはわたくしですもの!
ィナンドを
か…?
迫る「次期ツェント候補」

「地下書庫」での作業
「英知の女神メスティオノーラの書」とは?
フェルデ
救える
本好きの下剋上
司書になるためには手段を選んでいられません
第五部 女神の化身V
香月美夜
miya kazuki
イラスト: 椎名 優
you shiina
2021年 春 発売予定!
冷静になれ…

一家使用人離散、
投獄死罪デッドエンド回避に
奮闘するも……
気付かない間に
地獄絵図！

まあ、がんばれ
まだ、チャンスはあると思う
篠やんはマジだからな……
振り向かせられるのー!!
されて、
せん2
otome game ga hajimarimasen.
予定!

転生令嬢は精霊に愛されて最強です……だけど普通に恋したい！4

2021年1月1日　第1刷発行

著　者　風間レイ

発行者　本田武市

発行所　TOブックス
〒150-0002
東京都渋谷区渋谷三丁目1番1号　PMO渋谷Ⅱ　11階
TEL 0120-933-772（営業フリーダイヤル）
FAX 050-3156-0508

印刷・製本　中央精版印刷株式会社

ISBN978-4-86699-090-3